[Illustration] π猫R

あなたのお城の小人さん

～御飯下さい、働きますっ～

4

美袋和仁
Kazuhito Minagi

Character

チィヒーロ・ラ・ジョルジェ
元日本人の女の子。
小さい体で一生懸命生きている！
美味しい食べ物を求めて、
お城の中、時には外でも爆走中！

ドラゴ・ラ・ジョルジェ
料理の腕で男爵位を賜った宮廷料理人。
チヒロの養父となる。過保護すぎて、
チヒロを眼に入れて持ち歩きたいほど
可愛がっている。

アドリス
料理人。衰弱死寸前のチヒロを
見つけ餌付けに成功。
ドラゴと同じくチヒロを溺愛中。

クイーン・メルダ
森の主。蜜蜂の魔物。
チヒロのためなら、
国王にも説教をかます剛の者。

ロメール・フォン・リグレット
王弟殿下。小人さんに振り回され、
フォローとサポートに粉骨砕身。それに国王の
愚痴まで加わり、将来絶対に禿げそうな人。

日渡《ひわたり》 桜《さくら》

キルファン帝国の皇女。わけあって監獄郭で働いていたところ、チヒロにレンタル《身請け》されチヒロの侍女になる。

克己《かつみ》

神々により異世界転移させられた元日本人。最初この世界の理を誤解しており、チヒロからしっかりお灸をすえられた。

ザック

チヒロに孤児院を救われ、多大な恩を感じている。小人さん印の御菓子出張販売の責任者。

STORY

海の森の主・ツェットの子供らを取り戻すため、非道なキルファン帝国に宣戦布告をしたチヒロたち。

だが、すべての罪を皇女・桜に被せて責任を逃れようとする皇帝にチヒロの怒りが爆発する。

しかしその瞬間、チヒロの前に創造神たちが現れて――

皇帝をかばう神々に違和感を覚えたチヒロは、彼らの示すヒントの欠片を寄せ集め、一つの仮説にたどり着くが……。

世界の命運をかけた小人さんの大勝負♪

ダイジョブ、何があっても、アタシは皆の味方だからね。たとえ神々が相手でもっ！

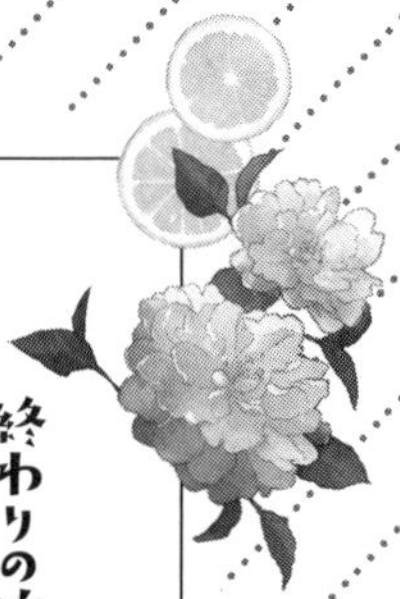

もくじ

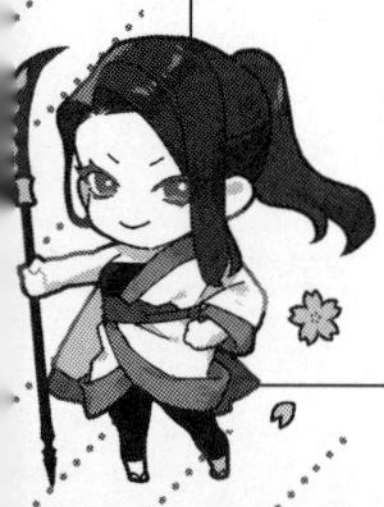

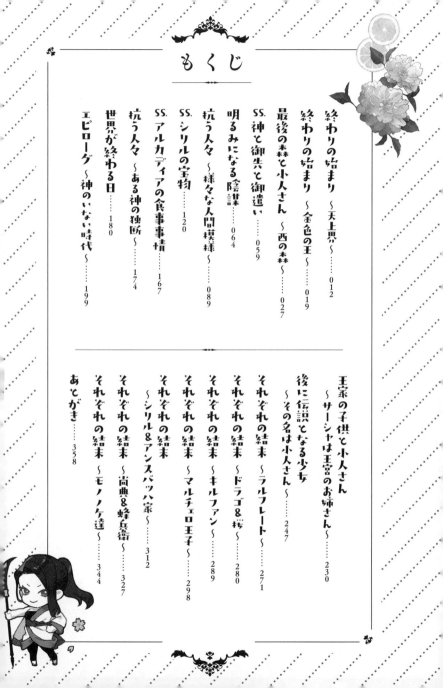

神々の黄昏編

～最後の森～

終わりの始まり～天上界～

《レギオンは……。二つ目の完成された世界の神になれませんでしたね》
《むしろ、今回のことで狂気と現《うつつ》の狭間におろう》
《健やかに育つアルカディアを見て、正気に戻ってくれないかとも思っていたのですが……》

ここは天上界。


何もない真っ白な空間の世界。そこに其々《それぞれ》の神のエリアがあり、神々は各々寛《くつろ》げるスペースを作っていた。

軽く学校の校庭くらいな広さの場所に直置きされたテーブルや椅子。最低限、困らない程度に設置された日用家具は、其々の好みに合わせた物だった。そんな個人エリアの中央に鎮座し、目立つのが下界を見渡す水鏡。

直径四メートルほどの水盆に満たされた水はやや硬質で、微かな圧を感じる水面に彼等がするっと指を滑らせると、自身の世界をどこでも見ることが出来た。

神々とて万能ではないし、全てを見通せるほど卓越した存在でもない。彼等にやれることといえば世界を創り見守るだけ。多少の神罰的なことや加護的な行為も出来なくはないが、あまり過ぎた力は使えない。

過ぎた力は世界を歪めるからだ。出来ないのではなく、やらない選択。これが如何に辛いものかは天上界に住まう神々全てが知っている。

だから眉をひそめてたむろう神々は、顔を歪めるだけで誰も何も言えなかったのだ。無言で佇《たたず》む少年神の姿に。

彼の姿形は人間でいう十五、六歳くらい。そんな外見で短めな金髪の少年。地は巻き毛らしく、柔らかな光をはらむ髪は緩やかに跳ねていた。

眼にかかる前髪を無造作に掻きあげながら、少年は諦念の眼差しで自分の世界を凝視している。

じっとヘイズレープを見下ろすレギオン。それを何人かの神々が遠くから見守っていた。

ただ滅びを待つだけな彼の世界。僅かに残された命達は先細り、今も少しずつその数を減らしている。

彼が現在どのような心境にあるのか。各々の世界をあずかる他の神々も、我が事であるかのように身につまされる。

レギオンの世界は数多《あまた》の星々の中でも稀に見る成長を遂げ、他の世界の数倍な速さで文明を極めた。天上界でも刮目《かつもく》される世界だった。

それがこんな無惨な終わりを迎えることになろうとは。誰も予測出来ず狼狽《うろた》えたのだ。

神は世界と共に生まれ、世界と共に消える。

彼は今、自身の死と直面している。心安らかであれるわけがない。だがこれも輪廻転生。世の倣いである。なぜに神々のみがその範疇から逃れようか。

しかし、だからといって、唯々諾々と受け入れがたいのも正直な胸の内だろう。

この一幕をゲームとして愉しむ神もいれば、心底レギオンを案ずる神もいる。

悲壮な雰囲気を醸す少年神の背中を切なげに見やり、心ある世界の神々は深い溜め息をもらした。

《高次の方々も酷いことをなさる》

忌々しげに顔をしかめ、薄い唇を噛み締める女神。

《滅多な事を申すな》

それをやんわりと諭す者がいれば、反射的に苦言を呈す者も出る。

《怨み言の一つもまろびろう。あれでは捨て駒のようなモノではないか》

《……であれど、我々には如何ともしがたい》

神々とて人間と変わらない。悩みもすれば苦しみもするし、こうして仲間内で愚痴だってこぼす。

そんななかでも滅多に起きない世界の滅び。それが今、目の前で起きていた。

レギオンの世界は壊滅したにもかかわらず、細く生き永らえる。先見の明ある者達が造ったシェルターが、その儚《はかな》い命を繋いでいた。だがそれももう長くはない。まるで時限爆弾のように刻々と迫る滅びの旋律。

　いつ弾《はじ》けてもおかしくない。残り微少な砂時計から零れ落ちる砂に精神をザリザリと削られ、レギオンの心は無慈悲にも少しずつ刮《こそ》げていった。

　無気力なまま微動だにせぬ若い神の後ろ姿は、他の世界の神々に何ともいえぬ憤りを覚えさせる。

《いっそ一思いに滅ぼしてしまえば善《い》いのに……》

《致し方なかろう。高次の方々が許したのだ。我等に口出しは出来ぬ》

《それが惨《むご》いというのだ。一縷の希望を与えて、絶望を長引かせ……っ、あげく、神々の理《ことわり》を利用した賭けに身を投じる羽目になったのではないかっ！》

　そう。レギオンがアルカディアに賭けを持ちかけた、あの時。神々の一部は高次の方々による咎《とが》めが下ると思い、一斉に顔を青ざめさせた。

　誰も確認したことはないが、神にとて暗黙の不文律があり、それを違えれば罰を受ける。ゆえに神々を凌駕する未知の存在があると信じられていた。

　その存在は神々を咎めもするが守りもする。

　神という生き物は、基本、食事も睡眠も必要としない。天上界にある限り、彼等は空腹も覚えないし眠らずとも平気なのだ。

　だからといってそういった欲求がないわけでもない。下界で捧げられた供物を受け取り、宴会を催すこともあれば、心地好く微睡《まどろ》むこともある。単純に必要性がないというだけで嗜《たしな》むことは可能だった。

そういった諸々から、神々は自分達を守る大いなる意思を感じ取り、それを親神様、あるいは畏怖を込めて高次の方々と呼んでいる。

だからあからさまな我欲にまみれ、不文律を侵そうとするレギオンが高次の方々に罰せられるのではないかと日々怯えていたのだ。

しかし咎めは下らず、結局賭けは成立する。

それすなわち、高次の方々が彼等の賭けを認めたという事に他ならない。これによりレギオンがヘイズレープ復活に一縷の希望を抱いたとして誰に責められようか。

苦々しげな口調で若い神が呟いた。若いといっても何百億年もの寿命を持つ神々の中でであり、彼はレギオンよりも年上だ。

《ヘイズレープとアルカディアを争わせるようなことをして、何がなさりたいのかっ！　本当にヘイズレープのためにアルカディアを犠牲にするおつもりなのかっ!?》

《これ、声が大きい》

みるみる激昂し、口調を荒らげる神を窘《たしな》めたのは地球の神。彼は痛ましい眼差しでレギオンを見つめつつ、それでも柔らかく微笑んだ。

《我らは、これでも善いと思うのだ》

《善い？　あんなに打ちひしがれ嘆いているのに？》
地球の神は鷹揚に頷く。
《奴の世界、ヘイズレープの命はアルカディアに継がれた。ある意味、アルカディアもレギオンの子供のようなモノではないか》
周囲の神々が思わず眼を見張った。逆説的な発想だが、言われてみればその通りかもしれない。
賭けで与えた命の種はヘイズレープの命。つまり、レギオンの生み出したモノである。
アルカディアの大地にひしめく多くの命の殆どがヘイズレープ所縁《ゆかり》の生き物だ。
《それに奴が気づいてくれたら良いのだが》
仄《ほの》かにざわつく静電気のような狂気を周囲に漂わせ、幽鬼のごとく佇む少年神。壊れる寸前なレギオンを見守ることしか出来ない他の神々。
幾千幾万と拡がる多くの世界。その中の一つが今にも息絶えようとしている。
しかし、数多の世界の中でも若い部類なヘイズレープとレギオンは狂気に染まった。彼は幼いアルカディアを捕食しようと鋭利な爪を磨いでいる。

………必ず勝つ。

何度も心の中で呟き、少年神は胡乱《うろん》な眼差しをアルカディアに向け、どろりと底冷えするように冷酷な笑みを浮かべた。その瞳に正気はなく、獲物を見据えるかのように残忍な光だけが獰猛に輝いている。

そんな神々の悲喜交々《こもごも》な憂鬱を、今の小人さん達は知らない。

終わりの始まり ～金色の王～

「……金色の王か」


ロメールの書簡を受け取り、フロンティア国王は窓から空を仰いだ。

その手紙には、小人さんが破壊された珊瑚礁を修復したことや、幼女が世界の可怪《おか》しさに気がついたことなど、育児記録のように事細かな内容が記されている。

中でも国王の眼を引いたのは、彼女が珊瑚礁の森を修復したという事実。王やロメールすら知らぬ森の主の生態。こうして千尋《ちひろ》が金色の王となり、初めて目にしたアレコレ。

彼女は代々の金色の王の中でも、一際異彩を放っていた。

連綿と継がれてきた各金色の王の詳細。いずれも特筆するようなこともなく、ただ、森の主と盟約し、各地の森を活性化してきたという義務のような作業行程のみ。

その作業だけでも何十年もかかる大作業だ。

馬車よりも遅い、馬と徒歩での巡礼。大半が荒野や砂漠なアルカディアにあって、代々の金色の王が巡礼を続けられたのは魔法のおかげである。

封じ玉や、各魔術具。これらがあってこそ、過酷な旅を穏やかに行えた。だがしかし、優秀な物品があってもどうにもならないのは時間だ。

広大な大陸に散る主の森。今では多くが潰され、数十個しか存在しないが、その昔には数多に存在した森である。

百近くの主の森全てを回るため、代々の金色の王は生涯をかけた。網目のように密に繋がった森同士は、今よりも遥かに壮大な金色の環《わ》を維持していたという。

そんな経緯から、フロンティアの国王と金色の王は兼任出来ない。いや、させるべきでない。

これが、次代のフロンティア王はウィルフェだと国王が断言する理由である。事実、初代様だって、御巡礼を始めたのは次代に国王の座を譲ってからだ。

初代様は特に森の主と懇意であり、彼の者に弔られ旅立ったとされるが、他の者までそうはいかない。後の金色の王らは、畏れ多すぎて、とても主に運んでもらうなど考えられなかったようである。

その知恵といい主との付き合い方といい、初代様は謎の多い人物だった。

初代国王であるサファードについては遺された文献から察する程度しか出来ないが、彼は今のアルカディアの人々よりもずっと賢く強靱な人間であったとされる。

常に先を見通し、起きる事態が分かっていたかのように采配を振るい、誰からも親しまれ崇拝されていた。大した揉め事もなく、権利には義務を。努力には報奨を忘れず、時には武力を用いてでも不正を正すことを躊躇《ためら》わない御仁と聞く。

あらゆる事柄に指南書を書き記し、後の子弟が困らぬよう学べる環境の基礎を創り上げたのもサファードだ。

平民でも通える学習院。それをさらに洗練させた貴族学院。後の子弟の努力により築き上げられた学術都市で行われる、知識の集積、研究、研鑽。そして拡散も昔からフロンティアの日常となっている。


これが普通でないのだとフロンティアが知ったのは、消失の時代と呼ばれる数百年前。

孤立立地なアルカディアの各国は、戦を始めるまで滅多に他国へと渡ることがなかった。だからフロンティアも知らなかったのだ。

他の国々が蛮族の集まりであることを。

欲しければ奪い、気に入らなければ殺す。自国民すらそのように扱う国々で、他国人の扱いなどお察しである。

フラウワーズが協力して行ってくれたフロンティア発の食糧支援。それの随員として同行したフロンティア人は、酷使される奴隷達や簡単に切り捨てられる平民らに度肝を抜かれた。

ゴワゴワに絡まりゴミすら交ざった頭髪。衣服も腰布一枚で足は裸足。全身いたる所に残る傷痕や痣。痛々しいなどと表現するも生温い姿形の奴隷らを見て、フロンティアの人々は背筋を凍らせる。

さらには何か粗相でもやらかしたのか、突然、一人の下働きが背中から切り裂かれた。

悲鳴を上げる間もなく、どしゃっと倒れ臥《ふ》す男性。フロンティアの面々は辺りに飛び散った血《ち》飛沫《しぶき》に悲鳴をあげるが、周囲は平然としたもの。むしろ不思議そうな顔で酷く狼狽えるフロンティア人を見つめている。

あからさまに横たわる温度差が、フロンティアの人々を困惑させた。

え？　殺人だぞ？　人を殺したんだぞ？

現代人に近い感性。丁寧に育まれた人間性。彼らの顔全面に浮かぶ嫌悪と疑問符が、ソレを証明している。

フロンティアであれば、犯罪まがいの行為でない限り実刑は伴われない。大抵の揉め事は、罰金か強制労働で片がついた。

貴族学院でも、権力には義務が伴い、民を守れない者が上に立つことを禁じているし、強者が持つものは傲《おご》りではなく慈悲であり、油断ではなく余裕なのだと教育されてきた。

そして上の者たる上流階級は常にその模範を示し、力を正しく行使せよと叩き込まれるのだ。

奴隷なども、犯罪落ちか借金落ちのみ。それも格安とはいえ給金が支払われ、上手く貯め込むことが出来たなら、自身を買い戻して自由民になることも可能だった。

そういった法律がキチンと整備されたフロンティアから見たら、他国はまるで無法地帯である。

街中でも暴力や悲鳴が横行し、女性らが乱暴を働かれているのに周囲は見ぬふり。いや、関心もなさげな一瞥しかくれない。

共に訪れたフラウワーズの人々も、やや眉をひそめつつも特に動揺はしていない。大して物珍しくもないのだろう。そう窺える態度だった。

………何かが、おかしい。

ここで初めて、世界に疑問を持ったフロンティアは、自国と他国の差に愕然とする。

他国には法律らしい法律もなく、それらが適用されるのも貴族のみ。平民に対する王侯貴族の横暴は全てまかり通る。怪我をさせようが殺そうが、一切罪に問われない。

盗みを働いたら腕を切り落とす？　貴人に無礼を働いたら死罪、あるいは奴隷落ち？　奴隷は家畜と同等で、売り物に過ぎない？

聞き込んで調べた情報を呆然と読むフロンティアの人々。これでは獣の群れと同じである。強い者が弱い者を支配し、淘汰するだけの無秩序な世界。

……なんたることか。

盛大に冷や汗を流しつつ、フロンティアの彼等は露見した情報を自国に送った。そして付け加える。

『どの国にも他国の戦争捕虜がいます。彼等は奴隷として売り払われるそうです。何卒、ご英断を』

これを知らされたフロンティアは、直ちに正式な書類を作成して食糧支援と引き換えに戦争捕虜の身柄を求める。多少の泡銭《あぶくぜに》にしかならない捕虜だ。どの国も快く譲ってくれた。

毎年のように食糧支援を行うフラウワーズとフロンティアは、行く先々の国で捕虜を迎え入れ、回る国々でその国の捕虜らを解放した。

兵士の多くは平民である。王侯貴族らは、酔狂なことだとフロンティアを嘲ったが、国に大きく蔓延るのは数多な平民達だ。

救われた民がフロンティアを崇めるのも自然な成り行き。そこへ慈悲を重んずる神殿各位の評価も高まり、フロンティアへの羨望は各国で無視出来ぬものとなっていく。

こうして大量の食糧支援とともに、世界はフロンティアに一目置くようになったのだ。

　今は昔の話である。


しかしその源が、初代金色の王の功績には違いない。

彼の行った多くの偉業が、あらゆる処に波紋を及ばせていた。

法を整備し、教育を施し、物事への明確な指標を作り、今のフロンティアの民度を築いた初代。

まだ法という概念もないくらい昔の建国時にだ。

他国を巡察して、そのあまりな状況に憐憫を抱ける。なんとかしてやりたいと思える。そんな情を人々に育ませてきたフロンティアの文化と司法。サファードの行った国造りは見事という他ない。


ただ、そんな彼でも語れない何かがあったのだろう。


常に聡明で精力的に動き、全てを事細かく記していたサファードが唯一隠匿したモノ。それが金色の王の詳細である。

国に伝わるのは、周囲の人々から見た金色の王の姿。本人による手記は、なぜか真っ白なページのみで何も記されていないのだ。

だからこそロメールすら、金色の王を主の森を統べる象徴的なモノとしてしか捉えていなかった。

金色の王の巡礼も、森を活性化させるための公務のようなことと思っている。主の森が世界の命運を握るのだから、それを活性化出来る金色の王は世界を統べる者であると。

サファードの手記が読めぬ以上、そのように帰結するのも無理からぬこと。

だがしかし、これにはカラクリが存在する。サファードは己に関する情報だけ、金色の魔力によって書き記していたのだ。同じ金色の魔力を持つ者にしか読めないのである。

連綿と継がれてきた初代様の手記。代々の金色の王によって、その内容も別紙に書き写されていた。国王となる者にしか明かされない秘密として。

それを今の王も知っている。アレを小人さんに読ませるべきか否か。もう少し大きくなってからの方が良いか、悩む王。

フロンティア国王に口伝で伝わる初代様の正体。

それを千尋が知るのは、全てが終わった後である。

最後の森と小人さん　～西の森～

「ここが？　え？」

遠くに見えていた壁が間近に迫り、千尋は間抜けな声をあげる。

気になる木の多目的広場、一つの農村、一つの街。それらを経由して小人さん部隊は目的の西の森へ到着した。

荒涼な風景に緑がまじり、街を出たあたりからは豊かな自然が広がっている。あきらかに魔力の有無が地形に反映していた。これがフロンティアの現状なのだ。

そして辿り着いた西の森。

小人さん達の前に立ち塞がる堅固な壁は苔むし、長い歴史を感じさせる。

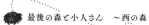

何度も補強された形跡の残る石。丁寧に造られたらしい壁は高さは七メートルぐらい。左右も延々と続き、見渡しても途切れがない。

すごいね、これは。地球で見た万里の長城みたいだにょ。ほんと人力って侮れないよなぁ。

ぽかんっと壁を見上げる幼女様。到着した小人さん一行がそそりたつ壁を眺めていると、それを警護しているらしい兵が訳知り顔で近寄ってきた。

軍服の上から軽鎧《けいがい》を着けた男性。たぶん、辺境伯領の兵士達だろう。

小走りで駆け寄ってきた彼等は、小さな子供が同行しているのを確認して一瞬足を止めたが、すぐに気を取り直しドルフェンに声をかける。

「巡礼の方々でしょうか？」

「そうだ。金色の王の巡礼だ。主の森を訪《おとの》いたい」

「はい。御到着されたら、案内するよう託《ことづ》かっております」

ドルフェンに騎士の礼をとり、警備兵は遠くに見える小さなゲートへ小人さん達を案内する。

そこには観音開きの扉。右側に置かれた金属製の太い閂《かんぬき》を見れば、普段はがっちりと閉じられているだろうことが窺えた。

ビシッと並ぶ警備兵達は、ドルフェンがついている幼子にも礼をとる。騎士が護衛する幼女。説明されずとも件《くだん》の金色の王だと彼等も理解しているに違いない。

そんな警備兵らを一瞥し、小人さんは不思議そうに壁を見上げた。

これは他の森で見たことがない仕様だ。

それを察したのか、警備兵の一人がその疑問に答えてくれる。

聞けば単純。主の森から出てくる魔物を遮断するための外壁なのだとか。深い渓谷にある西の森は、極たまにだが魔物が這い上がってくる。その魔物が中に戻らないかららしい。

深さ五百メートル以上はある渓谷だ。上がってきたは良いものの、戻ろうとして落ちたら魔物といえどただでは済まない。

それを理解しているのか、這い上がってきた魔物はそのまま周辺を徘徊する。主の森の影響で、うっそりとした樹木の広がる渓谷周辺。

魔物やケモノらが棲むには絶好の場所。そんな棲み着いた逸れ達を外に出さないための外壁なのだそうだ。

なるほど。比較的小さな森だからこそ出来る芸当か。王宮にだって外壁はあったものね。やろうと思えばやれるよね。

得心顔で頷く幼女。

それを心配そうに見つめ、警備兵達は小人さん一行の人数の少なさと、引き連れている魔物らの多さに顔をひきつらせる。

人間より魔物の方が多い。これは一体どういうことなのかと。知らず痙攣する口角に苦戦しつつも、警備兵らはピシッと整列し敬礼した。

「中は魔物がいる可能性があります。お気をつけて」

魔物を従える者に魔物への注意とか、チグハグな気もするが。

そう思いながら、念のために警備兵は薄く開いた扉の中を確認する。閂を外し、扉周辺の魔物は一応駆除したが万一ということもある。

中の安全を確認して、警備兵達は軋《きし》む扉に苦戦するかのよう押し開いていく。

高さ五メートルほどの金属製の扉は結構な重さのようだ。それを兵が四人がかりで何とか開き、小人さんらを招き入れた。中に入ったフロンティア一行は少し離れた位置から生い茂る森を見つめる。

こんもりと泡立つ森。王都の森とはまた違う風情の森だ。緑深いというか暗いというか。妙な重さと圧を感じる森である。

それを指差して、小人さんは兵士らを見上げた。

「あれが西の森?」

小首を傾げる幼子に驚嘆の眼差しを向け、案内してくれた兵は小さく頷く。

「あの奥に深い渓谷がございます。その底が主のテリトリーです」

「なるほど。ありがとうね。行こうか」

フードを目深に被りなおし、千尋はドルフェンに抱えられる。

幼女を抱えたドルフェンを筆頭に、アドリス、桜《さくら》、騎士団の面々と小人さん部隊は、躊躇いもせずに森の中へ進んでいった。

周りを固めるは多くの蜜蜂や蛙。幼女の左腕には蛇も巻き付いている。

それを茫然と見送る警備兵達。

「あれが金色の王と僕《しもべ》か……」

本当に魔物を従えているのだなと、それぞれが困惑と驚愕を同衾《どうきん》させた眼差しで複雑そうに顔を見合わせる。

話には聞いていたが、聞くと見るとでは大違い。魔物に囲まれた馬車がやって来た時は度肝を抜かれた。

飛び回る無数の蜂や、馬車の屋根に鎮座する蛙達。その巨大な生き物が魔物なのは一目瞭然。

背筋を爆走する悪寒を気合いで抑え込み、小人さん達の姿が見えなくなるまで直立不動だった警備兵らは、一行が森の中に消えた途端に、どっとくずおれた。なかにはヒューヒューと呼吸を荒らげる者もいる。

「有り得ない。なんだ、あの魔力の塊は」

滝のような冷や汗を垂らして呟く警備兵達。彼等は魔物の放つ魔力に当てられたのだ。守護の蛙や、警護、斥候《せっこう》の蜜蜂達。それらが警戒気味に漲《みなぎ》らせる魔力の迸《ほとばし》り。そして、全てを一纏めにする金色の魔力。

小人さん慣れしているフロンティア一行には大したことでなくても、免疫のない人間にはとてつもない圧力だった。

魔力が低い者ほど、こういった気に当てられやすい。魔力を感じる部分が未熟なのだ。殺意にも似た空気の深みに落としこまれ、動けなくなる。魔法国家フロンティアならではの感覚だろう。逆に魔力枯渇を起こしている者は平気だったりする。反応する魔力がないからだ。桜や克己《かつみ》がソレだった。

知らぬは小人さん本人ばかりなり。彼女の周りは高魔力持ちで溢れていたから致し方なし。数少ない低魔力なドラゴや厨房の者らも千尋の覚醒前からの付き合いであり、王宮の貴族らで魔力に慣らされていて大事にはならなかった。城下町の人々も同様だ。

段階を踏まず、いきなりモノノケ達込みで金色の魔力に当てられた人々には、ご愁傷様としか言えない。

へたり込んで立ち上がれずにいる警備兵らを余所《よそ》に、彼女らは深い森の中をずんずん進む。

空をも覆い隠す暗い森。ここもまた個性的な森だった。

メルダの森が緑深く鬱蒼と生い茂る森ならば、モルトの森は水源が豊かで広い湖を持つ拓けた森。海の森は言うに及ばず美麗な珊瑚礁。

そしてこの西の森には、まるでジャングルのように生態系の違う植物が蔓延《はびこ》っている。

ガジュマルみたいなモノからヤシやソテツ。極太な蔓のような植物が地面や木々を這い回り、ところ狭しと絡み付く。それも丸太のような太さから大人の腕の太さまで様々な。

高い湿度に真夏の暑さも相まって、蜜蜂らの冷風扇がなかったら、きっと発狂ものの気温だったに違いないと思う小人さん。

地球の南米みたいな？　アマゾンとかそういった。……いや、何か別の見覚えも？　あ、あれだ。空飛ぶお城を覆ってた森だ。

某有名スタジオの、親方、空から女の子がっ、などと、記憶に消えない有名な映画を思い出して、幼女は小さく苦笑した。

なんか、アルカディアに来てから、やたら某スタジオの映画を思い出すなぁ。似てるものね、世界観が。

映画で観ていたときは、綺麗な森だなぁとか暢気に観てたが、リアルその場にいるとこんな感じか。

鬱陶しいほど重くまとわりつく空気。含まれた水分をそのまま吸収しているかのように、ずっしりと嵩《かさ》を増していく汗。

抱かれているだけなのに息が上がるし、呼吸も細くなる千尋。しだいにヒューヒューと小人さんの喉が嫌な音をたてだした。軽く咳き込む幼女を心配して、ドルフェンが足を止める。不安げにすがめられた薄青い眼。

「慣れない環境で粘膜に負担がかかっているのでしょう。少し休憩にします」

快く頷く桜やアドリス。

あー、もう、このちっさい身体にうんざりする。

「ダイジョブ。これで……」

千尋は斜め掛けの鞄から小さな包みを取り出して口に放り込んだ。しばらく口をモゴモゴさせていると呼吸が落ち着き、喉の不協和音も鳴りを潜める。

「それは？」

「ハチミツレモン」

乾燥させたレモンを砕いて蜂蜜漬けにし、キューブ状で固めたモノである。

一口大の携帯食として考案、試作していたモノだが、栄養価もあり疲労回復の効果が高いため今回持ってきていたのだ。

他にもリンゴキューブやナッツ、干し葡萄《ぶどう》のキューブなど、小人さんは色々試行錯誤中だったりする。

「ほら、みんなも」

鞄から幾つも包みを出し、千尋はまとめてアドリスに手渡した。薄い油紙で巻かれ両端を捻った昔懐かしい包み方。ガサガサいうそれを受け取り、アドリスは騎士達に配りつつ自分も一つ口にする。

途端に瞠目。

蜂蜜の甘さに負けない酸味。とても甘酸っぱく、仄かな苦味が広がる口中。酸っぱさにつられて、ぶわっと溢れた唾液が、先ほどからザリザリしていた喉を奥までスッキリと洗うようだった。

「あとは、これね」

言われて振り返ったアドリスの眼に、今度は口元を布で覆う小人さんが映る。

薄くて小さなサッシュのようなもので眼のすぐ下から顎までしっかり覆い、頭の後ろで布を結んでいた。

あれか。掃除などで埃を吸い込まないための。でも、なぜに？

布をつけた幼女を困惑げに見つめる騎士達。それを見渡して、千尋はにっと眼を細める。

「ここは、たぶん気化した植物の成分がアレコレ浮遊してると思うの。人体に害があるかもしれない。気休めだけど、みんなもつけてー」

スチャッと布を両手に取り出し、フリフリ振り回す小人さん。

気化は分かる。成分が浮遊？　人体に害があるかもしれない？　え？　そんなモノつけたら、かえって息がしづらくないか？

なんとなく布を受け取り、どうしたものかと顔を見合わせるアドリス達。しかしドルフェンは何の疑問も顔に浮かべず、言われたとおりに布で鼻と口を覆った。

「ふむ。なるほど。確かに呼吸が楽になった気がします。先ほどまでの喉に引っ掛かるような感じがしない」

大きく息を吸い込み、彼は眼を細める。それを見て、アドリスや騎士らも布をつけた。

お？　たしかに。

妙に絡みついていた空気の違和感が薄れる。先ほどのハチミツレモンで喉が潤ったのもあるのだろうが、俄然呼吸が楽になった。

不思議そうに瞠目する騎士らを一瞥して、小人さんは剣呑に森の奥を睨《ね》めつける。

ここは人を阻む森だね。違和感や不快感を与えて、知らず人が寄り付かないよう造られてるんだわ。

本当に人体に影響があるかは分からないが、あからさまに人を厭《いと》う仕組みが働いているようだ。眼に見えぬ何かが作用している。

だがマスク一枚で凌《しの》げるあたり、本気で排除する気はなく思えた。

人を嫌う森か。

人心地ついた小人さん部隊は、さらに奥へ歩を進める。わしゃわしゃと足元に長い草を絡め、ズンズン進む小人隊とモノノケ隊。


そんなこんなでしばらく行くと、突然視界がひらけ、険しく切り立つ断崖絶壁が現れた。

千尋はドルフェンに下ろしてもらい、その絶壁を見下ろす。

軽くハングオンした岩壁は降りられそうな所が見当たらない。下方から上がる生暖かい風が絶縁の足場を吹き抜け、酷く不安定にさせていた。

亀裂の底に見える森は樹木がみっちり生えて絡み合い、ここから眺めても、キツキツに密集したブロッコリーの山にしか見えなかった。

うひゃあぁぁっ、これはまた……。落ちたら完全にアウトだなぁ。どうしよっか。

今にも崩れそうな足場と吹き抜ける突風。その煽りを受けてふらつく小人さん。

「おっとお？」

千尋は背を反らせて崖の内側に転びかける。

「チヒロ様っ！　こちらへ……っ」

よろめいた小人さんに慌て、ドルフェンが手を伸ばした時。ひゅっと何かが飛んできて、幼女の腕に絡まった。

「え？」

眼にも鮮やかな真っ白い紐が千尋の腕に巻き付いている。それを視認するやいなや、幼女の小さな身体は宙を舞った。

「チヒロ様っ!?」

「うひゃあぁぁっ??」

渓谷底の深い森から伸びた紐は間髪おかずに小人さんを引き寄せ、そのまま絶壁から小さな身体をダイブさせる。

咄嗟《とっさ》に駆け寄ったドルフェンらだが半瞬遅く、伸ばされた手は虚しく空を摑んだ。

だがドルフェンは諦めない。すぐさま断崖に手を掛けて乗り出すと、そのまま岩壁を蹴り、加速をつけて小人さんに向かって飛び付いた。

「ドルフェンっ」

宙に躍り出たドルフェンは千尋に追いつき、強靱な両腕で抱き締める。

「二度も後れはとりませんっ！」

必死の形相で己が身体の内に小人さんを抱え込んだドルフェン。二人は紐に引かれるまま、遥か下の森へと消えていった。

瞬きにも満たぬ一幕。眼を限界まで見開いてアドリスは絶壁にすがりつくが、二人の姿は眼下の緑に呑み込まれ、すぐに見えなくなった。

渓谷を渡る生暖かい風が、顔面蒼白なアドリスの頬を撫でていく。

「チィヒーロぉっ、ドルフェンーっ」

アドリス達の絶叫が谺《こだま》する渓谷。そこへポチ子《こ》さんや蜜蜂らも飛び込んできた。蛙達を抱えて颯爽と飛び回る蜜蜂の群れ。

金色の王の窮地だ。彼等の本領を発揮すべき時である。意気揚々と眼下の森に飛び込もうとするモノノケ達。

「ポチ子さんっ、俺らも運べるかっ!?」

即座に渓谷へ向かおうとしていたポチ子さんらを、アドリスの叫びが止める。

ポチ子さんはしばし他の蜜蜂らと空を旋回すると、他の蜜蜂がアドリスへ向かって飛んできた。騎士の剣や槍を取り上げ、それを二匹の蜜蜂で左右から摑んで支える。

ほれほれ、と言わんばかりな蜜蜂達。アドリスは、はっと顔をひらめかせて、蜜蜂らの意図を察した。

「摑まれってことか」

蜜蜂が支える剣の中央を摑み、アドリスは木の枝にぶら下がるような形で空に持ち上げられる。重力に引かれて揺れる彼の脚。

「うは、チィヒーロの奴、いつもこんな感じで空を翔んでるんだな」

足が地面から離れ、心許ないことこの上ない。しかし背に腹は代えられぬ。初めて体験する浮遊感に怖じ気づきながらも、アドリスは蜜蜂に向かって頼んだ。

「行ってくれっ」

その声に呼応し、蜜蜂らは渓谷へ向かって飛んでいく。

アドリスが渓谷へ降りていくのを茫然と眺めていた騎士達も、同じように桜が槍に掴まるのを見て、はっと我に返った。

「待ってください、サクラさんっ！　貴女はここで待機をっ、我々が行きますっ！」

「はあ？　馬鹿をお言いでないよ。アンタさんらこそ、ここに半数は待機していておくれなし。万一、陽が暮れてもアタシらが戻らなかったら、辺境伯へ救援を頼むよ」

そう言うと桜は助走までつけて渓谷へ飛び立つ。

平然と飛び降りた桜を見送りながら、騎士達は絶句して顔を見合わせた。

言われてみればその通りだ。万一のために何人かは残るべきだろう。だけど、その残りに桜も入るべきではないのか？　なんで率先して飛び出していくの？

そしてこの状況にとても親近感のある小人隊。


……幼女と似てる。

あの決断力の早さ、思いきりの良さ。小人さんとダブって見えるのは気のせいだろうか。

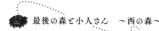

そんな益体《やくたい》もないことを考えつつも、騎士達は即座に行動した。3分の1を待機組にし、残りは蜜蜂とともに渓谷へ降りていく。

鬼が出るか、蛇が出るか。

この世で一番恐ろしいと言われる森の主らを知る小人さん部隊に恐れるモノなど何もない。

様々な思いを呑み込み、西の森は不気味に静まり返っていた。


「わっぷっ」


白い紐に引かれるまま渓谷へ転落した千尋は、ドルフェンと共に柔らかな何かに受け止められた。

勢いよくバウンドし、フライパンで弾ける空豆のごとく飛び出した彼女は、落ちた衝撃でドルフェンの胸に突っ伏する。

大きな体躯を丸めて小人さんを抱え込んでいた彼は、弾けた勢いのまま地面を転がった。

幸い深く茂る草の上だったため大事はなく、数回転げたドルフェンは即座に起き上がり、懐に小人さんを抱えつつ用心深く辺りを窺う。

剣呑に光る武人の眼。

「ここは……？」

完全に日光を遮断する深い森。見上げてもそそりたつ樹木に覆われ、絶壁も空も何も見えない。

柔らかい足元の草も丈があり、しゃがむドルフェンの身体を半分くらい隠している。

「チヒロ様、お怪我はないですか？」

「だっ、ダイジョブ」

けっこうな高さだと思ったけど、よく無事だったなぁ。

炙《あぶ》るようにバクバクいう心臓を押さえ、もぞもぞと身動《みじろ》ぐ幼女様。それを抱き締めたまま、ドルフェンは腰のバッグから小さな封じ玉を取り出した。

中身は夜営道具。この暗さにはカンテラが必要だと彼は判断したのだ。ドルフェンの素養は水特化。焔《ほのお》属性は生活魔法程度しか使えない。慣れない魔法の行使より道具の方が堅実だろう。

そう思い、道具を取り出そうとしたドルフェン。

しかし彼がそれを地面に叩きつけようとした瞬間、その手を押さえる者がいる。

《困るね。王のみを招いたつもりだったのに。灯りも御遠慮するよ》

ドルフェンの手を押さえたのは四方から飛んできた複数の糸。

狼狽える彼を尻目に、目の前の木々が音をたてて軋み、巨大な生き物が現れた。

それは体長五メートルを軽く超える蜘蛛。

毛むくじゃらな体躯と太い手足。爛々と輝く八つの眼は、その全てが小人さんを凝視している。

地球の生き物であれば、タランチュラに似た姿だが、その色は漆黒。闇に溶ける美しい濡れ羽色に朱の差し色が綺麗な蜘蛛だった。

「アンタが森の主？」

《いかにも。ん…？》

巨大な蜘蛛は眼をしばたたかせて幼女を見つめる。何かを確認するかのように視線で舐め回し、蜘蛛は愕然とした口調で思念を発した。

《そなた…。右手を持っておらぬな？　右手はどうした⁇》

「右手？」

全身で疑問符を浮かべる小人さん。思わず視線を彷徨《さまよ》わせ、蜘蛛は何とも言えない複雑な顔をした。

ほんと表情豊かだよね、森の主らって。

そんな益体もないことを考える千尋を余所に、仕方なさげな蜘蛛が身体を丸めてどっしりと小人さんの目の前に鎮座する。高さ的には三メートルほどか。手脚をたたむと存外コンパクトだ。

《お放し。一応は客人だよ。王よ、その者に動かぬよう伝えておくれ》

四方から糸を吐いてドルフェンを止めたのは主の子供ら。

よく見れば、鬱蒼と茂る木々の隙間に主のミニチュア版な蜘蛛があちらこちらと無数に潜んでいた。

その大きさは掌サイズから幼児大。主の子供らはこのサイズとでも決まっているのだろうか。

ブツリと切られ、たわんだ糸がドルフェンの周囲に散らばった。

驚愕の面持ちで辺りを凝視していたドルフェンを見上げ、千尋は苦笑する。

「主と子供らだよ。動くなってことらしいから、じっとしててね、ドルフェン」

ああ、とばかりに状況を把握したドルフェンは、地面にあぐらをかいて座り、そこへ千尋を抱え直した。

こういう時の胆の据わり方は見事である。

彼は小人さんに全幅の信頼を置いていた。目の前に凶悪そうな魔物がおろうとも、小人さんがダメだと言えば、いくら牙を剝かれようが攻撃をしない。

話が早くて助かる従者である。

「で？　招いたってことは、アタシに用があるんだよね？　アタシもあるんだ」

ドルフェンの膝にちょこんと座る幼女を見つめ、蜘蛛は、やや重そうに言葉を紡ぐ。

《そうさね。事は数千年前に遡るか》

少し遠い目をした蜘蛛から語られた話は、神々の賭けの話だった。アルカディアが生まれ、その命運を賭けた神々のやり取り。

そして今現在、地球の神がアルカディアに助太刀していること。
唖然とする二人に眼を細め、巨大な蜘蛛は小さく牙を鳴らした。
にちゃりと滑る研ぎ澄まされた大きな牙。森の主が知性ある魔物と知らなければ、きっと人々は恐怖に戦《おのの》くことだろう。

淡々と続くジョーカーの説明によれば、金色の魔力で歪んだアルカディアを元に戻すため、地球の神が手を貸し、日本人とその技術を持つ国を造った。そこから魔法に頼らぬ文明を発信させ、森の主らを処分し、アルカディアから神々の魔力を消し去ろうと努力した。

そして最後のピースとして送られたのが小人さん。金色の王となり、巡礼で主達を破壊し、前世の知識を使ってアルカディアを活性化させるための起爆剤。

千尋がキルファンを目にすれば、その技術や文化を手に入れようとするのは必然。それをさらに進化させ、世界に広めるのを期待しての人選だったらしい。

あ〜……、なんか、分かるわ。うん。アタシなら、そうするね。絶対。

そういった神々の思惑から選ばれたのは、不条理や不遇に見舞われてもめげない不屈の意志を持ち、多少の困難は自衛出来る強靱な人間。

地球の神をして野生児と言わしめた千尋。少々の危機は、自力でひょいひょい乗り越えるだろう大雑把で山猿な人間性が彼等の御眼鏡にかなった。

野蛮な中世観のアルカディアだ。荒《すさ》ぶ逆境を撥ね除けられねば生きていけないサバイバルな世界。なので、懐深いといえば聞こえは良いが、実際は、限りなく無頓着で、図太くしぶとい人間が選ばれたとか。

フロンティアに生まれた理由も、ほぼ克己や千尋の予想どおり。金色の王となり、巡礼で森の主を処分させるためにである。破壊を司る悪魔の右手で。

千尋はそんな力を授けられていたとは思いもしなかった。その右手とやらはファティマが持っていってしまったらしいが、それがなくとも主達を処分することは出来なかっただろう。

盟約の時、無意識とはいえ、小人さんは左手で左側に触れていた。どう足搔《あが》いても悪魔の右手とやらは発動しない。

でも、野生児って……。褒められた気がしないけど。まあ、分かった。うん。たしかに山猿だしね、アタシ。

たははっと浮いた歯茎を隠せない幼女。

《ここまで話せば分かるね？　私はアルカディアの者ではない。地球の神の御先だ。起死回生の一手として送られたカードだよ》

メルダやツェットなど、森の主達は神々との盟約に関して語ることは出来なかった。それは彼等がアルカディアの守護者であって《御先》ではないからだ。神の眷属となる選別をくぐらずに神の力を持つ。これは間違いなく、神々の不文律に触れる異常事態だ。

逆に、アルカディアではないが、地球の神の《御先》であるジョーカーは、神との盟約を語れる。

彼女は神の眷属であり、正式に同等の力を賜っているからだ。

こうして搦め手で神々の内情を説明出来る者を潜ませていたわけか。地球の神が。なるほどねぇ。

今まで知らなかったアレコレをジョーカーから語られ、千尋は考える。脳内をフルスロットルさせて、与えられた膨大な情報を整理した。


蜘蛛、御先、起死回生の一手。


小人さんの中で、パズルのピースがはまるように、パチパチと音をたてて思考が構築される。

実は地球で蜘蛛の姿をした神々は少ない。だが皆無ではない。

小人さんは神を名乗る蜘蛛を幾つか知っているが、その中で切り札ともいえる手札を持つ蜘蛛ならば一人しかいない。架空の物語の神だが、宗教なんて実在したかどうか確かめようもない代物だ。

彼女《ジョーカー》が信仰を捧げられ神格を得たとしてもおかしくはないだろう。


だとしたら、これが示すモノは……。

「滅亡、待ったなしなのね。アレは、もう完成してるんだ？」

凍りついた顔で呟く幼子に軽く驚きながら、蜘蛛は肯定するかのように頷いた。

《博識だね。まあ、だからこそ、そなたが選ばれ送り込まれたんだろうが。完成している。滅亡は免れない》

キッパリと断言する巨大蜘蛛様。

千尋は、ありったけの知識をニューロン細胞に巡らせて今を救う策がないか模索する。

考えろ、考えるんだ。

ジョーカーの網が完成しているのならば、もはや手立てはない。橋は渡された。死を紡ぐ橋が。

そうなると……。

肉食獣のようにギラつく千尋の炯眼《けいがん》。

「アンタの話どおりなら、アタシには再生の左手と破壊の右手があったんだよね？　で、破壊の右手はファティマが持っていってしまったと。アタシに残されているのは再生の左手だけ」

この蜘蛛の話どおりならば、その破壊の右手で主らを殺さないと賭けの敗北が成立する。神々の魔力をアルカディアに残してはならないのだ。

御先でも御使いでもない主らが神の力を持つのは、本当にイレギュラーなこと。

神々の理に照らすなら許されない過干渉。しかもその魔力が世界の成り立ちに関わっているとあらば、排除すべき異分子なのだろう。

あああっ、だから、クイーンやモルトは、あんなに複雑そうな顔をしていたんだっ！　ツェットの言葉の意味も、ようやく理解出来たっ!!

彼等は知っていたのだろう。神々の思惑を。だけど口には出来なかった。己が殺されると分かっていても、最後まで人間に寄り添おうとした。

なのにっ、無情にも程があろうよ、神様っ!!

考えに行き詰まり懊悩《おうのう》を隠さぬ幼子をドルフェンは言葉もなく見つめている。そして何気なく呟いた。

「ファティマ様とやらが破壊の右手を持っていって下さって良かったですね。主らも安堵したことでしょう」

ジョーカーの言葉は分からねど、応対する千尋の言葉からあらかたの事情を把握したのか、邪気もなく素直に微笑むドルフェンを小人さんは憮然と見上げる。

良かった？　それがないばかりに、こちらの敗北は必至なのに？

だがもし、この右手に破壊の力があったとして、自分にクイーン達を殺せただろうか。

否。出来るわけがない。

知らず殺してしまっていたら、きっと今の自分はない。底無しの後悔に陥って同じことが起きることを恐れ、巡礼すら始められなかったかもしれない。無意識の迷信に惑わされただけだとしても、主らに左手で触れた過去の自分を全力で褒めてやりたい小人さん。

「足掻けるだけ足掻こうか。後悔も泣き言も死んでからで十分だ。今は金色の環を完成させて、主らを生き延びさせることが出来ないかやってみようっ！」

そうだよ、アタシは主らを殺すためにここに来たんじゃない。彼等を生かせないかと考えて来たのだもの。本末転倒、大車輪だわ。

「取り敢えず、盟約よろしくっ！　後のことは、ゆっくり考えようね」

にぱっと笑う千尋を困惑気に見つめ、それでも蜘蛛は頷いた。

《私は地球に還りたいんだけどねぇ。事が済んだら神殺しの右手で送ってもらうはずだったんだけど》

「神殺しの右手？」

《そうさな。神の御先である私を殺せるのは、同じく神から力を授かった者だけ。破壊の力を神から授かったのはアンタだけなんだよ。殺してもらえないと私は地球に還れないんだ。御先は神の末席でもあるからね。寿命はないんだよ》

なるほど。

盟約を済ませた千尋は、鬱蒼と生い茂る森を見上げた。

「どうやって戻ろうか？」

うんざりとした口調で呟く小人さんと同じように、ドルフェンも空を見据える。

《開けるよ。少しだけね。上が煩《うるさ》いし子供らも困ってるみたいだからね》

言われて千尋も気づいた。何やら騒がしい声が上から聞こえてくる。なんとか降りようとしているのだろうか。ガサガサ、ガサガサと葉ずれの音が忙しない。

「なんだよ、これっ！　どっこも降りられそうなとこないじゃないかっ！」

脚で森の樹々を探り、枝か何かないかと足場を探すアドリス。しかし、深い森の樹々は青々とした葉っぱのみで、支えになりそうな場所が見つからない。時折爆ぜるのは細い枝ばかり。

「ほんに忌々しいね。もうこのまま飛び込んでやろうか」

桜も必死に樹々の隙間を探す。蜜蜂らが風魔法で切り裂いても、瞬く間に新たな枝葉が生えて埒《らち》があかない。

他の騎士達らも蜜蜂と旋回しており、西の森上空はてんやわんやの大騒ぎになっていた。

その喧騒が小人さんの耳にも聞こえ、幼女は思わず乾いた笑みを浮かべる。

「あはは。みんないるんだ？　どっしよっかなぁ？」

うーんと考えこむ小人さんを余所に、主の周囲にいた子蜘蛛達が一斉に糸を吐いて千尋が見上げていた森の木々の枝をミシミシと曲げ、通り抜けられるサイズの隙間を作ってくれた。

厚く覆われた森の木々の間から光がさし、直径二メートルくらいの隙間が真上に開かれる。

「おおっ」

煌々と降りてきた天使の階段のような光を感嘆の眼差しで見上げる千尋。

《御迎えも来たようだ。さ、お帰り》

巨大蜘蛛が言うが早いか、空いた木々の隙間を劈《つんざ》くように何かが落ちてきた。

「千尋ーっ!!」

裾をたくしあげた勇ましい着物姿。

えーっ、ちょっ、まさかっ!?

その人物は、唖然とする千尋の前でゴロゴロと転がり、すぐにバっと起き上がる。足袋と草履の両足で。

「無事かいっ？　千尋っ！」

ざざざざっと、けたたましい音をたてて降りてきたのは桜だ。その背後は彼女を支える蜜蜂とポチ子さん。

降りてきた桜はポヨンとバウンドして転がったため怪我もない。それを見て、ようやく千尋も周囲がクモの巣だらけなことに気がついた。

今までは暗闇で見えなかったが、木々の間を幾重にも密で張られた銀の網。これが最初に千尋達も受け止めてくれたのだろう。

陽の光に煌めく繊細な編み目模様は、とてつもなく幻想的で声を失うほど美しい。

「用事は御済みかい？　さ、皆《みな》が上で待っているよ。早くしないと、全員降りてきちまうよ」

微笑む桜に促され、ポチ子さんに抱えられた千尋は、ふと巨大な蜘蛛を振り返った。

つられて視線を流した桜は、ここで初めて蜘蛛に気づいたらしく、ぴきりと音をたてて固まる。その瞳に浮かぶ、あからさまな驚愕を見て苦笑いな小人さん。

「アンタの名前って、アト…」

「ジョーカーだよ」

悠然とした面持ちで蜘蛛は小さく脚を振る。

《ここでは私の名前はジョーカーだ。覚えておきな。今回のことで久々の外界なんだ。辛気臭い名前で呼ぼうとしないでおくれ》

ニタリとほくそ笑み、小人さんは大きく頷いた。

「このまま、こっちに居たら良いよ。地球に還ってもつまらないでしょ？　またね、ジョーカーっ♪」

蜜蜂に連れられて去っていく小人さんらを見送り、子蜘蛛達は枝を支えていた糸を切る。途端に大きな音をたてて穴が塞がり、森は再び漆黒の闇に包まれた。


またね、か。


次があろうはずもない。この世界は滅ぶのだから。

何も無くなった世界に、自分と子供らは取り残されるのだろうと、ジョーカーは自嘲気味な笑みをはく。

　だが、あの笑顔。

　何故か忘れられない。屈託なく澄み渡った晴れやかな笑顔。すでに絶望は目の前なのに。

《ああ、そういえば似たような笑顔だったね。あの二人も》

　ジョーカーの完成させた網に囚われた二つの魂。

　滅亡はまだ序曲なはずなのに気の早い二人だと思っていたが。

《少し遊んで来ようか。アレは来てるかね。子供がグスグス泣いていて鬱陶しいったらありゃしない》

　そう言うと、大きな蜘蛛は眠りにつく。

　たゆとうよう、うつらうつらと睡魔に身を委ねた彼女は、深淵の奥深くに泣き声を聞いた。甲高い幼子の泣き声に引かれ、蜘蛛は深い眠りにつく。

　そんな悲観的なジョーカーの思惑を余所に、小人さんは突っ走っていた。

「為せば成る為さねば成らぬ何事もっ、成らぬは人の為さぬなりけりーっ！」

早口言葉か駄洒落かと首を傾げる小人さん部隊を引き連れ、渓谷から飛び出した千尋は金色の環を完成させるためにモルトの森を目指す。

頭がショートするほど色々考えるが、結局はいつも通り。猪突猛進、唯我独尊、小人さんクオリティに揺るぎはない。

神々のアレコレなんて、どうだって良い。アタシは幸せになるんだ、そのために、まずは生きるっ！　滅亡なんて御免被るわっ！

悲壮な神々の煩悶すらも蹴り飛ばし、今日も小人さんは我が道を征《ゆ》く♪


「でも、まずはアンスバッハ辺境伯に挨拶だけはしておかないと」

急いで出立の支度を命じている小人さんに、ドルフェンが真顔で進言する。

えー、時間ないと思うんだけどなぁ。

むーっと口をへの字にして上唇を噛む小人さんから顔を逸らし、ドルフェンは肩だけを揺らして笑っていた。

周囲も同じで、西の森の警護兵まで斜め下を向いて肩を震わせている。

小人さん本人は顔をしかめたつもりなんだろうけど、可愛すぎだった。うにゅっと潤む大きな瞳も、ただただ愛らしいだけである。

軽く咳払いをして緩む口元を隠し、ドルフェンはなるべく厳めしい顔を作ろうとしつつ失敗していた。失敗した情けない眼差しで、困ったように彼は小人さんを見下ろす。

「最低限の礼儀は通さなくては。帰りに寄ると早馬を立てたのですから、約束を反故《ほご》にしてはいけません」

確かに。信用をわざわざ落とす必要はないよね。でも、一日でも早く金色の環を完成させておきたいんだけど。

取り敢えず千尋は、わきゃわきゃ手足をバタつかせながら時間がない事を切々と訴え、それを酌んだドルフェンとの話し合いで、辺境伯家滞在は泊まり無しの食事のみと落ち着いた。

それも本来ならば失礼にあたるが、緊急事態ということで押し通す。

今すぐにでもモルトの森へポチ子さんとかっ飛んで行きたい小人さんの最大限の譲歩。ここからだと流石のポチ子さんでも件の森まで丸二日以上かかるからだ。

途中夜営になるし、とてもじゃないが許可は出せないと小人さんに極甘なドルフェンすらも反対した。

「どちらにしても、隣国を訪れるなら国王陛下の打診が必要です。お忘れですか？」

そう言えば、そうだった。

以前、隣国の森を訪ねる時も、そういうやり取りがあった事を思い出して千尋はフロンティア王宮にも早馬をたてる。

何故にこうも上手く事が運ばないのか。

あーんっとグズりつつ、アンスバッハ辺境伯邸まで泣く泣く連行される小人さんである。

SS. 神と御先と御遣い

「しかし、チヒロ様？　先程の話の御先やら御遣いやらとは一体？　神々とは違うのですか？」

馬車の椅子を片側スライドし、そこで着替える小人さんにブラインドごしから話しかけるドルフェン。ジョーカーの語った話の概要は理解すれど、その単語の示す意味が分からないらしい。

桜に着替えさせてもらいつつ、千尋は、ああ、とばかりに説明した。

「要は、創世神である神々には、《御先》っていう眷属がいるんだにょ。その《御先》が神々に代わり、下界を見守っているの。で、《御先》にも眷属がいて、それが《御遣い》。こっちは《御先》の御手伝いをする者だね」

そう。地球でいえば、世界の名だたる神々＝《御先》だ。有名どころだとエホバやゼウス、日本ならイザナギイザナミ。そういった神々と呼ばれる者らが、創世神の《御先》である。その下の各天使や天照大御神などが《御遣い》。

そんな多くの者らが世界に干渉し、人間に信仰や文明を与えてきた。《御先》や《御遣い》を通じて数多の祈りを受け、創世神はその力を世界に巡らす。

生まれて間もないアルカディアには、まだ《御先》がいないらしい。なので思い余った双神は過去に盛大にやらかしてしまったのだ。

双神は、本来、与えてはならない魔力を当時の生き物に与えてしまった。結果、メルダやモルトなど金色の魔力を持つ一族が発生し、《御先》や《御遣い》に代わってアルカディアの大地を潤し守護したのである。

双神の望み通りに働いた彼等に非があろうか？　誰よりもこの世界を愛し、人間を慈しんできてくれた彼等を裁く権利があろうか？


……させるものか。


「けっきょく、誰もが自分勝手なのよ。神々もアタシもね。どちらにしても騒動が起きるなら、アタシはこっちを優先するにょん」

森を処分し、金色の魔力を消し去らねば世界が滅びる。それは理解した。

なれど、＝主を殺すにはならない。聞けば、神々の造った森が金色の魔力の蛇口なのだ。主らはその魔力を受け取って程よく広げるシャワーヘッドみたいなモノ。ならば森を破壊したら神々の魔力は消えるだろう。金色の魔力で魔物となった森の主達がどうなるのかは分からないが、生きてさえいれば少なくとも奇跡の起きるパーセンテージくらいは残してやれよう。

ひょっとしたら、ただの魔物として生き残れるかもしれない。

「ものは試しだもの。諦めるのは死んでからで沢山よ」

どう転んでも破滅しか残らないなら、好き勝手にやらしてもらう。世界の滅亡と家族の命が秤にかかるなら、均衡が取れるようにアタシが飛びついてやるわ。

そう覚悟を決め、千尋は酷薄な笑みを浮かべた。

ジョーカーの話によれば、アルカディアの生き物らは元々が余所の世界の命なのだ。

ここで自然発生したモノもあるかもしれないが、所有者がいて収穫を望んでいる。アルカディアの双神は栽培を任された小作人のようなものだ。本人らに自覚がなかったのが嘆かわしいが、たぶん抗いようはない。

賭けの結果しだいとはいえ、相手の神にかなり分がある。これが以前示された劣勢な手札の意味だろう。

地球の神は知っていたんだね。遠回しすぎるメッセージだったけど。

けど、唯々諾々と受け容れてやる謂れはないなぁ。だってアタシ死にたくないし。メルダ達を殺されたくもないし。うん、やることたひとつだね。

地球でのジョーカーは死を司る者。滅亡を招く網を紡ぎ、それが完成した時、世界は破滅へと向かうという。

……いや、世界が破滅するから彼女は網を紡ぐのかもしれない。その意味は誰も知らないし、分からない。解釈は様々だ。

だが彼女は言った。網は完成したと。つまり、もはや滅亡は避けようもないということだ。

なのに森の主らを道連れにする？　有り得ないっしょ。

着替え終わった小人さんは、シャッと絹のブラインドを上げ、ぽすんっと座り込んだ。真っ直ぐドルフェンを見る金色の瞳。

家族の不遇を見て見ぬ振りは出来ぬ。そんなことをすれば、千尋の心に一生抜けない悔恨が穿たれよう。彼女に自虐趣味はない。どっちに転んでも最悪しかないなら、全力で助太刀し、天罰《揉め事》バッチ来いである。

「だからさ。やれるだけやるよ？」

ドルフェンは幼女の言葉に笑みを深め、鷹揚な頷きを見せた。

「もちろんですとも。森はフロンティアと共にあり、主はフロンティアの守護神です。国の命運に添うは騎士の本領。是非ともお連れくださいませ」

こうして説明を受けても、イマイチ理解出来ない部分はあれど、金色の王が望むのならばドルフェンに否やはない。

神々をも巻き込む時代の転換期。こんな波瀾万丈な時に、騎士として生を受けたことを心の底から感謝するドルフェン。

近い未来、多くの歴史的瞬間を目にする誉れを頂いたと、後の子弟に長く語り継ぐ彼である。

明るみになる陰謀

「ようこそお越しくださいました。お久し振りです、チィヒーロ王女」

好好爺な笑顔で迎えてくれたのはヘブライヘル。

それに鷹揚な頷きを見せ、千尋は清《すが》しい笑みで可愛らしく微笑んだ。

「歓待、ありがとう存じます。アンスバッハ辺境伯」

その姿は見事な貴人っぷり。万人を魅了する愛らしさを前面に押し出し、うふふ、あははと歓談する光景に、小人隊の面々は目を据わらせた。

あんだけイジイジゴネていたのに、この変わり身よ。

到着するまでの不貞腐れた小人さんを知る騎士団は、真顔を維持しながら心の中で呆れた溜め息をつく。目の前の王族然とした金髪の幼女に。

小人さんは馬車の中でそれらしいワンピースに着替え、小さなリンゴのヘアピン三本で前髪を留めている。

王族としては質素だが、物の良さから、貴族、あるいは豪商の娘といった出で立ちだ。夜営すら考慮した旅なことを考えれば納得のいく服装なのだろう。辺境伯も別段気にした風でない。嫌々であろうとも、これは公務だ。お仕事だ。そう己に言い聞かせる小人さん。現代人で日本人だった彼女にとって仕事を疎《おろそ》かにするという選択肢はない。

そういった千尋の機微が察せない騎士達は、幼女の見事な変わり身に、現金なものだと嘆息する。アンスバッハ辺境伯も一行に不信感を抱くこともなく、朗らかに屋敷へ招き入れてくれた。やや褪《さ》めた眼差しの老骨。その物静かな雰囲気の底に流れる不穏な空気に、騎士団は気づかない。

でっかいね。王宮の離宮くらいあんじゃん。やっぱ国の重鎮は違うなぁ。

目の前にそびえたつ大きな邸《やしき》。ずらりと居並ぶ侍従やメイド達の間を通り、千尋は邸の扉をくぐった。

地球でいえば学校の校舎ほどもある巨大な邸。その足元に敷かれたフカフカな絨毯を踏みしめながら、ヘブライヘルは広い廊下を案内する。

だだっ広い廊下の左側は窓。大きなガラス窓がいくつも並び、その彩光が右側壁中央に一対の絵画を浮かび上がらせていた。

男女それぞれが描かれた肖像画。ヘブライヘルは絵の前で足を止め、懐かしそうに眼を細めなが

ら小人さんに説明する。

「ここに飾られているのは三代前の辺境伯です。肖像画という文化が浅いため、まだ数枚しかございませんが」

ほうほう、と辺境伯の話を聞きつつ、小人さんも家庭教師から習ったアレコレを思い出した。

アルカディアでは染料は高価で未だに未文化な領域だ。森は野獣魔獣が跋扈《ばっこ》する危険な場所。そのため植物の採集や改良が非常に困難なのである。

専門職が育てる花や色物の樹木など目が飛び出るほどのお値段で、そんな貴重なモノを染料には使えない。

なので染料といえば昆虫か鉱石。冒険者に依頼して採集してもらうそれらもそこそこ高価なため、やはりおいそれとは使えない。使うとしても日常的な衣服などが優先される。

結果、絵画という高尚な文化は停滞気味で、最近になってようよう始まった代物だった。

お国変わればよなぁ。これに関しては地球の中世よりかなり遅れている感じかにょ。

飾られた絵画は二枚。ヘブライヘルの曽祖父と、その夫人。それぞれ別々に描かれた物が並べて飾られていた。

「……曽祖父はカストラートの出身で、当時の辺境伯令嬢に乞われ、両国の友好の架け橋になればと婿入りした人物です。……祖国を離れて異国に骨を埋めた彼を忘れないため、一番に肖像画としました」

なるほど。アタシの御先祖様かぁ。苦労人だったのかもなぁ。この世界で国際結婚とか大変だったろうに。

当たり障りない辺境伯の呟きを耳にして、素直な頷きを見せる幼女。それに込められた万感の思いを、聡《さと》い小人さんは敏感に感じ取った。

……そして誤解する。

まさかその御先祖様が、フロンティア王家の子供を盗み出すために婿入りした密偵だなどと彼女は知らない。その魔の手が己に伸ばされつつあることも。

心底、感慨深げな顔で肖像画を見上げる幼女。

横目でチラ見していたヘブライヘルは、ふっと陰鬱な笑みをはいた。しかしそれも一瞬。すぐに穏やかな表情に変わり、小人さんに手を差し出す。

「ささ、こちらに。長旅でお疲れでしょう。食事までの間、一服おいれください」

きゅっと手を握り、並んで歩く二人はどこから見ても微笑ましい祖父と孫だった。ヘブライヘル自身も驚いている。小さな小さな幼女の手に。

カストラートの監視者が常駐していたため、自身の子供らとも殆ど触れたことがない彼は、心の中で困惑した。

……子供とは、こんなに小さく脆《もろ》そうな生き物だっただろうか？　……思い出せない。

温かで柔らかい千尋の手。自分の指を握るその手に、揺れる複雑な心境を隠せない辺境伯である。


そして千尋が案内されたのは豪奢な応接室。

王宮晩餐会の時にも思ったが、フロンティア貴族らは古きを尊ぶ人々のようだ。男爵家の邸では魔道具が中心で蠟燭の燭台など置いてはいない。なのに、王宮やここ辺境伯家には当たり前のように蠟燭のついた燭台や薪の暖炉がある。

どれもこれも繊細な細工の際立つ逸品ばかり。芸術品にも近いそれらに眼を輝かせる小人さん。

わあぁぁ、キレイーっ！　すっごいなぁ、蠟燭つけるのもったいないねぇ。

黄味がかった滑らかな蠟燭。ほんのり甘く香る匂いからすると純粋な蜜蠟のようだ。その隣に置かれた文箱も素晴らしい。黒に七色の煌めきを放つ螺鈿《らでん》のソレは、現代人の千尋から見ても見事の一言に尽きる代物である。

興味津々であちらこちらとちょろ助する幼女を見守り、大人達は楽しいのお裾分けをもらった気分で、思わずほっこりした。

そんな一行を何気なく眺めていた辺境伯。微笑ましい光景に呑まれかかっていた彼の元に、奥から現れた侍従が駆け寄ってくる。

侍従はボソボソとヘブライヘルに何かを耳打ちし、すうっと眼を細め、ヘブライヘルも小さく頷いた。

後ろ暗い気持ちがむくりと持ち上がり、彼は暫《しば》し逡巡したが、これに抗う術もない。

「急な早馬のようです。少し席を外します」

「あら。お気になさらず。お部屋を拝見してお待ちしますわ」

申し訳なさげに暇乞《いとまご》いする辺境伯。それに柔らかく微笑み、千尋は足早に部屋を出ていく彼を見送った。

そしてふと気づくと応接テーブルに御茶の用意がされている。ふんわり漂ういい匂い。それにつられて桜と席に向かう小人さん。

歴史を感じる調度品が並び、重厚なビロードの張られたソファーは座り心地抜群そうだった。が、小さな幼女にはどの椅子も大きすぎる。

あやや。そういや辺境伯家に子供はいないんだよね？　困ったな。これじゃあ不格好な座り方しか出来ないし。

今の小人さんは王女殿下だ。そして、ここは辺境伯家。無様を晒すことは言語道断。

今まで、どこへ赴いても千尋は困ったことがない。小さな子供をよく知る人々によって、いつもちゃんと小人さんが寛げる場所が用意されていたからだ。

うーん、と焦る千尋を余所に、桜はおもむろに部屋を一瞥して一人がけのソファーにクッションを数個置く。そしてその隙間に幼女を座らせた。

さっすが！

感謝の眼差しで桜を見上げつつ、満面の笑みで謝意を伝える小人さん。

したり顔の桜は、千尋にニコリと微笑んだ。……が、そのまま上げた顔を正面に向けた途端、彼女の眼は鋭利にすがめられる。

思わずゾッとする桜の美貌。それがあいまり、微かな変化にもかかわらず、その眼差しには恐ろしいほどの凄みがあった。

「千尋様がおいでになると分かっておられたのでしょう？　なぜ、適切な場所が用意されていないのですか？」

え？　と小人さんが思うより早く、桜は据えた眼差しで辺境伯家の人々を凝視する。

幼女の思考は現代人寄りだ。中世のアレコレは絶賛勉強中。だから千尋は、子供がいない辺境伯家に大人仕様のモノしかないことに違和感をもたなかった。

しかし上流階級のあざとさにどっぷりと浸かり、学びながら育ってきた桜には別な思惑が透けて見える。彼女はこういう機微に敏感だった。

千尋が気持ちよく座れる椅子が用意されていない。たったそれだけだが、長く皇族として暮らしてきた彼女には嫌な思考が過《よぎ》る。

歓待する笑顔の陰に隠された不協和音。皇宮でもよくあったこと。微かな違和感だが、突き詰めれば感じる侮った意図の存在。

それに桜は気がついた。

応接室に設えられた御茶の用意に、控える侍従やメイド達。茶菓子も高価な物だと見てとれたし、間違いなく歓待されているのだが詰めが甘い。

来訪した客人が寛げる場所がないなど、辺境伯家の使用人とあろう者が有り得ない失態だった。

その示唆に気付き、初老の家令が深々と頭を下げる。

「申し訳ございません。王女様を御迎え出来る誉れに少々浮かれていたようでございます」

騎士らはその理由を聞き、得心顔で頷いた。が、桜はさらに炯眼をすがめる。雌豹のごとき艶めかしさを伴う辛辣な笑み。

ご…っと何か冷たいモノが部屋の空気を揺らし、室内の温度を急激に下げた。

思わず瞠目する周囲の人々。辺境伯家の者はもちろん、小人さん部隊の騎士達すら、突然、冷徹な雰囲気を纏った桜に固唾を呑む。

おふざけでないよ。それならなおのこと、千尋のことを考えたはずじゃないかぇ？　この小さな身体を。何か別なことでも企んでいない限り、千尋のサイズを忘れるなんて有り得ないんだよ。

ふんっと鼻を鳴らし、桜はテーブルを睨め下ろした。あくまで魅惑的な流れるような所作。

「では、これを」

辺境伯家に用意された御茶やお菓子を侍従らへ差し出して、彼女は優美に微笑んだ。その瞳の奥に仄かに燻《くすぶ》る焰は、欺くことを許さない鋭い切れ味をその笑顔に含ませている。

「毒味を御願いいたします」

言われて侍従達はあからさまに狼狽えた。そして憤慨したかのように眉をつり上げる。

「それは、わたくしどもを信用出来ないということでございましょうか？」

その言葉を耳にして桜は思わず噴き出し、コロコロと良く通る声で笑った。さも愉しそうな嘲笑つきで。

「当たり前でございましょう？　王宮の厨房で作られた物ですら毒味はされるのですよ？　何故、辺境伯家だけ免除されると思われるのですか？　辺境伯家は王宮よりも安全で格が上だとでも仰いますの？」

ぐっと詰まる辺境伯家の侍従達。

言われてみればその通りである。王族が口にする物に毒味が行われないわけはない。そんなことも失念するほど辺境伯家は浮かれていたのだ。

長年の悲願の達成に。

この家は末席の御者にいたるまで一人残らずカストラート国の者である。フロンティア王家に敬意はないし、悲願を成就させる事にしか目がゆかず、細かい配慮が欠けてしまった。

そんな微かな違和感をガッチリ摑み、桜は訝しげに侍従らを見据える。ちらりと垣間見えた不穏な糸を巧みに手繰り寄せ、彼女は辺境伯家の敵意を暴いた。

「毒味出来ない代物という事で、お間違いありませんね？」

それすなわち、何がが仕込まれた物。

うえっ!?

はっと顔を上げ、気持ち悪げに千尋はカップを遠ざけた。桜の言葉から小人さんに対する辺境伯家の悪意を察した騎士らも瞬間沸騰。

獰猛に顔を歪めて、ドルフェンは小人さんを抱え上げる。その弾みで倒れた椅子が、乾いた音を応接室に響かせた。

「貴様らっ、何を企んでいるのだっ!?」

彼の凄まじい憤怒に圧され、侍従やメイドらが数歩後退《あとずさ》る。一触即発な空気がバチバチと火花をたてる中、誰かを連れて辺境伯が応接室に入ってきた。

そしてしばし眼を見張り、双方を眺めて暢気《のんき》に口を開く。

「これは一体？　何か失礼でもございましたか？」

「失礼どころではないわっ、貴殿の…っ」

怒りに押されるまま怒鳴り付けようとしたドルフェンだが、己の懐に抱いた小人さんが大きくみじろいだことで言葉が途切れた。

ドルフェンの腕の中から乗り出すように身体を伸ばした千尋は、辺境伯の後ろに立つ女性を凝視している。

忘れようったって忘れられないその美貌。諸悪の根源。

凍った眼差しで見据えながら、不様にも震える声を駆使して幼女は呟いた。

「シリル……っ!!」

絞り出すように小さな声。それに満面の笑みを返し、シリルと呼ばれた女性は花が綻ぶごとく優美な顔で答える。

「お久し振りでございます、ファティマ様」

しっとりとカーテシーをする女性と、今にもはち切れんばかりの怒気を隠しもしない幼女を、騎士団は不思議そうに見つめていた。

だが千尋は、怨敵《おんてき》を目にして思い出す。部屋に置かれた食べ物や飲み物が尽きて、ぁー……と、さめざめ泣いていた子供を。

しだいに襲い来る飢えと乾きを誤魔化そうと、噛みつかんばかりに指をしゃぶり、必死でドアを叩いていた子供を。

そして力なく静かに横たわり、朦朧とした意識のなか……『おなか…すいた……』と、心悲《うら》しく呟いて消えていったファティマを……。小人さんは全て思い出した。

共にあり、寄り添い慰めることしか出来なかった当時の自分。そうだ、あの時、自分はファティマと意識を共有していた。

幼い子供を襲った謂れなき不遇。なぜにアレを自分は忘れていたのか。

雪崩のように押し寄せてきたファティマの記憶が、かくあれかしと千尋の背中を突き飛ばす。ファティマを失った元凶は目の前だ。彼女の無念を叩きつけてやれと。

目の奥が真っ赤に染まる。凄まじい憤怒に圧され、小人さんは唸りをあげて吠えた。

「アンタがアタシをっ、ファティマを殺したんだっ!!」

鬼気迫る幼女の叫び。だが、その元凶たる女は、しれっとしたまま微動だにしない。

「何を仰っていますの？　あなた様は、そこにおられるではないですか」

不可思議そうに首を傾げ、シリルはそっと千尋に手を伸ばす。

その手を強烈に叩いて弾き飛ばし、ドルフェンは懐深くに小人さんを抱え込んだ。

「そうか、貴様か。チヒロ様を監禁して殺そうとし、さらにはファティマ様とやらを死に至らしめた痴《し》れ者は」

燃えるかのような眼差しでシリルを射貫くドルフェンの眼光。しかし、その言葉の意味が分からない人々は、小人さん部隊を含め困惑を隠せなかった。二人の口の端にのぼる不穏な言葉の数々が。


ファティマ様とは誰だ？　殺された？

そんな疑問が漂う室内で、シリルは一人、唇を嚙み締める。美しい顔が切なげに歪んだ。

ファティマ様を監禁して殺そうと？　そのように思われていたのか。

ありったけの愛情を込めて御育てしてきた王女殿下。それを殺そうとなどするわけがないではないか。不手際で計画が狂ったのは確かだ。それで王女殿下の身に危険が迫ったのも間違いないだろう。だけど殺そうなどと思うはずがない。絶対に。

それを伝えるべく口を開きかけたシリルだが、そんな益体もないことには意味がないと、すぐに思い直した。

これから傀儡《かいらい》とする王女だ。弁明なぞ不必要。

シリルはチラリとテーブルに視線を振り、何も手がつけられていないことを確認すると、細く白い指で懐から何かを取り出した。

あまりにさりげない仕草で、悪意も敵意も感じられなかったため、誰もその違和感に気づかない。が、ドルフェンのみは瞠目する。

敢えて言うなら本能か。悪意も敵意も関係ない。超脳筋な騎士は、シリルの瞳に滲む妖しい光から、敏感に小人さんへの危機を察したのだ。

どんな非道であろうとも彼女は自分の行いが正しいと信じている。極地へ傾いだ確信犯に悪意や敵意などあるわけがない。


……この女はマズい!!

それに気づいたドルフェンは、取り出された何かを奪おうと腕を伸ばした。が、その勢いを借りて彼の腕をからめとり、シリルは出した何かごとドルフェンに向かって体当たりする。

慌てて彼女を押しやるドルフェンだが、時すでに遅し。シリルが持っていた何かは小人さんの右腕に刺さっていた。

「ふぇっ？」

「チヒロ様っ!?」

刺さっていたのは小さな針のついた何か。ドルフェンは急いで親指サイズのそれを引き抜き、千尋を揺する。が、小人さんはぼわんと視界がくらみ、意識が急激に混濁していくのを感じた。昏《くら》い淵へ墜ちていく悍《おぞ》ましい感覚。正体不明の何かに幼女は背筋を凍らせる。

は？　え？　なに、これ…ぇ…、………。

「チヒロ様？　チヒロ様っ!?　どうなさいましたかっ!?」

ぐったりと力なく項垂《うなだ》れ、何の反応も示さない幼女。いきなりの緊急事態を察し、恐れ慄《おのの》くドルフェン。

千尋の瞳は輝きを失い、朦朧とした面持ちで、微かに息をしているのだけが確認出来た。

今にも泣き出しそうなほど顔を歪め、ドルフェンはシリルに食ってかかる。

「貴様、何をしたっ!?」

摑みかかろうとしたドルフェンの手を軽くいなし、シリルは据えた感情のない瞳で彼を視界にとらえた。

彼女は長年訓練を受けた間者だ。直接的な戦闘力は騎士に劣れど、体捌きや受け流しには侮れないモノを持つ。

「さあてね。毒かも？　放っておいたら、どうなるかしらね？」

そうクスクス嗤《わら》いながら、シリルは投げ捨てられた針のような物を拾い上げた。その針から滴る薄紫色の怪しい液体。

あれが小人さんに？

半瞬にも満たぬ一幕。驚愕にゾッと顔を凍らせる騎士団の面々。あっという間のことで誰も反応が出来なかった。

だが、死を仄めかせるシリルの言葉に頭をブン殴られ、小人隊は狼狽する。


毒なのかっ!?


蒼を通り越し、真っ白な顔で戦慄くドルフェンに手を差し出して、シリルはニタリと歪《いびつ》な笑みを浮かべた。優雅な美貌をも台無しにする悪辣な笑み。なのに美しさには遜色ないから手に負えない。

「解毒は出来るわ。ファティマ様を寄越しなさい」

「ふざけるなっ!!」

「あらぁ？　良いの？　このままだと死んでしまうわよ？」

牙を剝き出しにして吠える彼にも分かっていた。何の毒か分からない以上、使った本人にしか解毒は出来ないことを。

捕らえて拷問しても話すかどうか分からないし、何よりそんな時間もない。このままでは本当に小人さんがどうなってしまうのか誰にも分からないのだ。

血が滲むほど唇を嚙みしめ、ドルフェンはガクガクと震える指を死に物狂いで操り、千尋をシリルに渡した。

「隊長っ!?」

驚き、思わず進み出た騎士らを桜が止める。

騎士達の歩みを遮るよう、真一文字に横へ突き出された桜の腕も、怒りのあまり微かに震えている。

「仕方ないよ。千尋本人が人質なんだ。なんの薬か分からない以上、相手に従うほかない」

「そんな……っ」

絶望的に眼を見開く騎士達の前で、シリルは千尋を抱き上げ、恍惚とした顔をその柔らかな金髪に埋《うず》めた。懐かしい匂いを深く吸い込み、彼女は目が眩むようだった。

「ああ、お帰りなさいませ、ファティマ様」

夢にまで見た天使。

至福の極みと言わんばかりな微笑みのシリルを訝る小人さん部隊。

なんなんだ、この女は？　王女殿下と何の関係が？

目は口ほどにモノをいう。

怪訝そうな騎士団を蔑んだ眼差しで一瞥し、シリルは踵《きびす》を返して奥へ歩きだした。事の一部始終を傍観していた侍従らやメイド達も無言でシリルについていく。

そしてアンスバッハ辺境伯も。

「閣下っ！　これは完全な叛逆《はんぎゃく》ですぞっ!!　理解しておられますかっ!?」

なんの感情もなく立ち去ろうとした老人の背中にドルフェンが叫んだ。しかし老人は全く動じず、静かに振り返ると、溜め息のようにゆったりと言葉を紡ぐ。

「過去にも今も、フロンティア王家に忠誠を誓った覚えはない。叛逆にもなるまいて。最初から敵だったのだから」

思わぬ言葉で硬直するドルフェン。

何を言っておられるのか……？　敵？　アンスバッハ辺境伯家といえば、フロンティア貴族の中でも古参の家ではないか。

その古参貴族がカストラートに乗っ取られていたとは知らないフロンティア。

四代前、当時の辺境伯令嬢が一方的に惚れ込み婿養子としたカストラート貴族。アンスバッハ家でも歓呼で迎えられた彼が、薬で操られた御令嬢によって用意周到に潜り込んだ密偵だとは誰も思っていなかった。

フロンティアは建国当初から留学生を受け入れており、物好きと呼ばれる若者らが遠路遥々訪れる稀有《けう》な国。

たとえ心ない悪意が潜んでいたとしても、毅然と撥ね除けられるだけの実力を持つフロンティアだからこそ出来たことだ。しかし、それは慢心だった。

初代国王であるサファードの意志。知識の拡散を心に刻み、邁進《まいしん》するフロンティア。その努力が盛大に裏目となった。

まさか、人心を操り洗脳する薬が存在していたなどと誰が思うだろうか。

そうこうするうちに、兄妹で留学してきたカストラート貴族はアンスバッハ辺境伯令嬢に近寄り、あの手この手で懇意になった妹の方が、御令嬢に薬を盛る。あとはお察しだ。

『御兄様を慕ってくださいませ。きっと幸せにしてさしあげますわ』

呪いのように染み込む毒。この薬は加減によって相手を言いなりにも出来る。対象の精神を完全に壊すことや、ほんの少し欲望を高めたりと、その使い道は千差万別。

カストラートの兄妹は根気よく洗脳を繰り返し、御令嬢の熱病を煽り続けた。兄に心酔し恋する純真な乙女に。

娘の狂わんばかりな説得に応じ、晩餐を共にした辺境伯にも盛られる薬。こちらは、胸の奥深くに眠る欲望を引きずり出す。

『王家の血筋であられるのです。もっと欲を出してもよろしいのでは？』

流麗な所作で微笑む青年。その蠱惑的《こわくてき》な囁きを耳にして、辺境伯の心にドス黒い野望が渦を巻いた。どんな家でも多少のしがらみや不服はある。それを上手に突き、兄妹は辺境伯親子を籠絡した。

『カストラートは、アンスバッハ辺境伯家を全面的に支援いたします。王都にも負けぬ豊かで大きな領地にいたしましょう？　いずれは……、至高の玉座をアンスバッハ家に』


正確には、カストラートに。


恋を刷り込まれた御令嬢は、兄さえいれば幸せだった。カストラートの支援を得られるとあり、アンスバッハ辺境伯も御満悦。その気持ちがカストラートの兄妹に誘導されたモノだとは夢にも思っていない。

実際、両国国境では諍《いさか》いが多く、二人の留学を忌避する声すら上がっていたのだ。それを払拭出来たうえ、彼の国からは、両国の婚姻に敬意を払い無益な戦は起こさないと約定を結べた。

結果、快くとまではいかなくも、フロンティア王家はカストラート貴族の兄とアンスバッハ辺境伯令嬢の婚姻を認めたのである。

……水面下で蠢《うごめ》く策略に気づきもせず。

そこから百年以上もかけて、辺境伯家の者が末端にいたるまでカストラートの人間と入れ替わったこともフロンティアは知らない。

まさか辺境領地丸々、カストラートの手に落ちているとは誰も気づかなかったのだ。なぜなら、彼等は真摯に貴族として勤めていたから。

どこの領地よりも真っ当にフロンティア貴族として貢献してきた。時には母国であるカストラートと刃を交えることすら躊躇せず、国防に尽くしてきたアンスバッハ家である。

カストラートの目的は領地やフロンティアへの侵攻ではない。彼等の目的は王家の子供の拐取《かいしゅ》。だからこそ、安全な拠点であるアンスバッハ家を失うわけにはいかず、誰よりも忠実に領地を守ってきた。

全ては、今、この時のため。実際、王女殿下は何の警戒もなく我が家を訪れてくれた。未だ信じられない面持ちの騎士らも、見事に油断してくれた。

こちらの思惑に面白いほど踊らされて、今の彼等の心情は如何ばかりなものか。

くっとくぐもった嗤いをもらし、ヘブライヘルはドルフェンに視線を向ける。昏く澱み、何の感情も浮かべていない無機質な瞳で。

「我々を追わないようにな。こちらの安全が確認されたら王女の処置をしよう。魔物らも君らも、この場から動かないように。もし追ってきたら王女の処置が遅れてしまうかもしれん」

そう言うと、老人は疲れたような眼差しで小人さん部隊を見渡した。王族として魔物を傍に控えさせるわけにもいかなかった千尋は、ポチ子さんも麦太《むぎた》も馬車の中である。

己の失態にドルフェンは愕然としたまま、その場に頽れた。

自分のミスだ。ここにモノノケ達を連れていれば、こんなことには……。辺境伯家だからと……。

……油断した。

一人慚愧《ざんき》に項垂れるドルフェン。

しかし千尋の異変を感じとり、邸の周辺を魔物が警戒して飛び回っていた。それを窓から痛ましげに見つめ、アンスバッハ辺境伯は邸の奥へと消えていく。

消えていく辺境伯を茫然と見送り、ドルフェンは何が起きたのか分からない。辺境伯家の悪意に気づいた瞬間から、あっという間の出来事だった。

ものの数分。たったそれだけの時間で主を奪われた。


……なんてことだ。


ほんの一瞬の隙が、絶体絶命の窮地を招いた。己の不甲斐なさに言葉もない。

動くことも出来ず四面楚歌な小人さん部隊の背後から、辺境伯家を目指して進むロメール達フロンティア正規軍。

「急げっ！　間者の報せによれば、すでにカストラート軍が動きだしている!!　事は一刻を争うぞっ!!」

応っ！　と、唸りを上げる騎士ら数千人。それぞれ、騎士団は馬や戦車、魔術師団は馬車など、多くの者が臨戦態勢で荒野を駆け抜ける。

そしてもう一陣も、別方向から一路フロンティアとカストラート国境を目指して荒野を進んでいた。無数の羽音と共に。

フロンティア正規軍と謎の一軍。

こうして金色の王を手に入れたカストラートは、全力で国境に向けて逃亡を始める。国境付近ではカストラート軍が戦の準備を整えて待機しているはずだ。

神々が見守る中、世界の命運は人の手に委ねられた。

「急げ。馬の交換を抜かるな」

辺境伯邸から飛び出した十数台の馬車と辺境伯騎士団数百名。彼等は馬車のスピードに合わせた限界速度でカストラート国境を目指し邁進する。

フラウワーズ巡礼でもあったように、各国の国境は曖昧だ。広大な荒れ地が国境そのもの。渡るだけで何週間もかかるし、間違いなくカストラート辺境なのだという位置に届かずばフロンティアから逃げ切れない。

幸いなことは、両国の位置が広大なアルカディア大陸の中でも近いことだ。フロンティアかフラウワーズまで普通の馬車なら三週間かかるが、カストラートなら十日ほど。それでも駆け抜けるには遠いに違いない。

アンスバッハ家全員という大所帯である。単騎で先行する方が早いが、護衛の騎士団なくば野盗や獣に襲われる不安があった。だから若干の遅れは仕方ないと嘆息するヘブライヘル。

嘶《いなな》きもなく整然と進む騎士団の中央にアンスバッハ辺境伯家族の乗る数台の馬車。その後方から十台ほどの馬車。

とにかく一心不乱に西北へ向かう一団は、その馬車裏側に、こっそりと潜り込んだ数匹の蜜蜂達が張り付いていることを知らない。

抗う人々　～様々な人間模様～

「ロメール殿下っ!?」

何も出来ずに悄然《しょうぜん》としていた小人さん一行。

到着した時に傾いでいたお日様は、とうに沈み、あたりは夕闇に包まれ始めていた。

辺境伯から言われたとおり動くなとの言葉を守り、力なく項垂れていた彼等の耳が、けたたましい蹄の音と嘶きを捉える。

怪訝そうに顔を上げたドルフェンが目を向けると、その地平線には砂煙が上がり、灯りに照らされながら大地を揺らす大規模な騎馬群が見えた。

先立てられた御旗はフロンティア王家のものである。遠目にも鮮やかな深紅に金の六芒星《ろくぼうせい》。その周囲に散らされた蔓苺の環は主の森の象徴だった。

ロメールを筆頭に駆ける騎士達の装いはフルアーマーの戦鎧。それを視認しただけで、何が起き

たのかドルフェンは察する。

どこぞの国に潜ませた間者が小人さんの危機を察知したのだろう。それつまり、フロンティアに対して敵対行動を起こした国があるということだ。

みるみる肉迫し、あっという間に辺境伯邸に到着するフロンティア騎士団。一見して本気装備な彼等を小人さん部隊の面々が身動ぎもせずに凝視する。

整然と並ぶ各部隊。その数、優に二千はあろうか。本格的な戦闘部隊だった。

護衛が止めるのも聞かずに先頭を駆けてきたロメールは、いきなりのことで茫然とするドルフェンの前で慌てて馬を降りる。

「チィヒーロはっ??」

降りる間ももどかしくかけられた声に、ドルフェンは膝をついて、くしゃりと顔を歪めた。

今にも泣き出しそうな顔のまま短く答える彼の背中は、その大きな体軀からは想像も出来ないほど、とても小さく見える。

「申し訳ございません」

傅《かしず》き、深く項垂れるドルフェンの短い言葉で、ロメールも何が起きたのか大体を理解した。

「詳しく説明を」

切れるように辛辣なロメールの眼光に射貫かれつつ、ドルフェンと桜は事の経緯を説明する。

話を聞いたロメールは思わず天を仰いだ。

なんてこった、既に連れ去られたあとか。だがある意味幸運。カストラートに攻め入る大義名分が出来た。

ここからカストラートまで馬で五日ほど。馬車ならば十日はかかろう。間者達の報告によるとカストラートは国境線に軍を配しているという。

それと合流する前にアンスバッハ辺境伯らを叩く。捕らえる必要はない、即切り捨てて構わない。

居並ぶ騎士達にそう叫び、ロメールはドルフェンにも発破をかけた。

「落ち込む暇があるなら動けっ、チィヒーロなら間違いなくそう言うぞ？　働けーって蹴飛ばしてくるよ？」

言われてドルフェンは、はっと顔を上げる。

彼の脳裏に、常に一生懸命だった幼子が浮かび上がった。どんな些細なことでも、国の大事であろうとも、手足をわちゃわちゃさせて、いつも全力投球な小さい子供。

その通りだ。チヒロ様なら泣き言も後悔も後回しで、とにかく動く。最善を目指して全力で駆け抜けるはずだ。

重い仕草で、のたのたと戦鎧を身につけていたドルフェンの指に力がこもる。白を基調にした優美な戦鎧。差し色の朱は返り血を意味し、敵を殲滅する覇気を宿した逸品だ。

これに恥じることない戦いを。

ドルフェンは、父親から受け継いだ騎士の矜持を心にとめる。

きびきびと動き出した護衛騎士を一瞥し、ロメールは人の悪い笑みで軽口を叩いた。

「何の薬だったかは分からないが、半日以上前の話なら、とうに処置も終わっているだろう。取り返すよ？　あれが居ないと王宮の面々が号泣するからね」

にやりと挑戦的に睨め上げるロメールに、ドルフェンは大きく頷き、苦笑した。

貴方を含めてですよね？

口には出さなくとも伝わったのだろう、ロメールが照れ隠しのように勢いよく馬に乗り、号令を叫んだが、それにドルフェンは待ったをかける。

しばらく思案する風だった彼は、何かを思い出したかのように深いシワを眉間に刻んだ。

「申し訳ありません、王弟殿下にお話がございます。時間が惜しいので馬車で道中お話ししたく存じます」

「話？」

神妙な面持ちで頷くドルフェンの視界で、ロメールは首を傾げた。

「はあ？　一つの身体に二つの魂？」

小人さん用に設えられた馬車の中。すっとんきょうな面持ちで、ロメールはドルフェンの説明を聞く。

脳筋でも騎士は騎士。彼は西の森で主と話す小人さんの会話内容から、大まかな概要を摑んでいた。

小人さんは別の世界、《地球》とやらから贈られた魂であること。王女殿下の身体に憑依《ひょうい》しており、いずれは神々から賜った力で、このアルカディアの世界を救う予定であったこと。

しかし想定外にも、王女殿下その人の魂が死んでしまい、王女殿下の身体を生かすために千尋が覚醒したこと。

神々から賜った再生の左手と破壊の右手のうち、右手の力をファティマの魂が持ち去ってしまったこと。

その事実を西の森の主から聞くまで、小人さん自身も知らなかったこと。

「あとは、多分ロメール殿下も御存じのとおりなのではないかと」

全てを聞き終えたロメールは、思い当たる事ばかりで思わず顔面を両手で覆った。

小人さんが何故に大人すら舌を巻くほど多くの知識を持っていたのか。なのになぜ、驚くほどアルカディアの常識に疎かったのか。貴族のしがらみに囚われず自由気ままで、己が己であることを当たり前にしていたのか。

彼女の知る常識がアルカディアのモノでなかったというのならその全てに辻褄が合う。

《地球》とやらは、きっと、とても文明の進んだ世界なのだろう。だからアルカディアにない多くのモノを小人さんは知っていた。

あの態度からして、そういった身分がある者なのだ。たぶん《地球》の王族とか高位の家系の娘に違いない。だからこちらの王族や貴族にも怯みはしなかった。

なにより、その《地球》という言葉をロメールは覚えている。キルファンに顕現した創世神様らが言っていた言葉。

《さすが、地球の神々が勧めた子供だけはある》

そしてさらにロメールは、去年の冬の出来事を思い出していた。

『王宮がファティマを殺した。なんで助けてくれなかったの？』

大きな瞳に一杯の涙をためて、絞り出すように紡がれた悲痛な叫び。

あれは、こういう事だったのか。

てっきり何かの比喩的な表現なのだと思っていたが、まさか言葉そのままの意味だったとは。

本来の王女であるのはファティマ様。その御方は既に儚《はかな》くなってしまい、同じ身体に宿っていたチィヒーロの魂が目を覚ましました。

身体は王女でも中身は他人。

ああ、だから、あんなに兄上に対して冷淡だったんだな。

血の近しさより絆の深さ。命の恩人で、溺愛してくれるドラゴ一筋で当たり前だったわけだ。

しかもそういったことが出来るという事は、中身の年齢は外見通りであるまい。《地球》とやらの知識が豊富にあるあたり、前世の記憶も持っているのだろう。

そこまで考えて、ふとロメールはドルフェンを見つめる。顔を覆う指の隙間からチロリと覗くロメールの薄灰青色の瞳。

「そういえば……。君の呼び方、違うよね？　チィヒーロのさ」

軽く瞠目してから、仕方なさげな笑みを浮かべ、ドルフェンは軽く首肯した。

「そうですね。チィヒーロ様の本当の名前はチヒロ様と申します。キルファンの言葉で、千に尋ねると書くそうです」

ああ、なるほど。本当に私は君のことを何も知らなかったんだなぁ、チィヒーロ。

思わずしんみりとする馬車の中の二人。

そんな二人を余所に、風魔法を駆使して速度を上げ、馬達の疲労を治癒魔法でフォローしているフロンティア騎士団は、確実に辺境伯騎士団との間を詰めていく。

辺境伯騎士団が如何に用意周到に替え馬を用意して、最高の速度で進もうとも、不眠不休で進めるフロンティア騎士団とは比べるべくもない。

辺境伯家の者全てがカストラート人であることも裏目に出ていた。

フロンティア生まれでない者に魔法を使えない。フロンティアを満たす魔力は、フロンティアの者にしか宿らないのだ。

唯一、魔法が使えるのはアンスバッハ辺境伯直系の者だけ。当主たる辺境伯とその息子ら二人。

そのうちの一人が馬車の中で小人さんに癒やしを施していた。ほんのりと幼女を包む優しい光。

薄いパウダーオレンジの髪に淡い翡翠色の瞳の青年は辺境伯家嫡男のキシャーリウ。彼は水と風の属性を持ち、癒やしを得意とする。

キシャーリウの隣には次男のアウバーシャ。似たような色彩の二人だが、アウバーシャの方がやや色目が濃い。

「これは本当にハビルーシュに使っていたのと同じ薬なのか？　ほぼ意識がないし、心拍数も低い。不味いのではないか？」

生まれた時から薬漬けで、まるで人形のようだった妹を思い出し、キシャーリウは怪訝そうな眼差しでシリルを睨んだ。

「効果が薄いとはったりも利かないと思い、原液を使いましたから。たぶん、過剰摂取による一時的なショック状態かと思います」

命に別状はないと説明するシリルに頷き、辺境伯はあらためて孫娘の顔を覗き込んだ。

やはりハビルーシュにそっくりだ。これだけ美しい子供なら、カストラート王家の皆様にも喜んでもらえよう。

たしか、御年七歳になる王子がおられたはず。年まわりも悪くないし、きっと正妃として御召しくださるに違いない。カストラートでのアンスバッハ家も安泰だ。

このまま逃げ切ることが出来ればだが。

フロンティアは諸外国に名高い魔法国家だ。彼等の本気に為す術を辺境伯騎士団は持たない。精々、肉壁が関の山。辺境伯騎士団にも、その覚悟があるのだろう。ヘブライヘルに言われるまでもなく、この馬車を先陣中央に配置していた。

万一の時には、散開する後続の馬車が時間を稼ぎ、それを壁にして辺境伯騎士団が少しでもフロンティアの追撃を緩める。

その間隙を縫い、辺境伯達がカストラートへ滑り込めればこちらの勝ちだ。

薬で言いなりなチィヒーロ王女を矢面に立たせて人質にも出来る。そうしたらフロンティアがカストラートに戦を仕掛けることも不可能になろう。全ては時間との勝負。

辺境伯は瞳に剣呑な光を浮かべ、馬車の窓から真っ暗な外へ視線を振る。その瞳に宿る光は、凍えるような冷たさに朽ち果てた疲れを同衾させる怪しげで脆い光だった。

深い闇に包まれた深夜。

逃げる者と追う者の蹄の跡と馬車の轍《わだち》のみが、密やかに大地を揺らしていた。

『ここは……？』

気がついた千尋がいるのは真っ暗な空間。

上も下も分からない奇妙な空間に、微かな風の啼《な》く音が辺りで響いている。それでも進行方向があるようで、落ちているのか進んでいるのか判断がつかないが、ふわりふわりと小人さんの身体は動いていた。

惰性に流されるまま、たゆとうていた小人さんの視界に煌めく何かが見える。

遠目にも鮮やかな銀の網。アレに千尋は見覚えがあった。西の森で見たジョーカーの棲み家である。

そこから、今度は微かな声が聞こえた。歌うような、笑うような温かい声音。その楽しそうな声につられ、小人さんは銀の煌めきへと吸い込まれていく。

ぽふんっと着地した網は大きく波打ち、その揺れに気づいた何かが一斉に千尋を振り返った。

そこに居たのは二人の人間と八つの眼《まなこ》を持つ大きな蜘蛛。

《そなた…？　どうやって、ここへ？》

見るからに狼狽えている蜘蛛はジョーカー。実体ではないのか、微かに発光するワサワサした体毛が小刻みに震えていた。

その側にいるのは見事な金の髪を持つ女性と子供。この二人にも千尋は見覚えがある。

『ハビルーシュ妃……。と、ファティマ？　まさかっ⁉』

目の前には見知った女性と自分そっくりな女の子。違いは眼の色くらいだろうか。

『ジョーカー、ここは一体なに？』

慌てる千尋に、件の蜘蛛は呆れたような眼差しで答える。

《ここは深淵前の奈落入口。全ての世界が繋がる神々の領域だよ。そなたこそ、なぜここに？　まさか死んでしまったのではあるまいな？》

聞けば、ここは不要とされたモノを処分する底なしの闇。それらが合わさり、時折とんでもない化け物が生まれたりもするため、各世界の神々が虜囚を番人として置いているのだとか。

『ああ、そっか。ジョーカーも、ある意味、虜囚だものね』

《まあね。それに、世界の崩壊から魂を救済するため、深淵に網を張るのは私の仕事だしね》

何かがカチリと音をたてて合わさり、ジョーカーと千尋はほくそ笑む。二人にだけ分かる符号。

地球のとある物語。その中のクトゥルフ神話に出てくる大きな蜘蛛の異形。それがジョーカーだ。ツァトゥグアと共に深淵に幽閉された彼女。それは実在する信仰の神々ではなく、創作物に登場する神々。

しかし神が実在するという根拠はなく、大きく括ってしまえば、現存する宗教や信仰の殆どが創作物とも言える。

その中で、物語として存在する彼等が信仰の対象となり、実体を持ったとしてもおかしくはない話だ。

アトラク＝ナクア。それが地球での彼女の名前だった。

彼女の網が完成した時、世界は滅ぶ。世界が滅ぶからこそ、彼女は深淵に網を張るのかもしれない。

卵が先か鶏が先か。

諸説あるが、こうして彼女の網が完成しているということは、世界の滅亡が避けられないのを意味している。

茫然と銀の網を見つめる千尋に、ジョーカーが近づいた。

《ここは死者や亡者の棲まう空間。何故そなたが堕ちてきたんだい？》

『わかんない。気づいたら、ここに居たの』

辺境伯邸でシリルに会ったまでは覚えている。その後、何が起きたのだろうか。

そこまで考えて、千尋は、はっとハビルーシュ達を見た。

『ハビルーシュ妃にも何かあったの？』

幼女の言わんとすることを察し、ジョーカーは小さく首を振る。

《いや。何故か分からないが、この御仁は夢と現の間に棲んでおられるようでね。現実の意識が途切れると、こちらに迷い込むようなんだよ》

……ってことは、死んだわけではないのか。

思わず大きな溜め息をつき、千尋は胸を撫で下ろした。

ファティマの方は、たぶん死者として判断され、網に引っ掛かったのだろう。ジョーカーの網が完成していて本当に良かった。

あれやこれやと頭を巡らせる幼女。それを不思議そうに見つめてハビルーシュは小首を傾げる。

『貴女はどなたかしら？　わたくしを御存じなの？』

おずおずと掛けられた言葉に、千尋は目をパチクリさせた。

え？　気づいてない？　晩餐会でも会ったはずなんだけど？

その疑問を察したのか、ジョーカーがさも面白そうに、くつくつと笑っている。

《言っただろう？　ここは神々の領域。現世の器は関係ないんだよ。今のそなたは黒髪に黒い瞳の妙齢な女性だよ》

言われて千尋は自分の姿を確認した。

髪を摑むと、そこには真っ黒で硬めな髪。そしてそれを摑む指は長く、幼女のモノではない。この領域では小人さんの前世の姿が反映している。

驚き、言葉もない千尋に、蜘蛛はあらためて事の経緯を聞き出した。

《なるほどね。それで意識を失ったと。その時に何かを使われたのかもしれないね》

『現世のアタシが死んじゃったってこと？』

情けない顔で取りすがる千尋を一瞥し、ジョーカーはハビルーシュ妃に視線を振る。

《いや…。そなたからは、この御仁と同じ匂いを感じる。某《なにがし》か神々の関与で、ここに来たのかもしれないね》

それを聞いて千尋もハビルーシュ妃を凝視した。

ロメールの話では、知的障害があり、いつも夢現で、とりとめもない事ばかりをする女性なのだと聞いている。

その精神的な曖昧さから、この領域に紛れ込んだのかと思っていたが。

彼女とアタシに同じ匂いがする？　どういう事だろう。そういや、何か甘い香りがするな。ハビルーシュ妃の匂いかな？　香水？

考え込む千尋をジョーカーは静かに見守っていた。

金色の王は気づくだろうか。今が千載一遇のチャンスだという事に。

神々の不文律は、御先にも当てはまる。神々の御意志を伝える事は出来ても、世界の理に関する助言は出来ない。

じっと見つめる八つの眼に気づかず、千尋は首を傾げてファティマを見た。

途端、虚無であるはずの深淵に甲高い音が鳴り響く。

まるでガラスを叩くかのように透き通った美しい音色。

それに気を取られつつも、千尋は己の左手が発光しているのに気づいた。そしてファティマの右手が発光していることにも。

共鳴する二つの力。


あ、あああ、そっかーっ!!


『ファティマっ、その右手を少し貸して欲しいんだけど良いかなっ?』

ハビルーシュ妃に抱かれていたファティマは、にこっと笑って右手を差し出してきた。

『ヒーロ、ちゃい。おなかすいてないの。ここ、あったかいの。ファティマへいき。ヒーロもへいき?』

無邪気な幼子の言葉。その言葉で、千尋の脳裏に王宮での死に際の記憶がぶわっと甦る。

ああ、そうだ。あの時、ファティマはひもじくて、渇いてて、寂しさに押し潰されながら消えていった。それが根深く残っているのだろう。

ここは暖かいか。あの時は飢えも手伝って、凄く寒かったものね。

そしてファティマは、目の前の自分が千尋なのだと知っていた。共にあった魂なのだと。当然だ。

小人さんは曖昧だったが、御互いに認識していたはずなのだから。

シリルを前にした瞬間、覚醒した数多な記憶。その中で千尋はファティマと共に年月を重ねた。

泣いて笑って過ごし、幼女を襲った惨い最期に絶叫をあげた自分。あまりに悲惨な記憶だったため、小人さんの心が本能的に封じていたのかもしれない。

差し出されたファティマの右手に自分の左手を合わせ、千尋は切なげに顔を歪めた。

『助けてあげられなくてゴメンね。ほんと、ゴメン』

すると合わさった掌から光が立ち上り、二人が包みこまれる。溢れるような光が零れ、ぱんっと爆ぜて霧散した時、そこには一人の幼女。

ジョーカーの視界の中に立つのは、黒髪金眼の可愛らしい子供。その小さな両手に立ち上るほどの金色の魔力を漲らせて。

《やれやれだね。これで子守りからも解放されるよ》

満足気なジョーカー。

ぶっきらぼうな彼女の呟きに、一抹の寂しさを感じたのは気のせいだろうか。

『何が起きたの？　ファティマは？』

あわあわと辺りを見回す小人さんの胸を突っつき、ジョーカーはニヤリと悪戯げな笑みを浮かべた。

《ここだよ。あの子は、そなたの中に戻った。連れて帰っておやり》
千尋は自分の胸を押さえて、その温かい鼓動に耳を傾ける。

戻った？　本当に？

《ふむ。なるほどね。そなたは死んではいない。どうやら薬の効きすぎで一時的に自我が消失しているようだ。神の左手の再生力が、そなたの身体を維持しているよ》
ジョーカーの頭にいる小さな蜘蛛が、手足をわちゃわちゃさせながら何かを伝えていた。
《……神々の妙薬か。人間がどのようにして手に入れたか知らないが、厄介なモノを。悪魔の右手を得た今のそなたなら、薬の効果も相殺出来よう。早く身体にお戻り》
そう言うと、ジョーカーは千尋の身体を糸でぐるぐる巻きにし、力任せに振り回す。ぶわんっと浮き上がる小さな身体。
『へぇぁ？　うわわわっ！』
振り回された遠心力のまま、千尋の身体は上空へ投げ出された。ぷつりと糸を切り、投げ出した千尋を見送る巨大な蜘蛛。
《奈落の淵から出れば勝手に身体に戻れるから。お気をつけな》

精神的な領域のくせに、帰還手段は物理なんかーいっ!!


キランとお星様になった幼女を見送って、ジョーカーはハビルーシュ妃に視線を振る。

何が起きたのか分からないまでも、ファティマを失った腕の中の喪失感に物憂げな美女。

同じ薬を使われているんだね。道理で同じ匂いがするはずだよ。でも、多分アンタも、近い未来、ここには来なくなるんだろうね。

虚無の深淵に幽閉された虜囚、アトラク・ナクア。

その凄まじい孤独を一時でも癒してくれていた二人の来訪者に、彼女は心から感謝していた。

願わくば、彼の二人に幸せな未来が訪れんことを。

夜が明けたのだろうか。ハビルーシュの姿が曖昧にぼやけ、次の瞬間、ふわりと僅かな風を残して霧散する。

人間が神々の領域である奈落を訪れるなど、本来なら有り得ない話だ。某かの神の御意志が働いているのは間違いない。

真っ暗な空間に煌めく銀の網に横たわり、ジョーカーは思考の海へと沈んでいった。

終わりのない知の集積、研鑽。

悠久を生きる神々とともに、彼女もまた世界を見守り続けている。その一助にでもなればと、ジョーカーは己の知識を総動員して、か細く揺れる滅亡回避の糸口を探していた。

だが彼女は知らない。

無自覚に最強な小人さんが、その糸口を既に掴んでいることを。

真の欲張りは世界を救う。

全てを思うがままにしたい、誰よりも貪欲な小人さん。
美味しい物が食べたい。皆と幸せになりたい。楽しく日々を送りたい。そんな些細なモノから、
世界に飢えが蔓延るのが許せない、数多な嘆きの涙を乾かしたい。などなど、壮大なモノまで。

どれもを諦めない、貪欲な金色の王。

虚無の虚空を、かっ飛びながら、今日も小人さんは我が道を征く♪

「あれかぁっ!!」

ロメールと小人さん部隊が合流して数日。背後から白々と朝日が昇るころ、爆音をたてて突き進むフロンティア騎士団の正面に、ようやく小さな影が見えてきた。

地平線スレスレに蠢く一団は、間違いなく西北を目指して逃走している。

それを視認し、ロメールは馬車から上半身を乗り出すと、共に追ってきた蜜蜂らに向かって大きく叫んだ。

「ポチ子さんはいるかっ？」

その叫びに呼応し、一匹の蜜蜂が馬車の傍をホバリングする。ポチ子さんらしき蜜蜂の背中には麦太と呼ばれる蛙も乗っていた。

戦場に似つかわしくない長閑《のどか》な姿に思わず緩む口許をひきしめ、ロメールは二匹に向かって厳めしげに囁いた。

「チィヒーロの乗る馬車が分かるか？　分かるなら、こちらが仕掛ける前にチィヒーロの護衛について欲しい」

しばしロメールをじっと見つめ、ポチ子さんは心得たとばかりに軽く旋回しつつ、前を行く一団に真一文字で翔んでいく。

それを見送り、ロメールは各騎士団に伝令を飛ばした。

小人さんの確保を第一とし、立ち塞がる者は容赦なく倒すようにと。

「二度とフロンティアに手を出そうなどと思わないくらい、完膚無きまで叩き潰せっ!!」

おおおっ、と雄叫びを上げる騎士達。ドルフェンからもたらされた驚愕ものの情報で、フロンティア騎士全員が瞬間沸騰。誰もが獰猛に眼を剝き、王家の身中深くに寄生していた毒虫に怒り心頭である。

しかしフロンティアが国境とする荒野の付近まで、あと半日ほど。相手の軍もこちらへ向かってきている可能性がある。それらが到着する前に小人さんを取り返しておきたい。

逸《はや》る心を抑えて、じりじりと間を詰めるフロンティア騎士団。

すると、追われていた前方の辺境伯らに動きがあった。

後方を駆けていた馬車が騎士らを伴い、三方に分かれたのだ。どれにも比重は偏らず、キッチリ三分割。

綺麗に分かれて散開していく相手に、どれを追ったものかと一瞬戸惑ったフロンティア側だが、そこは魔物らが一枚上手だった。

散開し始めた馬車の悉《ことごと》くが、いきなり馬に引きずられるように停止する。

ガシャガシャとけたたましい音をたてつつも、馬車は車輪が外れたようで、ズルズルと僅かに引きずられるのみ。

そして三方に散った相手の左手一団。そこを目掛けて蜜蜂達が突進していく。

あれかっ！

人間の眼は誤魔化せても、魔物の感じる魔力は隠せない。左側の一団に小人さんが乗っている。もはや逃げおおせることは不可能だと覚《さと》ったのだろう。辺境伯騎士団は踵を返して、迫り来るフロンティア騎士団に突撃してきた。

ここに、アルカディア有史に残る、カストラートとの最後の戦が火蓋を切る。

「何が起きたっ？」

激しく揺れる馬車に苦戦しつつも、辺境伯はシリルの抱える千尋を庇《かば》うよう椅子を支えた。
中の人間が思う間もなく馬車は停止し、慌てたかのように周囲の騎士達が馬車の扉を開ける。
「車軸が折れました、馬車は使えません、金色の王を連れて馬でお逃げください！」
思わぬ言葉に狼狽え、辺境伯は馬車から降りて現状を確認した。

馬車の車輪は完全に外れている。吹っ飛ぶように折れたらしい車軸を見ると、無数の深い傷がついており、それが原因で折れたようだった。

整備に手抜かりはなかったはずだ。なのになぜ？

訝る辺境伯の耳に鋭い風切り音が聞こえる。それと同時に上がった悲鳴。

振り返った辺境伯の眼に映ったモノは、シリルに群がる蜜蜂らと地面に横たわる幼女。その幼女を抱き上げようとするキシャーリウ達は、彼女に触れることも出来ず右往左往していた。

触れようとするとバチバチと音をたてて火花が上がる。よくよく見れば、チィヒーロの周りに不可思議な煌めく膜が張られ、それが息子達の手を弾いているように窺えた。


なんだ、あれは？　何が起きた？

目の前の現状に言葉を失う辺境伯。


彼等が小人さんを拐取し、邸から逃走した時、多くの護衛蜜蜂が馬車裏に潜み張り付いていた。

窓から事の成り行きを見聞していたモノノケらは、これから先を予測し、ひっそり暗躍していたのである。

知性を持つ魔物を侮るなかれ。彼等は小人さんの現状を正しく理解し、彼女の解毒が終わるのを待ちわびた。それが済んだら千尋を奪還しようと、辛抱強く馬車に張り付いていたのだ。

そんな風に潜んでいた蜜蜂達は、ロメールらが追い付いてポチ子さんが来たことを目敏く察知し、張り付いていた馬車裏の車軸へ、ナイフのような針と風魔法を駆使し滅多打ちに傷を入れまくる。

あとは加速する馬車の負荷と振動で勝手に車軸が折れ、全ての馬車が停止したのだ。

そして馬車から降りてきたシリル目掛けて蜜蜂らが攻撃をしかけ、シリルから小人さんを引き離して即座に麦太が守護を張った。

抱かれている状態だと守護がシリルにも掛かってしまうが、一度でも離れて守護を張ればもはや付け入る隙はない。

麦太のガードにポチ子さんら蜜蜂の護衛。

慌てふためく辺境伯らを余所に、ポチ子さんは小人さんを抱え上げ、麦太を背負ってぶい～んと大空に舞い上がる。

「待てっ！　待ってくれ、王を返してくれっ!!」

恥も外聞もなく叫ぶ辺境伯。盗人猛々しいとは、よく言ったモノだ。

自分達が拐ってきた子供を返せと喚く理解不能な男達がポチ子さんを馬で追ってきたが、空を翔る蜜蜂に追い付けるはずもない。

わあわあと大騒ぎで蜜蜂らを追う愉快な辺境伯達に気づいた別動隊は、大急ぎで引き返して彼等と合流する。

一目散に飛び去る蜜蜂の進行方向には、土煙を上げて押し迫るフロンティア正規軍。数百しかいないカストラート人の辺境伯騎士団を優に上回る軍勢に、辺境伯は凄まじく懊悩した。

国境を与る辺境伯騎士団の大半はフロンティア人である。その中に潜んでいた間者らのみしか護衛につけられなかったのが仇となった。どのみち、辺境伯軍を連れてきたところで物の役にもたつまいが。

軍の優先司令は王族だ。王女殿下を誘拐した時点で、アンスバッハ辺境伯家はフロンティア軍の敵である。逆に小人さん奪還のため捕らえられるのが関の山。

しかし、このままでは計画が失敗する。これに失敗すれば後はない。破滅に向かってまっしぐらだろう。

曽祖父の受けた勅命を果たせもせずに、一族郎党が人生を懸けて開いた血道を己の代で全て台無しにすることとなる。

このまま王女がフロンティア側に帰還すれば奴等は追ってこないかもしれないが、逆に猛烈な追撃を受けて犬死にに終わる可能性もあった。

自分達の失敗を祖国は許しはしないだろうし、このままカストラートへ逃げ延びたとしても不名誉な断罪が待つだけだろう。

苦悶を浮かべて思案する辺境伯を悔しげに見つめる息子達。周囲に集まる騎士らや侍従らも同じく、痛ましげな瞳で主を見つめていた。

ここまで来て……。

まさに絶望を体現する辺境伯一家を清しく一瞥し、辺境伯騎士団隊長が大きく剣を振り上げる。

「もはや、これまでっ！　行くも地獄、戻るも地獄ならば、奴等に一矢報いて華々しく散ってやろうではないかっ!!」

辺境伯の心を察したのか、壮年の隊長は凄みのある笑顔で己が主を見下ろした。

「馬上から御無礼つかまつる、我等はカストラートに義理はなく、アンスバッハ辺境伯閣下にこそ多大な恩があり申す。フロンティアにおいて我々を庇護し、他と分け隔てなく頂いた平等な待遇を忘れはしませぬ。時間を稼ぎます、何とぞ落ち延びてくだされ」

ヘブライヘルは瞠目する。

目の前の男性は数十年ほど前に祖国から来た罪人だった。

フロンティアに送られてきた間者の八割は、カストラートを追放された罪人達。

身分があるか、知識があるか。とにかく罪人として処罰しにくい貴族などが起死回生のチャンスとして、長年フロンティアへ送り込まれていた。

これを好機と取り一攫千金を目論む者や、追放され自暴自棄になる者。

総じて共通するのは、捨て駒として放り出された絶望感。貴族の矜持もズタズタにされ、それでも祖国に残してきた家族のために汚名をすすぐ努力をしてきた。

そんな有象無象の手綱を操り、辺境伯家は裕福な領地を運営する。

西の森の恩恵もあり、祖国にいたころよりも豊かな生活を与えられ、残してきた家族への仕送りなども出来、罪人らは心からの感謝をアンスバッハ辺境伯に抱いていた。

祖国に蔑《ないがし》ろにされてきた彼等は、自分達を救い、真っ当な人間らしい暮らしを与えてくれたアンスバッハ家にこそ忠誠を誓っていたのだ。

シリル達が身を削ってでも小人さんを拐おうとした原点である。盲目的な敬愛。アンスバッハ家のためであれば、彼等は喜んで地獄の業火に飛び込むだろう。

カストラートで預言者と呼ばれるシリルの祖母。その祖母から先祖代々の調剤術を学びつつ、シリルは心からの感謝を伝えられた。


『お前の父……、アタシの息子は愚か者だったが。……正しくもあったんだよ。……もっと賢く生きられたら良かったんだが。あんな馬鹿者を拾ってくださった辺境伯様には感謝の言葉もない。……こうして、調剤術の跡継ぎも得られたしね。お前も辺境伯様に感謝しなくちゃいけないよ？』

神々の御神託を受け、様々な知識や預言を受け取る祖母。皺くちゃな顔を緩めて笑う祖母を見上げ、子供だったシリルは素直に頷き、心からヘブライヘルに感謝した。その気持ちは今も薄れていない。

理由は様々だが、アンスバッハ家の者らは誰もが絶体絶命だった経緯を持つ。そんな苦境から救われた彼らが、ヘブライヘルの苦境を見過ごすはずがない。

凜と顔を上げ、佇む家臣達。彼等の機微を察し、同じ様なしたり顔をする二人の息子。

そうとは知らぬ辺境伯は大きく頭を振り、息子らを見つめる。

「ならぬ、正体がバレた以上、もはや我が家の行ける場所はない。そなたらこそ逃げ延びよ。甲冑を脱ぎ、市井に紛れ込めば逃げられよう。よいな？　犬死にはならぬっ!!」

それには息子らも含まれる。

父親の眼差しから言外の言葉を感じ取り、キシャーリウとアウバーシャは如何にも心外だとばかりに口を開いた。

「何と申されましょうっ！　父上を見捨てまつりて我等のみ生きよと言われますかっ！」

「何とぞ、死出の旅に御伴つかまつりたく存じます。アンスバッハ家の終焉に立ちあえた誉れ、神々に感謝いたしましょう」

虚勢でもなく、強がりでもなく、酷く柔らかな自然体で薄い笑みをはく二人の息子達。

「さすが主の御子息様。その旅路への花道は我等が必ず開きましょうぞ。主が決めたのならば、それに添うのが騎士の誉れ。お先に天上でお待ち申すっ!!」

騎士とは神に忠誠を誓う者。アンスバッハ辺境伯騎士団にとって、その神はヘブライヘルである。

言うが早いか、辺境伯騎士団はフロンティア騎士団を攪乱するため駆け出した。その数は、ただの一騎すら欠けていない。

非戦闘員であれど、間者としての技術を学んだ家令達も辺境伯一家の周囲を固め、凄まじい殺気を漲らせている。

逃げろと許可したにもかかわらず、誰も戦場から離脱はしなかった。信じられない光景に、思わず辺境伯の視界が歪む。


思い内にあれば、色外に現るる。


如何に冷淡で辛辣に見えようとも、家族や部下には辺境伯の気持ちが伝わっていた。人でなしなアンスバッハ家であっても、その内に忍ぶ溢れるほどの愛情。

歪な家系であるからこそ、その根元には外部に分からぬ強い絆があった。

玉砕覚悟で猛攻に出た辺境伯騎士団。最後の一人まで殉死覚悟な家令達。その一瞬まで、共にありたいと願う息子ら。

カストラートから来る監視者に横暴を許したのは、家ではなく家族を守るため。部下らを守るため。そのために散々己を削って生きてきたヘブライヘル。

アンスバッハ家の血塗られた壮絶な人生は、決して褒められたものではない。だが、同じ道を歩む者にとっては、かけがえのない救いでもあったのだ。

「父上一人に汚名を被せはしません」

「そうですよ。一蓮托生でしょう？」

従者らに護衛されながら後退するアンスバッハ辺境伯。

騎士らの心意気を無駄にすまいと、一心不乱にカストラートへ馬で向かう彼等の視界に、遠く立ち上る砂煙が映った。遠目に見える無数の軍勢を辺境伯らは驚嘆の面持ちで見据える。

地平線を埋め尽くすかの如く進軍してきたのはカストラート正規軍。

間者による早馬で、アンスバッハ辺境伯の逃亡とフロンティア正規軍の侵攻を知ったカストラートは、それを助けるため即座に軍を派遣した。

その数なんと一万五千。

フロンティアが卓越した魔法国家なことを熟知しているカストラートは、国防を担う兵士以外、全ての戦力を投入する。

援軍の編成にも抜かりはなく、今世紀最大の戦が虚無の荒野に血華を咲かせようとしていた。

そんな歴史的瞬間が開幕しているとも知らず、奈落から弾き飛ばされ戻ってきたはずの千尋はポチ子さんに揺られ、ぐーすかと寝こけていた。


どこにいても、何をしていても、小人さんは小人さんである♪

SS. シリルの宝物

「ファティマ様？　朝でございますよ？」

後宮奥にある側仕えらの居室でシリルは赤子を抱き上げる。

光を溶かしたかのように淡い金髪。ミルクを仄かに纏わせた琥珀色の瞳。ようよう一歳ほどになった赤子は、嬉しそうにシリルへ手を伸ばした。

「御機嫌ですね。さ、食事をいたしましょう」

用意しておいた離乳食を片手に、シリルは少しずつ匙で赤子の口に運ぶ。ミルクでぐずぐずに煮た麦や人参。

食べるより零す方が多いが、それが堪らなく可愛らしい。

「あー、……くちっ！」

匙を両手で摑み、赤子がくしゃみをした。途端に吹き飛ぶ離乳食。

「あらら、零れてしまいましたね、お着替えしましましょう」

苦笑しながらかいがいしく世話をするシリルを見つめ、双子の乳母であるシャオンは恐怖に身を竦めていた。

彼女の部屋の入口扉左右には屈強な侍従らが立っている。彼等も微笑ましくシリル達を眺めているが、シャオンは知っていた。

テオドール王子が生まれた日、彼等が医師を殺してその口を封じたことを。洗濯場奥にある寂れた部屋の用足し穴へその死体を沈めたことも。

実際に死体を見たわけではない。しかし、王宮の噂で医師が行方不明だとの話を聞き、あの日ここに運び込まれた大きな袋の中身がソレなのではないかと彼女は疑っていた。

テオドール王子が生まれた日、シリル達は大きな袋を持ってシャオンの部屋に現れたのだ。そしてシャオンが預かった赤子を優しく見つめ、口を開いた。

「その方を大切に育てなさい。他言は無用よ？」

炯眼をすがめて見下ろすシリルに乳母は頷くしかない。

何故なら彼女は、シリル達に我が子を人質とされていたから。この部屋に常駐するメイドや侍従が、必ずシャオンの傍にいた。

テオドール王子の御世話に向かう彼女にもついて回り、常時見張られている生活。下手な事をしようものなら、即、我が子の命が失われるだろう。

騎士達すら仲間のようで、シャオンは周りに助けも求められなかった。

シャオンの想像の大半は当たっている。

シリル達はハビルーシュが双子を産んだ時、その片方を盗み出し、絞殺した医師の死体を仲間に持ち出させてから、大きな声で王子誕生を触れ回った。

二人目の王子誕生に沸き返る人々を尻目に、さっくりとファティマを手に入れたのである。

元々、薬で蒙昧なハビルーシュはお産に翻弄され何も認識していない。それがなくともお産中な妊婦は陣痛といきみに無我夢中。周囲を察するような余裕はない。

赤子を盗むと決めたシリルは、あっという間に医師を絞め殺し、その死体を毛布で包む。

そしてハビルーシュの部屋に居たのが仲間らだけなことを幸いに、呼び出した乳母へ盗んだ片割れを渡して後宮奥のシャオンの部屋へ向かわせたのだ。

シャオンは元々赤子を連れて王宮にやってきていた。だから、彼女が赤子を抱いて歩いていても誰も気にとめない。

そうやって証拠を隠滅し、まんまとシリルは王家の子供を手に入れたのである。

正妃様が先に産気付いたのが幸いだった。

主だった医師らの殆どがそちらに向かい、側妃様には念のためにと見習いの医師が待機していただけ。

ハビルーシュ妃に陣痛が起きても、シリル達は医師らを呼び戻す振りをして見習い医師を騙し、そのまま出産までこぎつけた。

ハビルーシュ妃の周りは殆どがシリルの仲間である。隠蔽するなど容易いこと。あとは医師を口封じすれば誰にも真相は分からない。

元々、生まれた赤子を拐うつもりで準備していたのだ。いざとなれば、赤子を盾に一戦交える覚悟もあった。

だから産み月となった最近は、ガチガチに周囲を仲間のみで固めていたのに。

なんという僥倖か。

彼女は人知れずほくそ笑む。

蓋を開けてみれば、ハビルーシュ妃の産んだ赤子は双子。しかも片方は王子。これに注目を集めれば、もう片方を盗み出すなど造作もないこと。

王子誕生を喜ぶ人々を余所に、シリルは王女万歳を脳内で呟き、シャオンの部屋へと向かった。

現代日本と違い、この世界ではよほどの身分でもない限り行方不明者の捜査などはされない。当たり前のようにいなくなった者は忘れ去られ、日常が始まる。

失踪なんて茶飯事だからだ。本人自らもあれば、なにがしかの理由で消されるとか、行方不明になる者は頻繁に出る。

拐《かどわ》かしや人身売買の横行する時代でもあった。人の命など軽いモノ。重いのは身分であって人間ではない。

そんな世界で殺された医師の存在は、当たり前のように消去されていく。むしろ王子王女誕生の祝いにケチをつけるなと、密かに箝口令がしかれる始末。

こうして誰にも知られぬ王女は、シリル達の手によって大切に育てられていた。


「そろそろ連れ出さないとね」


摑まり立ちするファティマを見守りつつ、シリルは仲間と相談する。

もう離乳も終えた。これ以上成長させては、フロンティアでの記憶が残ってしまうかもしれない。

神々から伝えられた洗脳薬で蒙昧にしてあるが、実のところ、この薬は劇薬に近いし、赤子ゆえ薬の配分も難しい。本来なら七つの洗礼を終えてから使うべき薬なのだ。

複雑そうに眉をひそめるシリルに頷き、騎士の男性らが顔を見合わせる。

「そうだな。事を起こして王宮から騎士を誘い出し手薄にしよう。その隙に我々がファティマ様を連れ出すよ」

騎士らの提案にのり、シリルと仲間らは綿密に脱出計画を立てた。事は簡単。城下町に火を放ち、燃え上がらせるだけ。

予《あらかじ》め油を用意しておいて、それに燃え種を被せ火をつける。燃えやすい農地や城下町端で事を起こし、騎士団が出払ったのを見計らい王女を連れ出すという形だ。

「そなたらは事を起こす前に脱出しておいてくれ。ファティマ様を例の部屋に閉じ込めてな」

念を押すような騎士達に頷き、シリルは腕に抱く赤子を撫でる。

「もうじきです。しばらくしたら、あなた様はカストラートの姫君になれるのですよ」

うっとりと微笑むシリル。周りの仲間達も満面の笑みを浮かべていた。


……だが、計画は失敗する。


「迂闊《うかつ》だった！　何とかして王宮に潜り込めっ!!」

十数ヶ所で火を放ち、それが業火となったのを確認してから王宮付近へ集まったカストラートの間者達は、王宮に半数以上の騎士が残っていることに狼狽えた。

魔法国家フロンティアを侮っていたのだ。

カストラート出身である彼等は魔法が使えない。なので平民な振りをして騎士団に所属していた。

アンスバッハ辺境伯家の威光もあり、ハビルーシュ専属の騎士として不自然ではなかったのだが。

それが仇となる。

平民上がりの騎士しか知らぬ間者達は、魔法本職の貴族らの実力を看破出来なかったのだ。

火事の知らせを受けた騎士団は、ほんの数人ずつを現場に向かわせ、あっという間に業火を消し去ってしまう。

御貴族様の本気は桁違い。水属性の者が放つ大量の霧で、みるみる炎は鎮火してゆき、火元が油だと気づいた別の者が、土魔法で巻き上げた土砂を使って火元におおい被せる。

気づけば、十ヶ所以上から上がっていた火の手は、いつの間にか消されていた。

しかも、その不自然な発火や油が騎士団の不審を招き、なにがしかの企みがあるのではないかと、王宮は厳戒態勢。猫の仔一匹逃さぬ警戒網がしかれてしまう。

こんな中から幼子を連れ出すのは不可能だった。通常の子供ならともかく、相手は光彩を持つ赤子である。

見咎められようものなら、騎士団に地の果てまで追われるのは間違いない。

新生児を盗み出そうとしていた二年前の準備があれば、また違ったかもしれないが、今、王都に残っているのはここにいる十数名のみ。とても騎士団の追撃に太刀打ち出来るとは思えない。

「何とか……、何とかならないかっ」

ギリギリと奥歯を噛み締め、数日ほど機会を窺ったが、結局さらに警戒が増しただけで、水も漏らさぬ厳戒態勢が解かれることはなかった。

「ここに居てくださいね？　この籠にパンとお水を置いていきますから」

虚ろな眼差しの幼女を低いベッドに座らせ、シリルは心配気にその頭を撫でた。

「離れたくないです。このまま連れてゆければ……」

そんな事は出来ようはずもない。

王宮から幼い子供を連れだそうとすれば、必ず見咎められる。

荷物に隠そうにも、フロンティアの王宮では、持ち込む物も持ち出す物も予め検閲がかかるのだ。

しかも一時預かりされ、門で預かり札と交換せねばならない規則である。

シリルは赤子を毛布で包み、ぎゅっと抱き締めた。

「必ず迎えがきますから」

思わず潤む眼を指で擦り、シリルは半地下な部屋の扉を閉めた。

ここの用足し穴は深く、邪魔者の死体を始末するのによく使っていたものだ。足のない低いベッドの下に穿たれた穴には、多くの被害者が投棄されている。

元は罪人を収監する部屋だったらしいが、王宮地下に牢が造られてからはお役御免になった部屋だと聞く。

こんな所しか閉じ込めておける場所がない。

他ではすぐに見つかってしまうだろう。ここなら滅多に人も来ないし、うってつけだった。

御無事で。ファティマ様。

後ろ髪を引かれながら、仲間と共に王宮を脱出したシリル。

しばらく後に計画の失敗を知り、絶望に慟哭《どうこく》する未来を今の彼女に知るよしはない。

「散開っ、一撃離脱で敵を攪乱するっ！　広さを使え、捕まるなよっ！」

応っ!!　と、辺境伯騎士団は、横に広く陣形を作る。密集は作らず、速さをもってフロンティア軍に切り込んでいった。

正面を避け、密集であるフロンティア軍の斜めから切り込み、手当たり次第に剣や槍を振るう。一頻《ひとしき》り切りつけ、相手が応戦に出ると離脱し、再び切り込んでいった。

数を逆手に取られ、数百からなる騎馬の縦横無尽な動きにフロンティア軍は翻弄される。数の優位を生かせない。

辺境伯騎士団はつかず離れずな絶妙なラインを維持し、範囲的な攻撃魔法を使わせてくれない上、単騎で動き回るため矢の的としても狙いにくい。

応戦している横っぱらに突っ込んで来られたりと、数で動いているフロンティア軍を思うがままに掻き回していた。

同士討ちにもなりかねない近距離へ突っ込まれては剣先も鈍る。あからさまに狼狽え、躊躇するフロンティア騎士を、単騎の辺境伯騎士は次々と切りつけていった。

「これは良いっ、振れば当たるっ、一人でも多く道連れにするぞっ！」

剣を構えてフロンティア軍の隙間を縫い、辺境伯騎士団隊長は烈火の如く駆け抜けた。対面で止まることなく、ただ駆け抜けるだけ。それだけで多くのフロンティア騎士に負傷者を出せる。

フルプレートの鎧であろうとも、その凄まじい速さで切りつけられたらただでは済まない。

運が良くて落馬、悪ければ甲冑の境目が切り裂かれ鮮血が辺りに飛び散る。重さと切れ味を両立させたフラウワーズの鍛冶屋様々だ。

一方的な攻防にロメールは逡巡したが、すぐ気を取り直して檄を飛ばした。

「とめろっ！　進行方向に壁を作れっ!!　奴等は単騎だ、それだけで良い!!　厚く囲えぇっ!!」

戦場に響き渡る彼の声を耳にして、フロンティア騎士らの動きが変わる。

真っ当な戦闘を予想していたところに起きた混戦で、いささか頭に血が上っていたようだ。ロメールの指示どおり、駆け回る辺境伯騎士らを懐の中で囲うフロンティア軍。

ここにきてようやく数の優位を生かし、次々と辺境伯騎士団を屠っていく。今まではフロンティア軍の動揺から隙をつけただけ。それを立ち直られては駆け抜けることは不可能。

しかも単騎で動き回っていた辺境伯騎士団は、速度を出さなくてはならないこともあって、かなりの疲労が生まれていた。ここまでの昼夜を問わぬ強行軍のせいか、替え馬の脚も鈍い。

「ちっ、もう少し狼狽えてくれてたら助かったんだが。そうもいかないか」

そう憎々しげに吐き捨てると、辺境伯騎士団隊長は空を見上げる。彼の視線の先には、幼女を抱えた蜜蜂様。

いきなり始まった戦闘に驚いたのか、その姿は、幼女を降ろせる所を見つけようとしているかのように右往左往していた。

幸いなことにフロンティア軍は、突撃してきた自分達に目を釘付けにされ、あの蜜蜂に気づいていない。

「あれを降ろすな。降りようとした所に切り込むぞ」

彼らが無謀ともいえる単騎戦法を行う理由は、これだった。

本来であれば、何隊かに分けて戦うべきなのだが、それには数が全く足りない。ならば相手の動揺を誘う奇策で戦場を攪乱するしかあるまいと、辺境伯騎士団隊長は判断した。

それは功を奏し、混戦状態を生み出す事に成功する。

蜜蜂の動きに合わせて戦場を作り、あわよくば金色の王を奪還して、アンスバッハ辺境伯と合流を果たしたい。

非常に確率の低い賭けだが、その可能性が僅かでもあるなら諦めない。そう覚悟を決めて、再び切り込もうとした辺境伯騎士団隊長の耳に、けたたましい蹄の音が聞こえた。

振り返った彼は、信じられない面持ちで後方を見る。

そこにはカストラートの御旗を先立てる大軍と、その先頭を駆ける馬の一頭に、アンスバッハ辺境伯の姿があったのだ。

自身の弱さが見せる幻覚だろうか？

思わず我が目を疑った彼だが、その嘶きが鼓膜に届いた瞬間、凄まじい歓喜が背筋を駆け抜け、気付いた時には両手を天に突き上げつつ絶叫していた。

「援軍だ……、援軍が来たぞぉぉっ!!」

両手の拳を振り上げ、咆哮をあげる辺境伯騎士団隊長。それに鼓舞された部下らの雄叫びも加わり、フロンティアが優位を保っていたはずの攻勢が覆される。

夥《おびただ》しい数で現れた新手の勢いに圧され、焦《じ》れた魔術師達の手に殺気がこもった。それの示すことを察知し、ロメールは顔を強張らせる。

「魔法は使うなっ！　どこにチィヒーロがいるか分からないっ!!」

はっと我に返る魔術師ら。

ロメールの悲痛な声が断末魔のように戦場で谺するが、多勢に無勢。範囲的な攻撃魔法が使えないとなると圧倒的に少数なフロンティア側が劣勢となる。

アルカディアの魔法は精密な魔力操作を必要とし、その熟練度しだいで大砲からスナイパーライフルまで精度をあげるのだが、中世観の強いアルカディアの戦場で、スナイパーライフルを必要とする戦いはない。大抵は魔力にモノをいわせた絨毯爆撃。

それに慣れきった魔術師らは、下手に魔法を撃てなかった。思わず魔力を込めてしまった彼等だが、王弟殿下の声を耳にして悔しげに魔力を霧散させる。

しかし、そのロメールの声に反応し、ポチ子さんが高度を下げた。

だが目敏く察知した辺境伯騎士団が一斉に駆け込み、そこへ戦場を作る。それに倣うかのようにカストラート軍の先駆けも突っ込んできた。

猛烈な勢いに圧され、フロンティア軍の陣形が崩れると、それを見た蜜蜂はすぐにまた高度を上げる。

敵側の怒濤の勢いに押されつつも、ロメールとドルフェンには小人さん部隊の護衛蛙がついていた。守護を纏う彼等に被害はない。

「大事ございませんかっ？」

常にロメールと共にあるハロルドが、押し寄せる敵を捌きながら声をかける。彼にもまた、護衛蛙がついていた。ゆえに文字通り肉壁となり敵の攻撃を防いでいる。

燃えるような真っ赤な髪を振り乱し、敵の返り血で深紅に染まった白い甲冑。さすがの守護も、全てを守り切れは出来ぬようだ。なにせ人数が人数である。ところどころに綻びも出る。

けど、その姿はまさに鬼神。

空間を歪めるほど迸る怒気は、対峙するカストラート兵士を圧倒していた。

だが、攻撃魔法が使えないとなると、さすがのフロンティア軍も数の暴力に為す術がない。魔法で守りに撤しつつ、ジリジリと追い詰められていく。

勢いに乗った一万以上の敵は、ここぞとばかりにフロンティア軍へ押し寄せた。

護衛蜜蜂達も奮闘はしているが、こちらも相手の数が数である。十数匹の蜜蜂では焼け石に水だった。

幸いなのは護衛蛙達の守護範囲が広いこと。

以前、キルファンへ向かうときにも掛けてもらった守護の膜が、前衛のフロンティア兵士全てをカバー出来ていた。だがそれでも数の暴力は押さえきれない。

「チィヒーロ……。どうすれば」

天を仰ぎ、煩悶に顔を歪めたロメールの横を何かが駆け抜けた。

……え？　今のって。

はっとする彼の左右を、次々と駆け抜けていくのは、様々な大きさの蛙達。

そして、さらに上空を多くの蜜蜂が飛んでいく。数十、数百。みるみるうちに戦場を埋め尽くす魔物の群れ。

まるで音楽でも奏でているように低く轟く羽音とあいまる見事な光景は、地球人であればヴァルキューレを思い出すであろう荘厳な眺めだった。

「何が起きて…？」

あまりの驚嘆に有り得ないモノを見る面持ちのロメールの上を、一際大きな影が旋回する。その影はぶわりと風を纏い、鮮やかな旋風を巻き起こして彼の目の前に降り立った。

一陣の風をなびかせ、どんっと立ち塞がる艶姿《あですがた》。フロンティア王宮であれば見慣れた魔物。人間大の蜜蜂様。

「クイーン…？」

現実味のない状況で脳内をフルスロットルさせる彼だが、その後ろ姿には不可思議な違和感が拭えない。

いや、違う。後ろ姿でも分かる。彼女はクイーンではない。こんな巨大な蜜蜂が他にいるわけはないのだが、別人だと断言出来る。

慣れとは恐ろしいモノで、ロメールはクイーンやポチ子さんの見分けがつく自分に驚いていた。

何より、金色の環から外れるカストラートの国境地帯にクイーンが来られるわけはない。そんなことをしたら王都の森が枯れてしまう。

そんな暢気な一幕に彼が浸っていた頃。

いきなり現れた魔物の大群に、カストラート軍は、大きくどよめく。

「なんだ、あれはっ!?」
「みんな同じ姿形の……魔物?」
「馬鹿なっ！　主の一族かっ？　主の一族は人間らに不干渉だったのではないのか？」

アルカディアの魔物らは殆どがキメラだ。親子でも、似ても似つかぬ姿だったりする。雑多な交配の結果だが、己の眷属を自ら生み出せる森の主のみが、同一系統の見かけをしているのをアルカディアの人々は知っていた。

諸外国から魔力が失われて幾久しい昨今、既に辺境かフロンティアにしか存在しない魔物の事など、話でしか聞いたことがない者が殆どだろう。それでも、そういった知識は遺っている。口伝や寝物語の中に。

覆した戦場を再び覆され、慄き狼狽えるカストラート軍。

蠢く魔物らに目を奪われて茫然としていたロメールは、その後方から現れた軍勢に全く気づいていない。呆気にとられる王弟殿下という珍しい光景に苦笑し、背後から誰かが声をかける。

「フロンティア軍の指揮官の方か？　私はマルチェロ・フォン・フラウワーズ。キングの願いにより助太刀に参った。金色の王は御無事か？」


突然の援軍。


訳が分からないながらも、ロメールはかいつまんで話を聞く。カストラート軍は魔物の群れを前に、未だ凍りついていて微動だにしない。

そんな相手を据えた眼差しで一瞥しつつ、神妙な顔をする王太子の説明によれば、要はクイーンの救援要請があったらしい。

蜜蜂らはクイーンと思念で繋がっている。必死に思念を送るモノノケ隊から小人さんの窮地を察したクイーンがモルトに救援要請を出した。

しかし魔物な彼等は地理に明るくない。以前にモルトの森へ行くのにも小人さんに引率を頼んだくらいだ。大体の位置は把握出来れど、遠方なうえ薬剤で昏倒する千尋は感知しづらかったらしい。

そこでモルトは近場の農村に子供を送り、道案内の人間を寄越してくれるように伝えた。

小人さんの来訪からこちら、農村の人々は教えられた通り森を大切にして間伐したり、植林の範囲を増やしたりと色々してくれていたのだとか。

農耕地も増えて、モルトも子供らに手伝うよう指示し、畑の側に水場を作るなど、とても良好な関係を築いていた。

ゆえに子供らが村を訪れると、誰かしら村人が森に来てくれる。中には文字の読める者もいて、モルトと意思の疎通が可能だった。

今回もそれを期待していたモルトだが、なんと森に現れたのはマルチェロ王子。

聞けば、密偵からの報せでカストラート軍がフロンティア近辺に兵士を配していると知り、大事になれば助太刀しようと軍を率いてきたらしい。

話の内容に呆然とするロメールを馬上から見下ろしつつ、マルチェロ王子は小人さんを思い出していた。

国境の森を視察に訪うた、小さな小さな王女殿下を。

あの日、開幕、騎士らを爆発させたマルチェロ王子の物言いから、彼の未熟具合を察したのだろう。彼女はコンコンと王子を諭した。フラウワーズの知らぬ知識と歴史。それを熟知して窘《たしな》めるように優美に微笑んだ幼女。

三歳になったばかりの子供に王子は完敗したのである。

その時は茫然自失していた彼だが、時が過ぎるにつれ猛烈な羞恥と悔しさがマルチェロ王子を襲った。

自分は何をした？　礼儀に欠く態度で騎士らを怒らせ、こちらの都合で話を進めようとし、それが叶わないと知った落胆を幼女に押し付けるていたらく。

気の毒そうにフラウワーズ騎士団と王子を見送っていたフロンティア騎士団と小人さん。あの憐憫に満ちた瞳を王子は忘れない。

そして、ふと気がついた。幼女のみが憐憫ではない、鋭い眼差しで口角を上げていたことに。

挑戦的に煌めくそれをずっと忘れられず、マルチェロ王子は悩み続けた。

数日悩んだあたりで彼は王城近くの湖を訪れ、そこにある林を眺めながら、はっとする。

あの時、自分は森の主を手に入れたくて、それのみしか見えていなかった。それが不可能なのだと聞いて絶望し嘆いた。だが、彼女は他にも何か話してはいなかっただろうか？

木を見て森が見えていない状況。それが今の王子だった。

王城近くに横たわる湖を見渡し、何気に思考を解放した王子は幼女が話した言葉を思い出す。

『王都に森はありますか？』

あるにはある。小さな農村程度の森が。いや、林か？

国境の主の森は城下町より大きいものだった。この森はその十分の一もない。あれと比べたら、城の者が森と呼ぶここは林だろう。

『主の森は、大きいほどその効果範囲が広がります。小さな森では意味がないのです』

ならばこの林を広げたらどうだろう？　木を植えて増やし、少しずつでも広げてみようか。

そこまで考えて力なく俯き、王子は首を振った。

森と同じ広さの周囲に恩恵をもたらすという主の森。この林の広さでは、王城一帯くらいしかカバーは出来ない。

それならば、国境一面に恵みをもたらしてもらった方がフラウワーズ的には助かる。慢性的に食糧難なこの国にとって、農耕を支援してくれる主の森の影響は絶大だ。何物にも代えがたい宝物。至宝である。

ここに主を移動させるより、あちらに居てもらう方が得策なのは間違いない。

この気持ちを大事にして国境の森を大切にしよう。そう心にとめたマルチェロ王子の耳に、フロンティアとカストラートの軋轢《あつれき》が聞こえてきた。

間諜からの報告で、彼の国が開戦待ったなしなのだと聞き、王子は王太子権限で軍を動かす。

フラウワーズを侮るなかれ。魔法は無くとも技術はあるのだ。

火薬を使った火筒や投擲筒《とうてきづつ》。弓から改良された弩《いしゆみ》など、門外不出で開発してきた多くの武器。それらを携えた兵士を率いて、王子は国境の荒野を目指した。

情勢を把握するため、主の森近くの農村に陣を張った彼の元へその農村から連絡がきた。

森の主が呼んでいると。

慌てふためいて駆けつけたマルチェロ王子の眼に映ったのは多くの蜜蜂や蛙達。それが主に連なる知性ある魔物な事は知っていたが、ここの主は大きな蛙のはずだ。

ならば、あの蜜蜂は？

周囲を飛び回る子供サイズな蜜蜂よりも、ずっと大きく美しい、あの蜜蜂は？

マルチェロ王子は、あの魔物を知識としては知っている。見るのは初めてだが。

「クイーン？」

長くフロンティアを守ってきた森の主。

素直に美しいと思った。

艶やかな甲殻に滑らかな体毛。何より醸し出す理知的な雰囲気が主らにはある。穏やかで温かな一種独特の高貴さ。

彼等と比べたら、我々人間の方が野蛮で愚かしい生き物に見えた。実際、そうなのだろう。

しかし、なぜクイーンがここに？

漠然とした疑問を抱きつつ、モルトから話を聞いた王子は援軍に向かうと約束をする。それに魔物らも同行させ、フロンティアを経由するより、荒野を突っ切る方が早いと即断した。

ガリガリと地面に文字を書き、筆談で詳細を詰めるマルチェロ王子と蛙様と蜜蜂様。詳しい内容を知らなくば、傍目にはなんとも長閑な風景である。

《我々は土地に明るくない。先導を頼みます》

地面に爪で文字を書くクイーンらしい蜜蜂を見つめ、マルチェロ王子は大きく固唾を呑み、思いきって尋ねた。

「なぜにクイーンが行かれるのですか？」

モルトは森から動かない。なのに何故？

真剣な面持ちで見上げてくる王子に、一瞬惚《ほう》けた巨大蜜蜂は、次にはゆるゆると笑みを浮かべ、地面に爪を走らせる。

《わたくしはクイーンではありません。クイーンを継ぐ予定の娘です》

王子は眼に入った文字が信じられない。

「クイーンの……。娘？」

微笑みつつ頷く巨大蜜蜂。無表情な鉄面皮のはずなのに、どうしてか微笑んでいると分かる謎。

次代のクイーン。それすなわち、主は増えることが出来る。理屈は分からないが、主たる巨大蜜蜂が二人いるのは確かなのだ。

これは……。なんたる僥倖。何とかして王都の森に招くことは出来ないだろうか。

降って湧いた幸運に天使のラッパを聞いた気がする王子だったが、次には真っ青な顔で地面に崩折れた。

あの粗末な森に主を招くわけにはいかない。

そっと横目で国境の森を一瞥し、彼はその雄大な自然に眼をすがめた。

なんと見事な森だろう。豊かに水をたたえ、濃い新緑が溢れるように風をはらみ泡立っている。

見渡す限り一面の緑。これこそが主に相応しい森だ。王城隅に残された僅かな林ではお話にならない。

マルチェロ王子はぐっと拳を握り決意した。

あの林を森にしよう。幸い湧水による豊かな湖がある。あれを水源にして支流を作り、植林による森を作ろう。そして大きな森が出来た時……。主は招かれてくれるだろうか？

壮大な夢を心に馳せた王子だが、その夢は無惨に打ち砕かれる。

主の移動は森の死を意味し、唯一移動出来る条件は、金色の環が完成している場合のみと知ったのだ。説明をしたモルトは、落胆する王子の姿に胸を痛める。

国境の森からフロンティア全域が金色の環の範囲。その中にフラウワーズ王都は含まれていない。

無情な現実に酷く落胆はしたものの、それはそれ。これはこれだ。

マルチェロ王子は清しく顔をあげ、国境の森を救ってもらった恩義に報いるべく軍へ指示を出した。

フロンティア東北に位置するフラウワーズならば、荒野を突っ切ればフロンティア王都より早く国境線に着く。

それを聞いたモルトは、クイーンより譲られた次代と共に我が子らを援軍に加えて欲しいとマルチェロ王子に頼み、小人さんが既に窮地にあることも説明した。

こうしてモルトの森で新たな一族を増やしていたメルダの娘は、蛙達を抱えて、フラウワーズ軍と共にやってきたのだ。

「荒野を突っ切ればフラウワーズからここまで四日です。間に合って良かった」

マルチェロ王子の優美な微笑みに、ロメールはあからさまな安堵の息を漏らした。そして絆の深い主らの繋がりを心から感謝する。

「フラウワーズの森を救ってくださった御恩、今ここに返しましょう」

魔物の一団だけでも脅威でしかないのに、さらにはフラウワーズ軍。その数、一万以上。これだけの兵士を動かせる機動力には、ただただ感服するしかない。

しかも訓練された精鋭部隊。鍛冶の国フラウワーズの兵士らは卓越した武力と装備で有名である。腕も確かなら装備も一級品。そんな威風堂々と整列した軍隊に、ロメールは羨望の眼差しを向けた。

魔法技術に依存しているフロンティアは、少数精鋭な気質が高く、いざ魔法が使えないとなると存外脆い。

敵が一万だろうが二万だろうが負けるつもりは全くなかった。あくまで魔法が使えればだ。

間者の報告を受け、焦ったロメールは時間がないからと王宮や王都にいた騎士らだけを率いてきた。それが仇になる。

王都に駐在する騎士は多くない。大抵のことに魔術師で事足りてしまうからだ。どこよりも安全な王都より、その外周を中心に騎士団は巡回、警備をする。

むろん、王宮にもそれなりの数がいるが、戦争を起こせるほどの人数ではなかった。半数が魔術師で、魔法が使えない状況になるなど、誰も予想していなかったのだ。

悠然と馬に乗るマルチェロ王子を見上げて、ロメールは人知れず臍《ほぞ》を噛んだ。

けれども形勢逆転。

思わぬ援軍の到着で、戦場は膠着状態となる。

ここで雌雄を決するか、会談に持ち込むか。どちらにしろ小人さんを返してもらわなくては。

「素直に返しはしないでしょう」

「まあ、話すだけ話してみようか。蜜蜂らがいるのに、バックレは出来ないだろうしね」

声を潜めて話していた二人だが、聞き慣れない言葉にマルチェロ王子が首を傾げた。

「ばっくれ？」

ああ、とばかりにロメールの眼が柔らかく孤を描く。

『確信犯のくせに、バックレんなっ！　我こそ正義って奴には碌《ろく》なのがいないにょっ!!』

以前、養子縁組の席で小人さんがダッケンに叫んだ言葉だった。当時のロメールも意味が分からず首を傾げたモノだ。

そのあと意味を説明されて、さらには千尋が日常的に使うため、彼にも感染《うつ》っていたらしい。

そんな他愛もないことを脳裏に浮かばせ、ロメールとマルチェロ王子はカストラート軍を見据える。

だが、その時二人は、ふと相手の妙な仕草に気づいた。

何人かが、時折チラリと空を見るのだ。

一体、何が？

つられて空を見上げた彼等の視界に入ったモノは、幼女を抱えてオロオロと旋回するポチ子さん。

思わず眼を点にした次の瞬間、ロメールの雄叫びが戦場を劈《つんざ》いたのは言うまでもない。

何処にいても安寧から程遠い小人さん。

夢現を漂いながら、ロメールの絶叫をぼんやりと遠くに聞く小人さんだった。

苦労性も極まれりな王弟殿下に合掌♪


「チィヒーロっっ!!」

絶叫するロメールの顔は真っ青で、降りてきたポチ子さんから受け取った幼女を絶望的な瞳で見つめた。

力なく、くったりともたれかかる小さな身体。呼吸はか細く、今にも途切れそうだった。

「なぜ？　処置もされていないのか？　あれから五日はたっているはずだっ!!」

吠えるドルフェンを余所に、したり顔の辺境伯はシリルに視線を振る。

千尋を取り返されて冷や汗だらけの内心を上手く隠し、シリルは優美な笑みで嘲るようにドルフエンを一瞥した。

「だって、本国に帰らないと薬もないのよ。だから返してくださる？　このままじゃ死んでしまうわよ？」

再びはったりで押し通そうとするシリルだったが、それを許さぬ者がいる。

《謀《たばか》るか。よろしい、その口を閉じなさい》

ぶぶぶぶという羽音にしか聞こえない一言を残し、クイーンの娘はシリルを殴り倒した。

手加減はしたのだろう。しかし魔物の一撃である。シリルは文字通り身体ごと吹っ飛んだ。

それを唖然と見つめる周囲を無視して、巨大蜜蜂は地面に文字を書く。

目にした文字を読み取り、周囲は思わず息を呑んだ。

《これは毒ではない。神々の妙薬。自我を奪い去り操り人形にする禁薬》

「自我を……？　あっ」

ロメールの脳裏に後宮の美しい金髪女性が過る。

「……自分の娘まで？　アンスバッハ辺境伯っ、あなたという人は…っ」

全身を魔力で波打たせ、ロメールの髪がざわりと空気を揺らした。そんなロメールを余所に、メルダの娘は小人さんへ声をかける。

《王よ。お戻りくださいませ。ジョーカーより話は伝わっております》

メルダの娘は幼女の柔肌をそっと突っついた。それを真似してポチ子さんも突っつく。チクチクと突っつく複数の脚を不安気に見つめていたロメールの視界で、小人さんはうっすらと眼を開けた。

蕩《とろ》けた蜂蜜のように淡い瞳。

「チィヒーロっ!?」

「んぁ？　ロメールじゃない。あれ？　ここ、どこ？」

くしくしと眼を擦りつつ、むっくりと身体を起こす小人さん。

途端に周囲の騎士達から、咆哮にも似た雄叫びが上がる。うおおおぉぉっと大地を揺るがす雄叫びに、千尋は思わずたじろいだ。

「うぇ??　何事？」

「何事じゃないよっ、まったくっ!!」

叱り飛ばしながらも、ロメールは泣きそうな顔で千尋を抱き締める。腕の中の温もりが愛おしい。

「意識のない君を見た時、私がどれほど驚いたか。びっくりしすぎて心臓がどっかに行っちゃったよ、責任取って拾ってきてよね」

「えええええっ、そんなん知らないしっ、自分で探してきてよ、大人でしょっ⁇」

他愛もない軽口の応酬。

なんとまあ、緊張感のない。

一触即発の戦場だというのに、この二人は異空間にいるらしい。微笑ましい二人の抱擁を、呆れるような笑みで見守るフロンティア軍とフラウワーズ軍。

マルチェロ王子は何が起きているのか分からないらしく、一人オロオロしていた。

「えっと……。金色の王は御無事ということで、よろしいか？」

「あれ？　マルチェロ王子だっけか？　なんでここに？」

気になるのは、そこなの？

満場一致の内心だが、賢明なことに誰も口の端にのぼらせる事はなかった。大地を埋め尽くす騎士や兵士より、隣国の王子が気になる小人さん。

そんな長閑な二人を、ドルフェンと桜が少し離れた位置から見守っている。

「行かなくても良いのかい？」

頬にかかった返り血を拭いながら、桜はドルフェンを見上げた。

「……良いのだ。ご無事であられたなら、それで」

実際は合わせる顔がないのだろう。生真面目な脳筋騎士には、小人さんに声をかけるための覚悟が必要だった。

「そなたこそ。ここまでついてきたのだから、チヒロ様に添いたかろう?」

そう。桜は、騎士団が止めるのも聞かずに国境までやってきたのである。……完全武装で。

「おふざけでないよっ! ここで待っていろだって? キルファンの女を舐めるでないわっ!!」

辺境伯邸を押さえておくため、ロメールは百名ほどの騎士や魔術師を残していく。そこで、桜にも待機しているよう伝えたのだ。

「護衛もおります。皇女殿下を戦場にお連れは出来ません」

ガンとして譲らぬロメールを厳しい眼光で睨みつけ、桜は淑《しと》やかに裾をさばきながら、辺境伯邸に向かった。

不承不承な態度ではあるが、彼女が聞き入れてくれたことに安堵し、アンスバッハ辺境伯を追うべく出発するフロンティア軍。

しかし、昼夜問わず二日も行軍したロメールらの横を、凄まじい勢いで駆け抜ける馬を見て、彼は眼を剝いたのだ。

「サクラあぁぁぁっ!?」

巧みに馬を駆る女性は桜。帷子《かたびら》を着込み、その上に軽鎧。さらに上から着物をはおり、無造作に結ばれた兵児帯《へこおび》。その姿は見事な傾奇者《かぶきもの》。足のラインが丸見えな黒いレギンスが酷く艶めかしい。

「なんて格好を……っ！　恥じらいってモノはないんですかぁぁぁーっ!!」

女性が足をさらすのを殊《こと》の外嫌うアルカディア事情。けれど、長くアルカディア諸国と関わりのなかったキルファンでは無関係な事情だ。

「知ったことか。アタシはアタシのやりたいようにやる。止められるモノなら止めてごらん」

背に長い刃先の槍を背負い、勇ましく駆け出す桜を魔術師らが捕縛術で必死に捕まえ、桜はロメールと同じ馬車に投げ込まれた。

化け物を見るような眼差しの王弟殿下とドルフェン。正直、目の前の女性は、有り得ないことの塊である。

傾奇者という言葉も知らないロメール達から見ても、桜の出で立ちは奇天烈《きてれつ》だった。

厚手の黒い上下は身体にピッタリ密着する物。たわわな果実の曲線が男性陣の目に毒な代物だ。帷子も実践用の金属製。結構な重量のはずだが、彼女は軽々と馬を駆っていた。

しかもその馬が裸馬。手綱はついていたものの鞍はなく、どうやって乗っていたのか謎すぎる。ドルフェンも不思議だったのだろう。彼は素直に疑問を口にした。

「はあ？　裸馬だって馬は馬だ。乗れるに決まってるじゃないか」

さも当然とばかりに首を傾げる桜。

いやいや、それ当たり前じゃないから。裸馬の背中なんて、厚みでゴツゴツしてるわ、毛並みがツルツルだわで不安定なことこの上ない。座ってるだけならまだしも、走らせるなんて不可能だよ？

ロメールも馬術は得意だ。しかしそれは馬具ありき。鞍も鐙《あぶみ》もなく、安定して馬に跨がる自信はない。よほどの体幹と筋力が必須だろうと想像出来る。それをこともなくやってのける桜がおかしいのだ。

ロメールの想像は正しい。けれど、彼はキルファン事情に疎かった。

身分至上主義な彼の国で、乗馬を嗜めるような者は貴族階級のみに限定される。それに合わせて馬具の購入も平民には許されなかった。元々、馬具はそれこそ職人芸の光る高級品だ。おいそれとは手が出せない。

そこにきて、キルファンは法律で平民の馬具購入を禁じた。これは宮廷に勤める者らにも適応される。

となると、どうなるか。

平民出の出仕者は、必要があれば裸馬に乗るしかないのだ。特に兵衛《ひょうえ》や近衛などの検非違使《けびいし》には平民も多い。軍部が実力主義な側面を持つためだが、地位があろうとも身分がない彼らを嘲《あざけ》ようとでもいうのか、特別な措置はなされなかった。

結果、見事な装飾を纏って居並ぶ軍馬の中に、チラホラまじる貧相な裸馬。これが、甚《いた》く桜は嫌いだった。

「……だから？」

かい摘んだ桜の説明に疑問符だらけのロメールとドルフェン。

「アタシは皇女だったんだよ？　嫌なことはやらなくても良いのさ」

男尊女卑も極まれりなキルファンだ。下位兵士の中には女性も大勢いた。使い捨ての雑用係みたいな扱いではあるが、軍部は給金が高い。それぞれ働かなければならない事情があるのだろう。

そんな女性らに裸馬での乗馬を習い、桜はあらゆる催しに華美な装飾のない裸馬で登場する。身分ある者の筆頭がである。

貴族、皇族の面子《メンツ》は丸潰れ。しかも、その馬術は巧みで、狩りや遠乗りに興じる人々を酷く驚かせた。

いずれは国母にと望まれていた桜である。父親の皇帝陛下も彼女には甘々で、かなり好き放題に生きてきたようだった。

これ見よがしに裸馬を操り、彼女は馬具を使う貴族達を、補助具付きの幼児だと罵る。裸馬に乗る者たちが侮られないように。

実際、裸馬に乗る方が困難だ。彼等だって好きで乗っているわけではない。桜のパフォーマンスは、そんな彼等が正しく評価されるための策略だった。

「あんなおぞましい魑魅魍魎《ちみもうりょう》の巣で暮らしていたんだ。これくらいの我が儘は、我が儘のうちに入らないさ」

啞然とするロメールとドルフェン。

鞍があればつけたが、どうやらヘブライヘルらが搔き集めて持っていったらしく、馬は数頭残っていたものの馬具はなかったのだそうだ。

取り敢えず桜は邸中を駆け回り、使えそうな装備を探しだして身につけたとか。

そりゃそうだろう。巡礼が決まってから十日ほどである。そんな短い期間に一族郎党分の馬具を用意は出来まい。根こそぎ持っていくのも当たり前だ。


だからといって……。


「フロンティア軍のモノを借りるとか方法はあったでしょうに」

呆れ気味な彼を睨めつけ、桜こそが呆れた顔で吐き捨てた。

「はあ？　アンタが騎士に命令していったんじゃないか。アタシを辺境伯邸に留めておくようにと」

……そうだった。

残してきた騎士らは忠実に命令を守ったのだろう。ゆえに、桜は逃亡をはかるため、騎士達に気づかれぬよう辺境伯邸の馬を盗み出したのだ。当然、鞍など借りられるわけもない。

あまりの頭痛で頭が割れそうなロメール。

「……申し訳ない。けれど、まさか追ってくるとは」

「アタシは戦えるし、馬にも乗れる。それを知らなかったアンタらの不細工だねぇ？」

にぃ〜っとほくそ笑む桜の顔は、ゾッとするほど美しい。言葉もなくその笑みを凝視するロメールとドルフェンは、同じ言葉を脳裏に浮かべていた。

見てくれからは窺えぬ才気。突飛な行動や思い切りの良さ。何よりも好奇心満載に煌めく瞳。

……ほんと。桜は小人さんに、そっくりだ。

「刀と薙刀《なぎなた》、弓は扱える。足手まといにはならないから、安心おし。この槍は穂先が短いけど、なんとかなるさ」

その台詞のどこに安心出来る要素がっ!?　ってか、戦えるって比喩でなくマジでしたかっ!!

こうして、あわあわ狼狽える男性陣を蹴散らし、桜は意気揚々とカストラート戦に参戦したのだった。

その言葉に違《たが》わず、彼女はすこぶるつきな働きをする。騎士団顔負けの槍捌き。身軽な軽鎧が動作を妨げず、さらにはフルアーマーな騎士らを盾にして戦う狡猾さ。

血飛沫を浴びても怯まないその姿は、とても女性とは思えない。それでも色褪せない花の顔。まるで一輪の百合のごとく艶やかに桜は戦場を舞っていた。

あまりのことに言葉を失うフロンティア騎士団。ロメールも同様だ。下手な騎士より、ずっと戦力になる。

いったい彼女は、どこでこんな武術を？　皇族の姫君にあらざる身のこなしじゃないか。

唖然とする男性陣を冴えた眼差しで一瞥し、桜は蠱惑的な笑みを浮かべる。

彼等は知らない。彼女の過去が常在戦場であったことを。

唯一の皇女で下卑た男どもの垂涎《すいぜん》の的だった桜の半生は、そういった不埒なケダモノとの戦いが日常だった。

夜這い、引き込みはもちろん、人目があるにもかかわらず、おぞましい手を伸ばす輩がどれだけ彼女の周りにいたことか。

嘆いて弱くあれる立場ではなかった。優しく守られる状況ではなかった。力をつけねば食われる、凄惨な弱肉強食の皇宮。男尊女卑が根深く蔓延り、身分がモノをいう世界で抗うには自身を鍛える他はない。

幼くしてソレを自覚した少女は、毎日修練に明け暮れた。嗜みの範囲などとうに超える研鑽の日々。努力を怠らなかった彼女は、慮外者《りょがいもの》らの不埒を悉く撥ね除け続け、無事に恋人と添い遂げる。

……あまりに早い別れだったが。

けれど、身につけた武術の腕は鈍っていない。これがなくば、きっと桜もロメール達の後を追おうなどとは思わなかっただろう。

何がどこで役に立つのか分からないもんだ。ほんに人生とは面白い。

薄く紅い唇に魅惑的な弧を描き、桜は縦横無尽に戦場を駆け巡る。何も知らないロメールや騎士達は、ただただ瞠目するしかなかった。


「えー……？　桜まで？」

「おや？　ご不満かえ？」


ふっくりと眼を細め、さも愉しそうに敵の返り血を拭う美女。黒のレギンスとシャツをまとい、その上に羽織った帷子が動く度にジャラっと音をたてる。胸当てや肘膝は革を用いた簡素な物。

しかし何より目を引くのは、高い位置で括られた長い黒髪と、上に引っ掛けるように纏う着流しの着物。いつもは襷《たすき》代わりに使っている兵児帯を無造作に結び、裾をたくし上げた着物は江戸小紋。三役と呼ばれる柄入りのモノだ。

着物に詳しいわけでもない千尋だが、一見して上物と分かる大きさと作りの違い。

「それ、男物だよね？　桜の？」

「……戦場だからね。万一には共に逝きたかったのさ」

すいっと流れる漆黒の瞳。遥か高みを振り仰ぎ、風に髪を靡《なび》かせるその姿は、まるで物語の若武者のようだった。

……牛若丸って、こんなんだったのかもねぇ。

お芝居なんかに出てくる白拍子のごとき麗しさ。女にしとくのは惜しいなぁと、暢気なことを考える小人さんである。

そんなこんなで、取り敢えず今までの経緯をかいつまんで説明し、ロメールは千尋を抱き上げて前方を陣取るカストラート軍を指差した。

「君を奪還出来たなら、もう遠慮は要らない。フロンティア軍が全力をもって奴等を叩き潰す」

冷酷に眼を光らせる王弟殿下。ギョロリと眼球だけを動かした彼の白目が、酷く血走って見えたのは気のせいか。

うん、きっと錯覚。

だが、それに大きく頷き、獰猛に口角をまくりあげるフロンティア軍。彼等の身のうちに逆巻く、カストラートへの憎悪をビシバシと感じ、幼女は身を竦める。多分に漏れずロメールもなのだろう。

まるで野獣のような騎士達に思わず閉口する小人さん。殺《や》る気満々なのね？　と、彼女は重々しく溜め息をついた。

「目にものを見せてやらんっ！」

声高に叫ぶロメールに呼応し、雄叫びを上げるフロンティア軍とフラウワーズ軍。

しかしその空気に反し、千尋は温度のない眼をすがめ、血気盛んな男どもを冷たい視線で一瞥した。

如何にも呆れ果てたかのようにシラ〜っとしたその雰囲気。妙な焦燥感が背筋を這い上り、男どもは狼狽える。そんな男どもを余所にペイっと放り投げ、小人さんは凄まじい自戒に陥った。

自分のしくじりで起きた戦争。あまりの恥ずかしさに、千尋は脱兎のごとく、この場から逃げ出したい気持ちで一杯である。

そして、はあぁぁ〜っと大仰な溜め息を長く吐き出し、煩わしそうに呟いた。むすくれた顔で。

「そんな面倒やらなくて良いじゃない。その後の敗戦処理とか賠償とか相手に請求すんのも厄介だし。とっとと帰ろうよ」

「でも追撃を受けたりしたら、さらに厄介になるよ？」

皆に面倒をかけた自覚のある小人さんは、これ以上の迷惑をかけたくなかった。そして緩慢な動作でおもむろに立ち上がると、その両手を大地につける。

「追撃なんて出来ないようにすれば良いのよ。こうしてねっ!!」

千尋が叫んだと同時に掌から金色の魔力が迸った。

それは縦横無尽に大地を駆け巡り、草が萌え、木々を生やし、見る見るうちに巨大な森を作り上げる。

揃って瞠目し、言葉を失う両軍の間にいつの間にか横たわる鬱蒼とした森。

左右を見渡しても途切れることのない見事な緑は、その場に居た人々全てを絶句させる。あまりの出来事にロメールすら落ちた顎が戻らない。

以前、同じモノの掌サイズを見ていたドルフェンだけが据えた眼差しで苦笑していた。

未だにメキメキと音をたてて伸び広がる枝葉。濃い影を落として、風にざわめく梢の音。各国の薄い緑とは違う湿った空気に鼻腔を擽《くすぐ》られ、カストラートの人々は、深い憧憬に涙ぐむ。胸が痛いくらいだった。

森とは……。緑とは、かような物か。

戦っていたことすら忘れ去り、ただただ感動に鼻の奥がツンとなる。

そんなカストラート側の感慨も知らず、小人さんは出来上がった森を満足気に見つめて立ち上がった。そしてメルダの娘を指招きで呼ぶ。

「一時的に、この森を預けるよ。皆が帰還したら放棄して良いから」

メルダの娘は驚嘆の面持ちで森を見つめていた。

《これが金色の王の御業。感動です》

ふるふると脚を震わせ、感無量の看板を背中に掲げて見える巨大な蜜蜂様。

使えるモノは何でも使わないとね。

乾いた笑みを張り付け、千尋は、ふと首を傾げる。

「そういや名前聞いてなかったね」

《クイーンの娘と呼ばれております》

いや、それ名前じゃないよね?

真顔で言い放つ巨大蜜蜂様。ふむと頬に手を当て、小人さんは可愛らしく微笑んだ。

「じゃ、アタシが名前あげるね。メルダの娘だから……、メリタはどう?」

ここに克己がいれば、ドリッパーかっと突っ込んだことだろうが、幸いなことにこの場には、誰も彼の有名なコーヒー婦人を知る者はいなかった。

女性の名前だし悪くはないだろう。うん。

とても満足気な小人さんと、名前を賜り大喜びなメルダの娘。

にんまりとほくそ笑む二人を茫然と見つめていた周囲だが、小人さん慣れしているロメールがいち早く復活する。

「待って待って、チィヒーロっ!　これはどういうことっ⁇」

「んーと。金色の魔力は森を創る魔力だったみたいなのね。多分、初代がフロンティアを建国出来たのも、この力のおかげかと」

もにゃもにゃ歯切れの悪い口調で説明する小人さん。呆気に取られたまま、二の句の継げない大人達。

だが、そこに割って入る強者がいた。

「お待ちくださいっ、ということは、森は再現出来るということなのでは？　どこにでもっ？」

あ～、やっぱ、そう来るよね～。

真摯な瞳で千尋をガン見するのはマルチェロ王子。期待に満ちたその眼差しは、フラウワーズ軍の騎士らも同じだった。目の前で奇跡が起きたのだ。期待するなと言う方が無理だろう。

伝説を目の当たりにしたのはフロンティア軍も同じだが、こちらは小人さんのやらかしに慣れている。驚きはしたものの特別視することでもないと、普段どおり帰還の準備を始めていた。

合言葉は《だって小人さんだもの》。あるいは《そういう生き物》。王女殿下に対して、遠慮を知らぬ面々である。

でもまあ、フロンティアの共通認識なので無問題。

あれだけ叫んでいたロメールですら、既に興味を失ったようだ。疑問の晴れた顔で軍の指揮をとっている。

平然と帰り支度を始めたフロンティア軍を信じられない眼差しで見つめ、マルチェロ王子は一縷の希望にすがるよう言葉を紡いだ。

「その御力を是非とも御借りしたい。我が国に森を復活させてはいただけませんか？」

「無理」

またもや即答。

あ、何かデジャヴ。

ギロチンのごとき切れ味の返答にさっくり頭を落とされ、マルチェロ王子の顔からは、するりと表情が抜け落ちた。それに後味の悪さを感じ、千尋は詳しく説明する。

金色の魔力で創られた森は、金色の魔力を持つ主がおらねば一日で枯れ始めること。

主の移動は森の影響下でしか行えず、今後このようなイレギュラーは出来ないこと。そして何より、しばらくしたら金色の魔力は神々に返還し、フロンティアの森も枯れること。

「魔力を御返しすると？」

「その予定なの。人には過ぎた力だからね。今、フロンティアは全力で魔法に頼らない文化に移行中なの」

「では、我が国の国境の森も失われると？」

「そうなるね。無くならないよう頑張ってはみるけど」

不可思議そうに首を傾げるマルチェロ王子に快活な笑みを見せ、千尋は、共にフラウワーズへ向かっても良いか尋ねた。

金色の環の完成は目前だ。彼に同行すれば、面倒な手続きで翻弄されることなくモルトの森へ行ける。

「もちろん宜しいです。歓待いたします」

満面の笑みで快く承諾してくれるマルチェロ王子。

「いや、待ってチィヒーロっ！　いったんフロンティアに帰ろうよっ」

勝手にフラウワーズへ同行を申し出る幼女にぎょっと眼を剝き、慌ててロメールが諫めるが小人さんは首を横に振った。

「急がないとダメなの。フロンティアに戻ってからだと、フラウワーズに打診したりと余計な時間がかかっちゃうでしょ？　今なら王子の同行者として、すぐにでもフラウワーズに入れる。このチャンスは逃せないの」

理屈は分かる。……が、ロメールは変な胸騒ぎを覚えた。このまま行かせてはいけないと、本能的な何かが警鐘を鳴らしている。

「なら、私も一緒に……っ」

「馬鹿言わないの。フロンティア軍や陛下への報告はどうするのよ。アタシのせいで、これ以上の迷惑はかけたくないよ？」

ふんすと胸を張る幼子に、ロメールは言い知れぬ怒りが胸に湧いた。

迷惑って何さ？　皆が君を大切に思ってるだけだよ？　それ伝わってる？

もどかしさに歯噛みし、思わず口にしそうになったロメールの右手を、小人さんの小さな両手が摑む。

「我が億言ってるのは分かってるの。でも信じて？　本当に急がないとダメなの」

何がダメなのかは上手く説明出来ないんだけどと、幼女は困ったようにロメールの右手をモニモニといじくった。

その柔らかい小さな指の感触で、彼の身の内に湧いた怒りが鎮火していく。

ああ、もう。勝てないよなぁ。

泣き笑いのように顔をくしゃくしゃにして、ロメールは小人さんを抱き上げた。

「分かったよ。でも約束して？　危ない事はしないこと。やることが終わったら速やかにフロンティアへ帰還すること」

「うんっ！」

にぱーっと、無邪気に笑う愛しい幼女様。

他にも小人さん部隊を連れて行くことや、食べ物に釣られないなど、細々とした約束事をしてロメールは千尋をマルチェロ王子に預けた。

くれぐれもとマルチェロ王子に頼むロメールの眼の端で、小人さんはシリルや辺境伯らに、今なら森に魔物はいないから歩いて帰れと蹴飛ばしている。

森で分断されたカストラート軍も半数は森に呑まれて右往左往しているらしい。蜜蜂らが威嚇しながら、あちら側へ追い出している最中だとか。

ほうほうの態《てい》で森へ駆け込んでいく辺境伯らを生温い眼差しで見送り、戦争の形をとった盛大な茶番劇が幕を下ろした。

怪我人は治癒魔法で癒され、まるで何事もなかったかのように日常が戻ってくる。

何でも茶番にしちゃうのも、君の得意技だよね。

王宮で生死の境を這いつくばったことも、キルファンへ攻め込み神々と謁見したことも、なにもかも、小人さんにとっては思い出の一頁でしかないのだろう。

この戦いの話も、いずれそうなるに違いない。

早く帰っておいでね。皆が首を長くして待っているんだから。


この時の決断を、後にロメールは長く後悔する事になるのだが、今の彼はそれを知らない。

世界の終焉は、もう、すぐ目の前まで差し迫っていた。

SS.アルカディアの食事事情

「………アドリースぅう、お腹空いたぁぁ」

「はいよー」

飄々と腕を奮う料理人と、箸を両手に食器でチャカポコやる御行儀の悪い小人さん。

フロンティア軍と別れて二日目。目の前の保存食に忍耐が切れた幼女様は、自分達の馬車に積まれていた食材を使いフラウワーズ軍の食事改善を試みたのだ。

一日目は我慢した。フラウワーズに合わせようと。しかし、この先あと三日もある。その間、この貧しい食事ではやっていけないのが小人さんという生き物だ。

今も茹だってスカスカなはずなのに硬くて噛み切れず、咀嚼すらかなわない干し肉相手に、悪戦苦闘中の幼女様。

渋面一杯で、もそもそ食事する千尋を眺め、マルチェロ王子はオロオロと言い訳する。

「申し訳ない。急を要したため、保存食しか手が回らなかったのだ」

マルチェロ王子と千尋の前には温物《あつもの》やパン。野菜と干し肉をブチ込んで塩で味つけした簡素なモノ。パンに至っては焼き締めた黒パンだ。大きな丸いパンをナイフでゴリゴリとスライスしたソレは、温物に浸してもゴムのように固かった。

温かい物が振る舞われるだけでもマシなのだろう。事実、王族や貴族ら以外の兵士は、温物もなく、直に干し肉を食んでいる。

だが、食事以外に贅沢を言わない小人さんだ。だからこそ食事には拘りたい。無いのならば我慢もする。だけど千尋の馬車の中には唸るような食材があった。

しかし、如何せん一万人以上の兵士らに振る舞うには全然足りない。

ぐぬぬぬっと黒パンを延々噛み続け、ふと幼女はひらめいた。

小人さんが持つ食材でソースだけ作れば良いのだ。トマトソースやホワイトソース、あるいは野菜コンソメなど。ソースをブチ込んでスープを伸ばしたり、蒸し野菜や焼き野菜を炒めたりすれば良いのである。

少ししかないお肉やお魚は、申し訳ないがこちらで消費させてもらおう。モルトの森は農村が近かったし、帰る途中にヤーマンの街もある。仕入れには困らないから、持ってるモノ全部使っちゃえ。

思い立ったが吉日。善は急げ。と、わちゃわちゃ走り回る幼女様。

両手を振り回して説明する小人さんに快く頷き、アドリスは、夜な夜な翌日分のソースをこしらえてくれた。

「……美味い。パスタにかけるソースみたいに濃厚だな」

「これを仕上げに入れれば、スープも劇的に味が変わるにょん♪」

くふくふ笑いながらお玉を振り回す小人さん。

パンや野菜に塗ってもよし、ディップとか手間暇はかかるものの、塩や香辛料などを多く混ぜれば保存を利かせられる便利食品。持ち歩くなら瓶詰めすれば良い。

ついでとまでに千尋が持ち出したのは味噌瓶。もったりとした茶色い何かは、マルチェロ王子達に考えてはいけないアレを連想させ、誰もが、うっと口元を押さえた。

「あ〜……。そういうんに見えるかもだけど、全然別物だから」

異国人あるある。前世で聞いた似たような勘違い四方山噺《よもやまばなし》を思い出しつつ、小人さんは苦笑いしながら豆や麦なんかを発酵させた食品なのだと説明を入れた。そして、しゃもじについた味噌を指に取って舐める。

それでも疑惑が晴れないのだろう。無言で凝視するフラウワーズ人らに千尋は実演してみせた。

アドリスに頼んで土鍋御飯を炊いてもらい、小さな手で器用に握られた三角おにぎり。

艶やかに光るおにぎりの片面に味噌を塗ると、千尋は簡易竈《かまど》の上に置かれた網で焼く。なんともいえない香ばしい匂いがあたりに漂い、どこからともなく人が集まってきた。

「たしかに……。香りは全く違うな。良い匂いだ」

「だっしょー？　すっごく美味しいよ？」

にししと笑う小人さんの口元から零れる真っ白な歯。そのあまりの白さに、マルチェロ王子は別の意味で口元を押さえる。

比較的文明の進んだフラウワーズであっても歯の黄ばみはどうにもならない。王子という身分から、そういった手入れに怠りはないが、幼女のアレと比べたら天と地の差だった。

なんで、あんなに白く？

別の思考に意識を持っていかれた王太子。そんな彼の前へ、皿に載せたおにぎりが差し出される。ほかほかと湯気をたてる焼きおにぎり。

「食べてみ？」

焼けた味噌の匂いが食欲をそそる。味噌を塗っていない方には半切れの海苔が貼られ、直に手にしても汚れないようなっていた。

知らず生唾を飲み込み、マルチェロ王子の喉が大きく鳴る。思い切ってかぶりつき、咀嚼した瞬間、彼は放心。

筆舌に尽くしがたい馥郁《ふくいく》とした香りが鼻孔を抜け、しょっぱい味噌と甘いお米が口の中でベストマッチする。噛んでも噛んでも残る旨味。飲み込むのがもったいなくて、彼は延々と咀嚼していた。

感無量な面持ちで食べるマルチェロ王子に息を呑み、他のフラウワーズ人達が我も我もと小人さんにむらがり始める。

「……なんという。かような食べ物を知らなんだとは。このマルチェロ、一生の不覚」

ほあー…と眼を蕩けさせ、うっとり御満悦だった王太子の耳に、何気な幼女の呟きが聞こえる。

「ついでだし、醤油のも焼こうかな。アドリスーっ、出汁醤油あったっけー？」

「おう、あるぞー」

新生キルファンが建国を始めて数ヶ月。フロンティアには彼の国にまつわるあらゆる物が流通していた。それらを使い、細々とした便利技も伝授する幼女様。

即席出汁醤油として、干物をぶっ込んだ醤油が小人さんの馬車には常時用意されている。煮干し、鰹節、昆布などのキルファン特産品はもちろん、干茸や干魚など、どこにでもある食材も使われる。

「これ、何のぶっ込み？」

「あ～っと、確か、カツオブシとコンブだ」

鉄板の組み合わせである。イノシンさんとグルタミン君のコラボに外れはない。

うぇ～いと小躍りしつつ竈の前にやってきた千尋は、ズラッと並ぶ大きな騎士たちに眼を見張った。その筆頭はマルチェロ王子。

「それも美味いのか？」

ギラリと輝く獰猛な眼。よくよく考えたら、彼はまだ中高生の年齢である。食べても食べても食べ足りないお年頃。どうやら小人さんは、若者特有の貪欲な食欲に火をつけてしまったらしい。

食事は麻薬だ。千尋はそう思う。美味い物を知れば知るほどのめり込み、食したくなるのが人の性《さが》。これは現代人でも同じだった。

飽食、過食が横行し、肥満が蔓延すると今度は掌返し。ダイエットや節制が過ぎて体調不良や拒食症などを引き起こしたりもする。

適度な自制や日常習慣が食には必要だった。普段バランス良く食べていれば、たまに贅沢が過ぎても大事ないのに、そういった努力を厭うのも人の性だ。

ホント、何事もほどほどを知らないとだよなぁ。まあ、アルカディアの食事事情なら過ぎたることはないと思うけど。

じゅわぁっと立ち上る焦げた醬油の匂い。暴力的なほど食欲をそそるソレに、フラウワーズの人々は恍惚としている。未知の誘惑にトロトロだ。

そして例にもれず、醬油の焼きおにぎりを口にしたマルチェロ王子は大興奮。後日、キルファンの調味料を融通すると約束させられ、千尋は本当に大丈夫だろうかと一人嘆息した。

こうして新たな食文化の種をフラウワーズ軍に植え込み、後は放置の小人さんである。

抗う人々　～ある神の独断～

《どうしてっ!!》

ここは天上界。

自身のエリアで小人さん誘拐劇の一部始終を見ていたレギオンが、両手で髪を掻きむしりつつ叫んでいた。

最初は上手くいっていたのに。あの薬が容易く醒めるわけはない。なのに馬車は壊れるわ、援軍が訪れるわ、想定外が起きすぎている。

《……可怪しい。あのまま駆け抜けていたらカストラートまで問題なく滑り込めたはず。なぜ、こうも上手くいかないんだ？》

腹立ちまぎれに椅子を蹴飛ばし、レギオンは親指の爪を噛む。ギリギリと肉に食い込むほど噛み締められ、彼の指先には血が滲んでいた。

レギオンは今日という日を待ち望み、カストラートに散々神託をおろしてきたのだ。

ヘイズレープ経由の薬草や技術、神々の薬術も与えた。全てはアルカディアを奪い取るためだけに。

賭けの延長を申し込まれてからこちら、何もかも上手くいかない。保険として唆《そそのか》してきたフロンティアの隣国もアテにならなくなってきた。

もっと派手に秘薬を使えば良いのに、あの愚王は隠匿する。自身の謀《はかりごと》にしか使わない。

他より優れたモノを持つ優越感と独占欲だろう。狭量な人間にありがちな思考だった。

そんなモノは犬にでも食わせてしまえと、レギオンはカストラートを毒づく。

最近の彼は憔悴が激しい。窶《やつ》れ果て、髪も身体もすっかり細くなってしまい動きも緩慢だった。

自身の世界の滅びにつられているのか、まるで幽鬼のごとく衰えていく少年神。それでもギョロリと飛び出した眼だけが忙しく動いている。

《なにかないか？　なにか……、このままじゃ賭けに負けてしまう……。俺の世界が……滅ぶ……》

今にも泣き出しそうな顔で右往左往していたレギオン。その彼の耳に、水鏡から千尋の声が聞こえた。

マルチェロ王子に同行してモルトの森へ向かうという内容だ。

レギオンはしばし呆然と佇んだ。次の瞬間、彼の顔が陰惨に歪む。絡まり、シダのように垂れた前髪の隙間から覗く双眸は、ギラギラとした昏い愉悦に彩られていた。

なんたる僥倖、なんたる福音。最初の巡礼地。全ての始まりの元へ自ら向かうとは。

国境の森を再び千尋が訪えば、フロンティアを取り囲んだ金色の環が完成する。一度完成した金色の環は、次の王が誕生するまで損なわれることはない。つまり数百年は金色の魔力がアルカディアに残る。

完成された金色の環は魔力が定着し、森の主を必要としない。これが金色の環の中で主達が自由に移動出来る理由だった。そこで主たる魔物を失えば……。

魔法の摂理からいって、金色の魔力はその場に定着したままになるはずだ。

《ひゃは……っ、ひ…、あーっはっはっはっ!!》

金色の環を完成させた瞬間、アルカディアという世界の命運は終わる。

《ふはっ、これは良いっ！　すぐにでもカストラートに神託をおろして、森の主を殺す薬剤の調合をさせねば……っ》

いきなり高笑いを始めたレギオンを周囲の神々が心配そうに見守っている。その中で、唯一神妙な面持ちをするのは地球の創世神。

彼はレギオンが何に気づいたか分かっていた。小人さんが森の主を殺せなかった時点で、神々の計画は大幅修正を余儀なくされたからだ。

地球の創世神とアルカディアの双神が描いた計画は、アルカディアから金色の魔力を消すため森の主を処分し、地球から譲られた箱庭の種の拡散で新たな文明を築こうというものだった。

だが、その悉くが幼女によって蹴倒される。森の主は生存しているし、主の森は金色の魔力を消すどころが、地域に密着して崇められ始める始末。

果ては、後で回収予定のキルファンにまで手にかけようとするわ、巡礼を始めて森を活性化しまくるわと、神々の想定外をやらかしまくる小人さん。

思わぬ千尋の行動に驚き、あわあわしまくった神々だけど、蓋を開けてみれば何ということもない。世界は神々の望んだ方へと向かっていた。

小人さんは本能的に魔力の在り方に疑問を持ち、自ら正解に辿り着いた。

我も過保護だったやもしれぬな。人間も、あながち捨てたものではない。

地球の創世神は微かに笑みを深める。

彼は決められた道を造り、そこに千尋を誘導していくつもりだった。その甘やかしに乗らず、我が道を突き進んだ小人さん。

人は考え、選択する生き物である。何度も転び、何度も起き上がり、最善を目指して最良を掴み取るために。途中で挫《くじ》けることもあるだろう。蹲《うずくま》り動けなくなることも。

それでも人生は続くのだ。自ら終止符を打たない限り、延々と。

ならば考えるしかない。前を見据え立ち向かうしかない。どうすれば？　どうしたら？　試行錯誤を繰り返し、時には立ち止まりつつも己の人生を生きるのだ。

誰も自分の人生に責任を持ってはくれない。保証だってしてくれない。己を幸せに出来るのは己だけだ。

たまに周りからのお裾分けがあったりするかもしれないが、それだって一方通行ではいずれ枯れ果てる。幸せは本人が幸せであってこそ、与えたり、与えられたりするのだ。

神は自らを助く者を助く。まさにその通りである。

それを野生の本能で識《し》る小人さん。

彼女が周りを思いやるのは、それを識るからだ。周りが不幸なら幼女も幸せでいられない。だから自身の幸せも諦めないし、手の届く範囲をより良くしようと頑張る。

これに理屈はない。彼女がやりたいからやっているだけ。ＤＮＡレベルで刻まれた本能。本人が偽善の極みだと自覚しているあたりが滑稽だった。

『偽善上等っ！　やらない善より、やる偽善っ!!　金子《きんす》や支援に綺麗も汚いもあるもんかっ、犯罪にでもかかわらない限り、それは個性の範囲だにょっ！　その日の御飯が美味しけりゃ、それで良いっ!!』

これが小人さんの通常運行。これだけ盛大に開き直られると、一周回って清々しくも感じる。破天荒も突き抜ければ爽快だった。

彼女ならやるかもしれない。結果がどうなるかは分からないが、全てを摑み取れる可能性があるのに小人さんが試さないわけはないのだから。

《はてさて、どうなることやら……》

ふくふくと髭を揺らし、地球の創世神は、悪巧みするレギオンを静かに見つめ続けた。

因果応報、自業自得。これが正しく発動される近い未来を今の神々も知らない。

世界が終わる日

「チィヒーロが消えたっ??」

荒野の戦いから半月。

ようやく戻ってきた小人さん一行の報告がチィヒーロの消失だった。青を通り越して、真っ白な顔の騎士団。

彼等の話によれば、マルチェロ王子達と共にフラウワーズの森へ行った千尋は、そこで悪魔の右手を使ったらしい。

主にではなく森に。

途端、無数の稲妻が幼女の周りを囲うように貫き、次の瞬間、千尋の姿は消えていたのだという。

騒然となる大人達へモルトが筆談で説明するには、神々に召喚されたのだろうとの話だった。

何が起きたのかはモルトにも分からないが、戻ってくる時は王宮に違いないとの話で、取るものも取り敢えず、小人さん部隊は全力で帰還してきたらしい。

「まだ戻っておられませぬか？」

必死の形相でロメールを見つめるドルフェン。

それに力なく首を振り、ロメールは天を仰いだ。


名もなき神々よ。どうか、この手に幼子を御返しください。


何が起きたのか分からない。これはもはや小人さんのデフォだ。人知の及ばぬアレコレであっても、しばらく後には結果が判明する。

彼女の訳の分からない行動や言動には、必ず何か意味があるのだ。

今回も、きっとそう。きっとすぐにまた、にかっと無邪気な笑顔で戻ってくる。

まるで何かにすがるかのように、ロメールは頑なに祈り続けた。


そんな彼の知らぬところで事態は急展開する。

《そなた……、どういうつもりか》

『へぁ?』


何もない真っ白な空間。そこに一人の少年がいた。

金色の短い髪に襟足のみが長く背中にたなびき、ゆるゆるTシャツみたいな白い上衣と黒い七分丈のスパッツ。その上にレース編みのような金のショールを巻き、足には革紐で括るタイプのサンダルを履いている。

あれだ。古代ローマ風の衣装。ぽんっと頭の中でだけ手を合せ、千尋は少年を見つめた。

……けど。なんか可怪しいな。やけに窶れてるし、目玉だけ飛び出してて、おどろおどろしい。

どっか悪いんじゃないの?

年齢的にはウィルフェよりやや上な感じで、全体的に細く華奢な印象だが、その整った顔にありありと滲む獰猛な憤怒。

厭悪《えんお》憎悪を隠しもせぬ彼の辛辣な金色の眼を見て、小人さんは首を傾げる。

『どういうって。森を閉じるつもりだったけど?』

《ふざけるなっ、そんなことをしたら、金色の魔力が失われるではないかっ!　せっかく金色の環

が完成したのだから、そこは主を殺すべきであろうっ！》

『はあ？　アタシは主らを殺したくないんだよっ、だから蛇口である森を閉じようとしたのにっ』

そうだ、悪魔の右手の話を聞いて、小人さんは思ったのだ。

根元である森を壊せば、話が早いのではないかと。

主らを失えば森は枯れる。だから主らを処分させようと、アルカディアの神々や地球の神は破壊の力を千尋に与えた。

だが実は逆なのではないか？　ジョーカーの話を聞いた千尋はそうひらめく。

神々の創りたもうた森が主らを魔物にした。森を通して金色の魔力を受け取り、主らは森を維持してきた。つまりは森が神々とのパイプなのだ。森を潰せば主達は生き延びていけるかもしれない。

そう考えた小人さんは、金色の環を完成させたあと、森の破壊を試みたのだ。

供給源である森が無くなれば、主らの金色の魔力もいずれ尽きるだろう。金色の魔力が尽きたあと、主達がどうなるのかは分からない。

だが千尋には不可思議な予感があった。これが正しいのだと、何の根拠もない予感。

それが無くとも、問答無用で処分されるより、来るべき時を待ち、残りの時間を謳歌する方が万倍マシに違いない。

そう考えて、千尋は主を殺して森を枯らすのではなく、森を破壊して主らの軛《くびき》を外す選択をした。

……が、いきなりの稲妻にそれを邪魔される。

目の前の少年は忌々しげに唇を歪め、千尋の胸ぐらを掴むと、鼻先が触れ合うほどの至近距離から怒鳴り付けた。

《せっかく上手くいきかかっていたのにっ、金色の環が完成した状態で主らを殺せば、森は枯れず神々の魔力がアルカディアに定着したのにっ！》

『はあっ？』

寝耳に水だ。そんな仕組みだったとは知らなかった。

呆けた顔の千尋に、少年は嫌らしく口角を歪めた。じわりと漂う侮蔑の笑み。

《そなたが主と盟約したこと自体が神々の想定外だったのだよ》

ニタニタと嗤う少年は、神々の意思を知っているようだ。

小人さんは顔全面に疑問符のバーゲンセール。そんな幼女を辛辣に見下ろし、彼は片手を差し出すと掌に光の玉を浮かべる。

テニスボールほどのその玉は、フォン……という音とともに一瞬で一メートル大の大きさになった。凝視していた小人さんの視界に映るのは、玉の中に浮かぶ荒涼とした風景。

アルカディアか？　いや、違う？

じっと眼をこらして見ると、そこには朽ち果てた建物のような残骸がいたるところに残っている。

外郭を失い、まるで墓場に散乱する骨のごとき無数の鉄骨や鉄塔。一面を埋め尽くす瓦礫の大地。

これは間違いなく近代文明の成れの果てだ。

あれだ。某世紀末漫画みたいな。リアルに目にすると、猿の惑星のラストシーンすら御粗末に思えるな。

本物の滅びを眼にして、千尋はゴクリと喉を鳴らした。

《私の世界だ。…今にも息絶えそうな》

『私のって…、アンタ神様なのっ？　何とかならないの？　息絶えそうって事は、まだ生きてるってことでしょ？』

《何とかしようとしたのを邪魔したのは、そなただろうがっ！》

少年神は大きく叫ぶと、小人さんを突き飛ばした。

すてんっと尻餅をつく小人さんだが、不思議なことに衝撃も痛みもない。

少年神は肩で息をしながら、そんな幼女をさらに怒鳴りつけた。慟哭にも近い魂の叫び。

《アルカディアからエネルギーを得て、私の世界を救おうと思ったのに…っ、全て、そなたがブチ壊したのだっ！》

そう。レギオンは完成された金色の環を定着させようと、カストラートに神託を続けていた。もはや見栄も外聞もない。

明らかなオーバーテクノロジーにあたる技術まで伝授して、何とか主らを殺せるよう暗躍していた、その真っ最中。

なんと、小人さんが主の森を破壊しようとしたのである。グルリと囲われた金色の環を利用し、一気に全部の森を。

それを見たレギオンは瞬間凍結。慌てて千尋を下界から拐ったのだ。

そこまで聞いて、千尋の眼窟《がんくつ》に仄かな怒りが灯る。

『エネルギーって……、じゃあ、アンタがアルカディアに賭けを持ち掛けた神かっ！』

ジョーカーから話は聞いていた。

賭けを持ち掛けた神はアルカディアの命全てを奪い、生体エネルギーに変換して己の世界に使うつもりなのだと。

この悲惨な光景を見れば、その考えも分からなくはない。

だが、命を糧としか思っていない目の前の少年神に、小人さんは言い知れぬ怒りを感じた。

『そんなんなら、顕現して手を貸してやりなよっ、何で、代償を他に求めるのさっ！』

《知らぬから言えるのだ。名を受けた神は下界に降りられぬのだよ》

嘲るような笑みを作ろうとして失敗したらしいレギオンは、今にも泣き出しそうに顔を歪める。

少年らしい繊細な袖を絞る表情が痛々しい。

そして彼は、とつとつと神々の理を話した。

神として生まれた者は世界を創る。そして知的生命体が生まれ信仰を受け、神として成長していくのだという。

悠久を生きる神々は生み出した世界を育て、神の代行者たる御先が生まれると名前を得るのだ。

名前を得た瞬間から、神は下界へ顕現することが不可能になる。

　全てを御先に任せ、ただただ見守ることしか出来なくなるのだという。

『んな馬鹿な。アルカディアの神々はたまに顕現してるよ？』

《あれらは、まだ名前を持たぬ》

　言われて小人さんは思い出した。双神は言っていなかっただろうか。御先が生まれればとかなんとか。

　同席していたロメールも、創造神様としか呼んでいなかった。

　なるほど。

《名を持たぬ神は下界に干渉出来る。私のように名を持つと、神託や祝福しかやれなくなるのだ》

《名を持たぬ神は何度でも世界を創れる。試行錯誤で。だからアルカディアが失われても、あやつらは新しく世界を創れるのだ。ならば後の無い私の世界を救うため犠牲になってくれても良いだろう？　信仰を得て力をつけた今なら、あやつらの次の世界はアルカディアよりも良い世界になるのだから》

　ああ、そういう。

　小人さんは天を仰いで眼を閉じた。

目の前の彼は、生き物を生き物と思っていない。

大切なのは自分の世界だけ。他の世界など、切り分けられて売られるただの食べ物のようなモノ。

己の糧とする罪悪感は皆無だ。

地球の現代人が、生け簀《す》を泳ぐ魚には憐憫を感じても、スーパーの切り身には何も感じないのと同じ。

でも、まあ、誰だってそんなもんだよね。大事なのは自分のモノだけだ。

それを守るために他を犠牲にするなんて、よくある話だし。

ただ、それが世界規模レベルで、その犠牲になるのが星一個丸々というスケールの大きさが問題なわけだが。

これを諾とする義理はない。

『アンタが自分の世界だけが大事なように、アタシらもアルカディアが大事なんだよね』

凪いだ瞳で真っ直ぐ見つめる金色の双眸。

少年神は一瞬たじろぎつつも、次には小人さんの首根っこを摑む。

《黙れっ！　いいから主達を殺せっ！　金色の魔力の源である森に手を出すんじゃないっ、言う通りにしないと、ここで殺すぞ！》

『神は世界の理に手を出しちゃダメなんじゃないのっ!?』

ここで千尋を殺すというのは、完全にアルカディアの世界への干渉だ。

まるで子供の癇癪のように振り回され、小人さんは大きく舌打ちする。

ってか、何で別の世界に干渉出来るのさっ、アタシを下界から連れ去るとか、絶対おかしいよねっ??

彼女の思考を読んだかのように、少年はニタリと眼に弧を描いた。

《アルカディアの命は、全て私のモノなのだよ。どのようにしようが自由なのだ》

元々がヘイズレープの命達。全てはレギオンの掌の上。

『何よそれっ、反則ーっ』

さらには金色の魔力を持つ生き物は神々に連なる者であり、天上界に召喚するのも難しくはないという。

説明を交えながら、喉の奥だけで嗤うレギオン。

《そなたさえおらねば、あの世界から金色の魔力は消せぬ。悪いな》

ほくそ笑みつつ、彼は奈落の口を開くと無造作に小人さんを投げ込んだ。

天上界、深淵、奈落は全世界共通だ。どこにでもあり、どこからでも繋げられる。

奈落の底は魑魅魍魎が蔓延るという生き地獄の深淵。小人さんの命は風前の灯《ともしび》だった。

しかし、その手が離れる前に彼女は少年神の服を摑み、投げ出された勢いのまま、彼をも奈落に引きずり込む。

通常ならば神々を摑むなど人間には出来ない。だが神殺しの右手が神々の持つ力を無効にし、その奇跡を起こしたのだ。

触れられると思わなかったレギオンは、捕まれたまま身体を持っていかれる。神力で弾こうとするものの、それすら悪魔の右手に相殺されて抗えない。

《え？　ええっ？　うわぁっ！》

『死なば諸ともっつーんだっ！』

少年神の短い悲鳴を残して、真っ白な空間に空いた奈落は閉じる。

後の何もない静かな空間に、ひっそりと佇むは地球の神。

《頼むよ、千尋》

こうなることは分かっていた。

ここまでしてしまっては、高次の方々が黙ってはおられまい。いずれにしろ、神であるレギオンの命運は尽きていた。

《彼は、やりすぎた》
《彼は盲《めし》いた》
《世界は滅びる》

静かに見下ろす何か。

神々のさらに上におわす高次の方々。

その裁定は、今、幼女の手に委ねられた。


奈落へ滑落しながら、小人さんは、しっかりと眼を見開き希望の光を掴む。その一条の光は、奈落の真下一面に広がっていた。

『やっぱりねっ、やっほーっ！』

眼下に広がるはジョーカーの網。

レギオンが開いた穴が奈落なのだと理解した瞬間、千尋は信じた。必ずジョーカーの網があると。

それは正解だったようだ。

ボスンっと網に受け止められ、小人さんは大きくバウンドする。レギオンと共に網の上をテンテンと転がり、すぐに身体を起こして、千尋は彼から距離を取った。

訳が分からず茫然となる少年神。

なぜ、奈落の入口にこのような網が張られているのか。

《なん…だ？　これは？》

驚愕に顔を凍らせ、呟く彼の横に何かが落ちる。

それは人の形をした何かだった。

『え？』

千尋が驚く間もなく、上空から次々と人の形をしたモノが降ってきた。老若男女、折り重なるように落ちてくるそれらを見て、レギオンの口から絶叫が迸る。

《うっ…わあぁぁっ！　なぜっ!?　まだ時間はあったはずだっ!!　あああぁっ》

眼を見開き苦痛に悶えるレギオンの眼前に、次々と重なるのはヘイズレープの人々。

慌てて先ほどの光の玉を出し、その中を覗き込むレギオン。そこに映るのは、大きな地殻変動で沈みゆく島々だった。

ヘイズレープで生き残った人々が、ひっそりと隠れ住んでいたシェルターがあるはずの。

《なぜっ？　どうしてぇぇーっ!!》

限界まで眼を見開き、張り裂けんばかりに喉を震わせるレギオン。

……滅んだのはヘイズレープ。少年神の世界だった。

《高次の怒りを買った》

《そなたは、やりすぎた》
《裁定は下った》
ジョーカーの網の上に浮かぶ三つの光。
すうっと現れた光は人の形をしていて、アルカディアの神々によく似ている。
《さだめを歪めた。代償は大きい》
《我らは回収する。過去と現在と未来の歪みを》
《そなたの世界は終わった。そなたも終わる》
三つの光はレギオンを取り囲み、それぞれの右手で彼に触れた。途端に、パンっと音をたててレギオンの身体が霧散する。
キラキラと七色の光が舞い散り、彼のいた場所に残ったのは小さな光の玉。

まるで嘆くかのように淡く発光する玉を大事そうに抱え、三つの光は来たとき同様、すうっと天へ消えてしまった。

『何だったの？』

立て続けに起きた出来事についてゆけず、小人さんはペタリと網に座り込んだ。

そこへ見知った顔が現れる。

《まさか、滅ぶのがあちらの世界だったとはねぇ》

八つの眼で静かに佇むのはジョーカー。

なんとも言えない複雑な顔で、彼女は網に落ちてきた大勢の魂達を見つめていた。

『ジョーカーっ、アタシをまた飛ばしてよっ、早く帰らないと、まだやりかけなんだよーっ』

うわぁぁぁっと飛び付いてきた幼女を、ジョーカーは呆れたような眼差しで、べりっと引き剝がした。

《落ち着きな。そなたの試みは成功したよ》

『え？』

きょとんとする小人さんに溜め息をつき、ジョーカーは重ねて説明する。

《だから、アンタの右手は金色の環を通して、全ての森のパイプを破壊した。アルカディアに新たな神々の魔力は送られない。いずれ世界から金色の魔力は消えるだろう。賭けはアルカディアの勝利だ。それで高次の方々の裁定が下ったのだろうね》

金色の環で森が破壊された瞬間、アルカディアの勝利が確定したらしい。

言葉もなく立ち竦んでいた千尋は、盛大な溜め息と共に膝をついた。

『良かったぁぁぁ』

だがそれは、ある意味もう一つの世界を滅亡に導いたということだ。千尋は未だに降ってくる魂らを見つめて、切なげに眉を寄せる。

《元々、滅びの決まっていた世界だ。さて、これから大忙しだね。この魂達を浄化して転生させないと》

千尋の真後ろから聞き覚えのある声がした。

いつの間に来たのか、そこにはアルカディアの双神。

二人は穏やかな微笑みを浮かべ、労《ねぎら》うように千尋の頭を撫でてくれる。
《お疲れ様。大変なことをやらせてしまったね。あとは任せて》
《何か御礼が出来ると良いのだけど。望みはあるかい？》
言われて千尋は、はっと顔を上げた。
『フロンティア王都に送ってもらえませんか？　皆が心配してると思うし』

そうだ、事が終わったのなら帰りたい。お父ちゃんと約束してるし、ロメールも心配しているだろうし。

だが、その言葉に神々は顔を見合わせて悲しそうに俯いた。

え？　なに？

ざわざわと背筋を這い上がる悪寒。何とも言えない気持ち悪い空気が、ジョーカーの網の上に漂っていた。

「チィヒーロが帰ってきたっ!?」

大広間に突然現れた幼女。

現場は騒然となり、急ぎロメールへと文官が報せに来たのだが。何故か、彼等の報告の歯切れが悪い。

とにかく向かおう。

駆け足に近い速さで廊下を駆け抜け、ロメールは満面の笑顔で大広間へ飛び込んでいく。

そこには見慣れた可愛らしいポンチョの幼子がいた。

モゾモゾと這い回ったり、ちょこんと座ったり。落ち着かぬ幼女を見つめる周囲の顔は、あからさまな困惑を浮かべている。

そんな人々を掻き分け、ロメールは小人さんを抱き上げた。

「お帰り、チィヒーロ」

だが、喜色満面だったロメールの顔が一瞬で凍りつく。

抱き上げた小人さんの瞳は金色でなく、薄いミルクティー色。そして、ロメールへ伸ばした左手の親指の爪からは金色の光が失われていた。


「メール、ちゃい、ただいま?」

無邪気に笑う幼女は、チィヒーロであってチィヒーロではなかったのだ。

エピローグ　～神のいない時代～

「……あれから四年か」

秋も深まり、冬の風が朝夕をしばらせる頃。ロメールは物憂げに低い空を見上げていた。

四年前。嵐のように世界を吹き抜けていった幼女。

思うがままに突っ走り、転んでも止まらず、壁に激突しても、それを蹴倒してかっ飛んでいく猪突猛進な幼子。

周りを巻き込み、神々までをも働かせ、時代を塗りかえていった小さな小さな小人さん。

今思えば夢だったのかもしれない。

だが、大きく変わったフロンティアや、周辺国。何よりロメール自身が覚えている。

アレが現実だったのだと。

振り返れば怒濤の日々だった四年前。

「幼児退行？」

「はい、医師はそのように申しております」

深刻な雰囲気の室内で、大人達の前には無邪気に笑う子供。

帰ってきたチィヒーロは、ほとんどの記憶を失っていた。

父王やハビルーシュ妃、テオドールなどは覚えているようだが、ミルティシアやウィルフェのことは覚えていない。そこから察するに、二歳あたりまで退行したのだろうとの医師の診断である。

「そんな…。なんてこと」

王妃は口元を押さえて瞳を戦慄かせた。

「チィヒーロは俺のことも覚えていないのか？」

信じられない眼差しで幼女を見つめるドラゴ。その顔は凍りつき、膝を掴む両手はガタガタと震えている。

その背後に立つドルフェンも、憮然としたまま言葉が出ない。

それぞれが、驚愕と困惑で荒ぶる胸中を隠せない中、一人ハビルーシュ妃のみが通常運行。

「こちらへいらっしゃい、ファティマ」

「あいっ！」

呼ばれて抱かれる小さな子供。

訝る国王にふわりと微笑み、ハビルーシュ妃は腕の中の子供を優しく見つめた。

「ファティマ？」

「この子はファティマというのですよ。わたくしの娘ですわ」

途端、関係者一同が目を見張る。

小人さんの名前はともかく、生まれや素性は極秘にされていた。幼女が隠蔽されたハビルーシュ妃の娘だということも、ここにいる面子しか知らないはずだ。

彼女もあの場にはいたが、それを理解しているようには見えなかった。事実、ハビルーシュ妃は晩餐会のテーブルで、チィヒーロをファティマとは思っていないようだったし。


知っているのか？　一体いつから？


「その子がファティマと呼ばれていた子供だと知っているのか？　ハビルーシュよ」

するとハビルーシュ妃は、きょとんと惚《ほう》けて首を傾げる。

「当たり前ではないですか。この子はずっと、わたくしと一緒にいたのですもの。銀の褥《しとね》で。ねえ？」

「あいっ」

きゃっきゃっと笑う、微笑ましい母子。

ずっと一緒にいた？　銀の褥？

相変わらず意味が分からない御仁だ。

ロメールが物憂げに思案する中、ドラゴの顔から生気が抜けていく。

ドラゴはチィヒーロが帰ってきたと聞いて、一目散に大広間へ駆けつけた。そして満面の笑顔で抱き上げようとした瞬間、なんとチィヒーロは火がついたかのように泣き出したのだ。

ドラゴを厭うて、わんわん泣く小人さん。

あの時の凍てついたドラゴの顔をロメールは忘れられない。見ていたこちらも胸が痛くて堪らなかった。あれほど仲の良い親子だったのに。

未だに彼の顔は凍りついたままである。その心中は察するに余りあるロメール。

何日もの話し合いの結果、チィヒーロはファティマと名前をあらため、正式に国王とハビルーシュ妃の養子になる。

今までは仮親の延長だったので王妃が養母になっていたが、小人さん自身がハビルーシュ妃にしか懐いていないため、このような形になった。

居住も後宮に移し、ドラゴとの養子縁組みは解消され、晴れて正しく王族の一員となる。元々がテオドールとハビルーシュ妃しか知らないファティマは、あっという間に後宮へ馴染んで外に現れなくなった。

いるのにいない小人さん。

凄まじい寂寥《せきりょう》感《かん》が王宮を吹き抜け、誰ともなく吐いた深い溜め息が、そこここから聞こえてくる。騎士団の演習場などまるで灯が消えたような有り様だ。

事情が事情であるし、小人さんが某かの理由で記憶を失ってしまったことを、フロンティアは自国内や周辺国にも通達した。

猜疑心から確認に来る人々もいたが、ハビルーシュ妃と笑う幼女を見て、逆にショックで放心状態になる者が続出。

「あんなの小人さんじゃない」

「アレが？　まさか……」

ザックをはじめ、小人さんをよく知る面々が口を揃えて呟く辛辣な言葉。不敬うんぬんを問う気にもならない王宮関係者。

気持ちは痛いほど分かる。

こうして、中身二歳児になってしまった幼女は、ひっそりと表舞台から消えた。

あれから四年。

件の幼女は七歳となり、年が明けたら洗礼を受けて、後宮から王宮へ居を移す。幸いなことに幼児退行の影響も薄れ、年相応の成長を見せてくれたらしい。

らしいというのは、ロメールがほとんど後宮に行かないからである。

男子禁制の後宮な上、ロメール自身も今のチィヒーロを見るのが辛かった。いつかは記憶を上書きされそうで。以前の彼女を忘れたくなくて。ロメールは無意識にファティマと会うのを避けていた。

まあ、王宮に居を移すならば、そうも言ってはおられまいが。

この四年間で王宮も落ちつき、城の者らも幼女が小人さんであって小人さんではないのだと理解していた。

季節が巡り、時は流れ、カストラートとの争いも風化の兆しを見せ始めた頃。人々の心の中で小人さんは思い出に変わる。

ドラゴも達観を極め、今でも王家のためにその腕を振るっていた。

「チィヒーロは俺の中にいます。ファティマ様の中にも。あの方の中のチィヒーロの面影を愛していこうと思います」

そう呟いたドラゴは、寂しさと諦めを同衾させた物悲しい光を瞳に浮かべている。

脆くて今にも頽れそうな彼を、ロメールはいたく心配していたが、それを支える者が現れた。

いや、支えるというか、張り飛ばすというか、苛烈な御仁が。


「いつまでもグジグジしてんじゃないよっ、デカイ図体してっ！」

桜である。


意気消沈し、脱け殻のように日がな一日ぼんやりとするドラゴを彼女は文字通り蹴倒した。

ぼうっとしていたところに、強烈な蹴りを背後から食らい、ドラゴはつんのめる。それを嘲るように睨めつけて、桜は忌々しそうな顔でドラゴに吐き捨てた。

「アンタがそんなんじゃ、千尋が心配するだろうっ？　今、ここに千尋がいたら、しょげたアンタを見て、何て言うかねっ!?」

ここにチィヒーロがいたら？

オロオロと心配そうにまとわりつくに違いない。悲しげな顔で。

そんな幻覚が本当に見えてきそうなほど、はっきりとドラゴには確信出来る。

「そうだな……。記憶がなくなってもチィヒーロはチィヒーロだ」

ドラゴは王宮を見上げて、明らかに空元気だと分かる笑みを浮かべた。

だから、ロメールとドルフェンは沈黙する。

ファティマの中にチィヒーロはいないのだということを。

あの後、森を訪れたロメール達は、クイーンと話し合った。筆談だが。

ジョーカーとの話から、小人さんの出自や事情を知ったドルフェンと、それを報告されたロメールは、大体の成り行きを察している。

同じ説明を受けたクイーンも、いくらかの戸惑いは見せたが従容《しょうよう》とした。

《一つの身体に二つの魂ですか。ではチヒロ様はどこへ？》

金色の魔力を失った森は徐々に枯れてきていた。しかし全てではない。数千年の長い年月に自生し、育まれたものは失われなかったのだ。

緑が薄くはなれど森は健在。これから植林などで木々を増やし、以前のような濃い緑を甦らせよう。

チィヒーロのためにもと、ロメールは心に誓っていた。

「あの子がどうなったのかは分からないが、神々が言っていたんだよね」

そう。キルファンで顕現した創世神様は言った。チィヒーロのことを客人だと。

それはつまり、どこからか訪れた異邦人。そしてさらに神々は言っていた。キルファンの人々は地球からの借り物だと。


あの後、キルファンは失われた。


海を割るような大音響が世界中に轟き、しばらくして、キルファン周辺の小島から、キルファンが無くなったと報せが届いたのだ。

泡を食ったゲシュベリスタ辺境伯が騎士団を確認に差し向けたところ、報告どおり、本当にキルファンの大陸は無くなっていた。

いったい何が起きたのか。これがチィヒーロの消失と無関係であるわけがない。

「チィヒーロは帰ったのかもね。本来の世界へ。キルファンも」

淡々と呟くロメールを見つめるクイーンの左目には、未だに金色の瞳が光っている。

これもいずれ消えるのだろうか。

「ファティマ様の魂が深淵に囚われていたあいだ、チヒロ様の魂が王女の中で覚醒した。とすれば、ファティマ様がお戻りになった今、チヒロ様は……」

ドルフェンの言葉に、三種三様の沈黙がおりる。そして同様の予想が三人の脳裏を過った。

小人さんは、もういないのだと。

大変なことも非常に多かったが、慌ただしくも夢のように楽しい時間は終わりを告げたのだ。あの快活で人を食ったような笑顔を見ることは二度とないのだろう。

「チィヒーロ……」

君の魂は今どこなのかなぁ。地球とかいう世界へ帰っちゃったの？

冬間近な、どんよりとした厚い雲を見つめ、ロメールは胸に穿たれた大きな孔《あな》を塞ぐことが出来なかった。

そんな人々の悲痛な想いも知らず、小人さんは天上界から下界を見ている。

『うっは、えぐいな。大陸ごと深淵かぁ』

《地球から貸した命は四千と少し。浄化して、こちらの転生の環に戻すのだよ》

元々返還予定だったキルファンは、その大陸ごと深淵に落とされた。

貸した命と数が合えば良いらしく、増えていた分は、そのままアルカディアに譲られるとのことで、フロンティア側に移住したキルファン人は見逃してくれるという。

あらかじめ神託をしていたようで、陸人や心ない貴族を見張るために残っていた心ある者たちは、直前にキルファンを離れることが出来て無事だった。

《ほんとは少し足りないんだけど、オマケしとこうか。そなたには世話になったからのう》

そんなアバウトで良いのか、神様よ。いや、こっちにしたら助かるけど。

思わず据わる眼で、千尋は神々をじっとりと見つめた。初めて逢う地球の創世神。彼はモサモサな髭を蓄えた人物だった。某魔法学校の校長みたいだな。

でも、目元や手の張りを見るに若そうな？　髭を剃ったら、案外若いんじゃないかな。

どうでも良さげなことを考えている小人さんだが、そんなこんなしている内にもジョーカーの網にはドサドサと魂が増えていく。

それを選別しながら、地球の神は千尋を労った。

《本当に良くやってくれた。暴走気味だったレギオンを止めるには、アルカディアを利用するしかなかったのだ》

生まれたばかりの世界、アルカディア。

神々が下界に顕現出来る唯一の世界を、滅亡待ったなしなレギオンが見逃すはずはない。案の定、彼はアルカディアの神々をハメようと賭けを持ちかけてきた。

それを予想しつつ、地球の神は黙って事の成り行きを見守りながらレギオンが悟るか暴走するかを待っていたらしい。

出来れば滅ぶことを理解してほしかった神々だが、世は無情なものなのだ。結局、少年神は暴走し、他世界の人間を天上界に拉致するという暴挙まで起こした。

《神はな。世界と共にあるのだよ。世界が滅ぶ時、神も消える。その恐怖が奴を狂わせたのだ》

本来なら粛々と滅びを迎え、従容として消滅する。

《だが、奴は若かった。奴の世界も。己の過ちを認められなかった》

己の存在が消えることを認められなかった。そのために幼いアルカディアの神々を騙そうとした。

ここで、既にアウトだったらしい。

高次の方々とかいう、神々よりも力のある存在の逆鱗に触れる。さらには、余所の世界への多大な干渉。そして千尋を召喚して殺そうとしたことがトドメになり、例の光三本による審判となった。

神々も、高次の者にかかわる何かを見たのは初めてらしく、非常に驚いていたが。

結果、レギオンの世界は滅び、アルカディアの勝利が確定した。金色の魔力だけを回収出来れば、あとの些細なことは不問にしてくれるのだとか。

主達らのことを含めて。

ほーん、と他人事《ひとごと》みたいに聞いていた小人さん。そこへ、アルカディアの双神が声をかける。

《後始末は我々がやるよ。そなたはどうする？》

『へあ？』

《君の妹さんいるよね？　地球の。彼女が女の子を妊娠してるんだよ。まだ魂は入ってないから、君を入れることも出来るよ。形は違うけど元の家族の下に返してあげれる》

『おおお、それは良いかも。でも、孫になるのかぁ。お母ちゃん達びっくりしないかな』

嬉しさ半分の苦笑いを浮かべる千尋に、神々は少し口ごもった。

《……あのね。記憶の継承は出来ないよ？　あれは異世界を生き抜くために与えた特典だから。ほら、翻訳ルビと同じにね》

言われて千尋は思い出した。謎の翻訳ルビ。あれは一体何だったのか。

単刀直入に聞くと、神々は苦虫を噛み潰したかのように閉口する。

《あれはね。そなたが森の主を殺してしまった時の保険だったんだよ》

いわく、メルダでなくば金色の王の詳しい事情や隠蔽された歴史を千尋に伝えることが出来ない。

しかしそれを知る前に、悪魔の右手が問答無用でメルダを殺してしまう可能性は大いにある。

そうなると、千尋は古語で記された古い文献を探しだして読まないと世界の成り立ちを理解出来なくなるのだ。

今のアルカディアに、神世の時代の文字を読める者はおらず、その補助として翻訳ルビを持たせたらしい。

結果は御覧の通り。小人さんの暴走によって、神々の配剤は悉く無駄になった。

あはははは、さーせん。

千尋が主と盟約したのも、金色の環を完成させてしまったのも、主の森を破壊しようとしたのも、全てが神々の思惑の範疇外。

森の主らを処分することが前提だった神々の思惑から盛大に外れ、どのような結末になるのか全く予想もつかず、天上から見守る神々はハラハラし通しだったらしい。


だが、終わり良ければ全て良し。

《ファティマも元に戻ったし、これで歪みは満遍なく正された。あとは、そなたに御礼をするだけだ》
地球の神々は柔らかく微笑むと、再び千尋に願いを問う。
《神の理に関わった人間は、総じて辛い終わりを迎える。そなたもな。だから、来世は溢れんばかりの幸福を約束しよう。望むならば、どのような家にでも転生させてあげるよ。そなたの元家族の

家でもね》

辛い終わり。

確かに。千尋は慣れ親しんだ全てから、いきなり引き離された。

レギオンが高次の使者に回収された時、フロンティアに戻ることを望んだ千尋に、神々は複雑な顔をしたのだ。

返せないと。勝敗が決した今、この場で全ての清算がなされなくてはならないのだと。

貸与した魂の返還。それには千尋も含まれる。

そういえばキルファンで言っていたな。

《次にまみえるのは最後の時だろう》

アルカディアの神々が残した言葉。今、その二人は目の前にいる。

つまり、今がその最後の時か。

千尋は顔を強張らせ、再び終わってしまった自分の人生に愕然とした。

前世でも交通事故でいきなり親不孝したのに、今世もまた、親不孝してしまうのだろうか。

必ず戻ると約束したのに。ごめんね、お父ちゃん。

千尋の脳裏に優しい熊さんが浮かぶ。

思わず、ほたほたと零れる涙は頬の曲線を伝い、顎から滴り、小人さんの足元に小さな水玉模様を描いていた。

ここにアルカディア滅亡の序曲は、高らかに鳴り出す前に終わりを告げる。

全力で踊り狂った小人さんは、最後まで踊り切ったのだ。アルカディアの人々と共に。

誰も知らない伝説が、人知れず静かに幕を閉じた。

「おや、いらっしゃいませ王弟殿下」

ロメールがドラゴの屋敷を訪ねると、出迎えてくれたのは黒髪のエキゾチック美女。

チィヒーロを失ってから、憔悴するドラゴの面倒を見ているうちに情が湧いたらしく、サクラはドラゴと結婚した。

皇女殿下であるサクラを娶《めと》るにあたり、一代限りの男爵では不味いと、ドラゴには今までチィヒーロを助けて育ててきた実績を鑑み、伯爵の地位が与えられた。

そして気っ風の良いサクラに発破をかけられ、ドラゴもしだいに元気を取り戻す。

一男一女の可愛らしい子供にも恵まれ、今の二人はとても良い夫婦だった。

「千尋《ちひろ》と千早《ちはや》は元気？」

「元気ですとも。最近、とみにやんちゃになりましてね」

珍しく苦笑いを浮かべるサクラを不思議そうに見つめ、ロメールは小人さんの本当の名前である千尋という言葉を脳裏に思い描いていた。

あれからロメールはキルファンの言葉を習い、すでに習得済み。

少しでも小人さんに近づきたくて、あのころは理解してあげられなかったことも色々と学んだ。

神々の魔力の恩恵から脱却したフロンティアは、キルファン人らの協力により、大した混乱もなく新たな時代を迎えつつある。


何故なら、なんと魔力は失われなかったのだ。

森による金色の魔力は失われたが、それから派生したという四大元素の魔法は失われなかった。

これは神々から与えられたモノではなく、アルカディアが生み出し、人々が努力して会得したモノだからだ。

クイーンは、そう言った。

彼女も金色の魔力は失えど、属性たる風の魔力は失っていなかった。主の森も様変わりし、魔物の数は減ったものの、その存在はなくならなかった。

これからは新たな形で魔法の理が構築されていくのだろう。

もちろん、金色の魔力で満たされていた時のような、規格外な恩恵は期待出来ない。現にフロンティアの大地は徐々に痩せて、収穫量が落ちている。

これを食い止めるため、キルファンに学び、人々は努力を重ねていかなくてはならないのだろう。神々の庇護から飛び出し、ようよう世界はあるべき形に戻りつつあった。

ただ、そこに君だけがいない。

小さいが、何よりも大切な欠けたピース。

ロメールは、微かに潤む眼を瞬きで無理やり乾かした。そしておもむろに大きな包みを持ち上げ、サクラに渡す。

「これね、キルファンで人気の玩具なんだよ。千尋と千早にね」

「いやっ、ありがとう存じます」

満面の笑みで受けとるサクラ。

今日はドラゴ家の双子の誕生日だ。

去年も内輪だけのパーティが開かれ、ロメールも招待された。ドラゴ一家と、アドリスとロメール、あとはドルフェン。
チィヒーロをよく知る人間らが集まり、今はいない小人さんの思い出話で盛り上がる。

そんな他愛もない集まりに、今日もいつもの面子が揃っていた。

「王弟殿下、お久し振りです」

ロメールを見て軽く手を振るのはアドリス。あいかわらずピンピンと跳ねたその赤茶色い髪を小さな子供に摑まれ、ゆらゆらと身体を傾《かし》いでいる。

摑んでいるのは今日の主役の片割れ、ドラゴの息子の千早。ドラゴに良く似た焦げ茶色い髪と、サクラ譲りの真っ黒な瞳の男の子だ。

この名前には、荒く猛々しいという意味があるそうで、強く育ってほしいと願う親心だろう。

奥から出てきたドルフェンも、元気一杯な子供に振り回されるアドリスを見て笑っている。

そしてふいに、ロメールはドラゴの姿が見えないことに気がついた。

「ドラゴは？　あと千尋もいないね？」

「ああ、すぐに下りてきますよ」

したり顔でサクラは二階を見上げる。

そこでようやくロメールも気がついた。化粧で隠してはいるが、サクラの目尻が赤いことに。明らかな涙の名残。

ドラゴと違い、常に冷静で感情の動きが分かりにくい彼女が泣いた？　いったい、何があったのか。
それを問おうとする前に、ドラゴが二階から下りてくる。
反射的に振り返った客人の三人は、そこに懐かしいモノを見た。
シャンパンゴールドのドレスとリンゴのアクセサリー。
あれはロメールがチィヒーロに贈った、最初のプレゼント。
ドラゴが娘に千尋と名付けた時も驚いたが、さらにあのドレスを着せるか。
ロメールの眼が切なげに歪められる。
着せてほしくはなかったな。それはチィヒーロのモノであって、千尋のモノではない。
複雑な胸中を隠し、ロメールはドラゴが抱く小さな子供の頭を撫でた。
子供の成長が嬉しいのか、ドラゴは涙目で千尋を抱き締めている。
サクラ譲りの柔らかい黒髪に、ドラゴそっくりな深緑の瞳。
可愛らしい幼女に微笑んでいたロメールだが、次の瞬間、彼は驚嘆に眼を見張った。

小さな左手の親指に煌めく金色の光。

「やっふぁいっ、ロメールっ！」

そして快活な笑顔で、にぱーっと笑う幼女様。

部屋の中の時間が止まる。

それを動かしたのは熊親父の号泣だった。

「うおおおぉぉっ、チィヒーロぉぉっ！」

びっくり顔で固まる千早。仕方なさげに笑うサクラ。執事とメイドもハンカチで涙を押さえ、客人の三人は、ただただ茫然だった。

プチカオス。

この場に克己がいたならば、きっとそう呟いたことだろう。

「説明を御願いしても良いかなぁ？」

久々に見るロメールの腹黒全開な笑顔。

ああ、王弟殿下だなぁと、妙な安堵を覚えるいつもの面々。

「どこから話そうか……」

困ったように頭を掻き、幼女はうーんと首を傾げる。

「全部」

「全部?」

「そう、君が消えてから全部っ!　もう隠し事はなしで頼むよ、本当にっ!」

テーブルにバンっと手をつき、ロメールは身を乗り出して元小人さんを見据えた。

はぐらかすことを許さない真摯な瞳に気圧され、千尋は天上界での出来事をつまびらかにする。

神々のはからいで、再びドラゴのもとに生まれ変わったのだと。

呆気に取られていた三人だが、ロメールは話を聞いて神妙な面持ちをした。

「それで?　なぜ、千尋の身体に?　また憑依って奴なのかい?」

「ううん。今回は最初からアタシだけだよ。ただ、記憶の覚醒に制限をつけてもらったの」


そう、あの時、千尋は選んだのだ。

アルカディアに転生したいと。どこでも良いのならば、再びドラゴの娘となり、人生の続きを与えてくれと。

《人生の続き？》

意味が分からず聞き返す神々に、千尋は宣《のたま》った。

『そうっ！　たった二年で人生終わりなんて、あんまりじゃない？　なら、続きを下さいっ、今までの人間関係や知識をそのままにっ』

それは記憶の継承を正当化する案だった。

人生の続きとなれば、魂を浄化して記憶をリセットするわけにはいかない。上手い手である。しかし、赤子であるべき子供が、いきなり喋ったりとかはどうなのか。

実際問題、滑舌だのなんだのは慣れである。知らない動作、知らない感覚を覚え、鍛えながら成長する赤子と違って、すでにその操り方を識る者なら、赤子であろうとも流暢に喋れる。多少のたどたどしさはあれど、ファティマの中で覚醒した千尋同様、ペラペラ話せるのだ。

あ～、聞いたことあるわ～。生まれて数日の赤子が、いきなりラテン語で喋りだしたとか。眉唾じゃなかったのね。転生者なら有り得る、あるある情報か。

あは～んと乾いた笑いをもらす小人さん。

《父御が気の毒ではないか？　……まあ、喜ぶのは想像に難くないが》

《親子とは段階を経て育つものです。子を育てながら親も育つ。その過程を疎《おろそ》かにするのは如何なものかと》

親であるドラゴにも、本来過ごすべき赤子との時間を堪能させてあげるべきだろう。そう主張する双神。

なんやかや協議した結果、千尋の魂を浄化せずに転生させるかわり、その記憶は二歳まで封印させることになった。

まあ、その方が助かるかな。中身アラサーなのに、授乳とか、オムツがえとか、羞恥で死ねる自信あるし。

期待と不安がないまぜになったような顔の千尋は、ふと神々の視線が変わったことに気がつく。

軽く瞠目し、固唾を呑むように期待と驚きを同衾させた双神の面持ち。光の塊な彼等の表情は分からない。分からないのに、そうと感じる謎。

二人とガッチリ視線が合わさった瞬間、小人さんは静電気のような彼等の緊張を感じ取った。

なん？

感じた緊張そのままに、光の塊は歯切れの悪い口調で言葉を紡ぐ。

《そうなると……、そなたは御先になるが、よろしいか？》

『御先？』

そういや、前にも聞いたな。

神々の代行役。金色の魔力を持ち、御使いを統べる者。神託を得て、世界を見守る神々の意思を、人々に伝える者。

そんな話だったよなと思案する千尋の耳に、コーンっと甲高い音が聞こえた。

真っ白な空から穿たれた三本の光。

《そなたは金色の魔力を持っておる》

《そなたは御使いとなる僕を持っておる》

《そなたは世界と神の理を知っておる》

『うえっ!?』

突如現れた三つの光。それは先日もここで見た、高次の者関係らしい光だった。

《高次の方々のっ!?》

初めて目にする御歴々に驚嘆しつつも、地球の神や双神は、自分達の考えが正しいことを確信する。

《おお、やはりな。条件が揃うておるわ。アルカディアに御先が生まれるか。やれ、めでたや》

然《さ》も嬉しげな地球の神。

『何の話っ? 説明、プリーズっ!!』

慌てた双神のかいつまんだ説明によると、神々から力を与えられた者が転生する際に、御先への選別が行われるという。

条件を満たしていれば御先となり、生まれ変わった時、永遠を得るのだとか。

『いや、待って?? アタシ、人生の続きを下さいって言ったよね? 永遠なんていらないんですけどっ!』

わちゃわちゃ叫ぶ幼女に、三つの光は困惑気に瞬いた。彼等が困惑していると分かる謎。

《なれば、次の転生で》

《今回は見送ろう》

《努々《ゆめゆめ》、忘れることなかれ》

そう言うと、三つの光は各々千尋に左手で触れ、その指先が小さな煌めきを放つ。

その指先から不思議な何かが幼女の中に染み込んできた。ぶわりと体内を巡る温かな何か。

小人さんは後に識る。これが、高次の者達から与えられた祝福なのだと。

今回の事態を終息させてくれた彼女に対する御礼。来世が御先になると決まったため、あらゆる災いを撥ね除けられるように、彼等は小人さんを祝福してくれたのだ。

それを見つめつつ、千尋は訝しげに顔を上げる。

『あなた方って……。ひょっとしてノルン？』

《そのように呼ぶ世界もある》

《我等の名など意味もないこと》

《世界は常に変わるのだから》

そう言い残し、光は再び天高く消えていった。
唖然とする小人さんに、アルカディアの神々が、おずおずと声をかける。
《そなたが我が世界の御先ならば、我等に名前を》
《名前を》
『はい？』
展開についていけないんですけど？
その千尋の思考に気づいた神々は、再び慌てて説明した。
《生まれた御先と人間に全てを託す儀式なのだ。名前を受けて、我等は真の神となる》
《下界に降りられなくはなるが、それにより祈りの効果が倍増し、信仰のエネルギーを世界に循環できるのだ》
ただの神として祈られるより、名前をもって祈られる方が人間の信仰心が増すらしい。
神に名をつけられるのは、その世界の者だけ。そして天上まで来られるのは神々の魔力を譲られた者だけ。
以前に主らの魂が何度か訪れたらしいが、御先にはなれなかったのだとか。
ふむ。と顎に手を当て、千尋は名前を考える。
中身日本人な千尋では、神々の名前というと、どうしても既存の神様が浮かんでしまい、ネーミングセンスに難のある小人さんには荷が重い。

だが、ふと閃いた。

たった二年だが、複雑怪奇に紆余曲折して奔走した慌ただしい日々。

アレを言葉にするならば……。


『アビスとカオスってのはどう？』

途端に、アルカディアの神々が発光する。人型の光だった彼等にくっきりとした輪郭が出来、四肢や顔などが立体的に浮かび上がってきた。

そしてそこに立つのは二人の美丈夫。

《我が名はアビス》
《我が名はカオス》

金髪金眼の二人は嬉しそうに貰った名前を呟いた。

名前を受けて、初めて神は形を取れるらしく、今まで人型の光だったのは、まだ神として半人前だったからなのだとか。

地球の神も、少年姿だったレギオンも、ちゃんとした姿形だったのはそういうわけか。

言葉の意味を知る地球の神は、とても複雑な顔をしている。しかし小人さんは知らんぷり。

他に表しようがないもの。ほんと、短くもジェットコースターみたいな人生を、ありがとうございました。


皮肉を利かせた名前を天上界に残し、千尋はアルカディアに再び転生したのである。


「……………………」

絶句して何も言えない大人達。

千尋の記憶が覚醒し、愛娘の帰還に狂喜乱舞したドラゴ家もさすがに二の句が継げなかった。

「あ～……、まあ、なんだ。色々と問題は山積みみたいだが、取り敢えず……」

厳めしい顔でこめかみを押さえつつ、ロメールはニヤリと口角を上げた。

「おかえり、チィヒーロ」

その言葉に、小人さんは眼を輝かせて大きく答える。

「ただいまっ！」

あとは野となれ山となれ。

喜色満面な人々に囲まれ、今日も元気な小人さん。彼女の征く道に敵はない。

様々な困難を乗り越えて、アルカディアに神々のいない時代がはじまる。

王家の子供と小人さん　～サーシャは王宮のお姉さん～

「チィヒーロ、遊びに来てさしあげてよっ！」

「ミルティシア？　いらっしゃい」

時を遡ること四年ほど前。千尋の三歳のお披露目からしばらくたった頃。

忙しく立ち回る小人さんの隙間時間をつき、ミルティシアは男爵邸を訪れていた。

本来、後宮から出てはならない年齢なのだが、千尋に甘々な国王陛下がジョルジェ男爵邸への訪問だけは許したためだ。

『姉妹の交流は大切だしな』

ホクホク顔でミルティシアを送り出す実の父親を脳裏に浮かべ、思わず乾いた笑みを浮かべる小人さん。

けれど可愛い女の子は大歓迎だ。

「ちょうど良かったわ。今から白玉団子を作るところなの。一緒にやる？」

「しらたまだんご？」

聞き慣れない言葉に首を傾げ、ミルティシアは千尋の後をポテポテとついていく。


「あっつ……、あつぅぅぅ――っ」

両手で網杓子《あみじゃくし》を持ち、必死に鍋から白玉をボウルに移すミルティシア。

後ろでオロオロする側仕えや護衛らは、サーシャの睨みに怯えて動けない。

「我が家では働かざる者食うべからずです。……お上手ですよ、王女殿下。沢山掬えましたね？」

ひーひー両手を動かすミルティシアを、サーシャは満面の笑みで褒め称える。その横では、千尋がせっせと捏《こ》ねたタネを棒状にして刻んでいた。掌でコロコロ転がし丸く整えた白玉を、彼女は次々鍋に放り投げる。

「きゃーっ！　チィヒーロっ！　お湯が撥ねるわっ」

「ダイジョブ、ダイジョブ。浮いてきたら掬ってね。長く放っておくと溶けちゃうからね？」

にしししと笑う小人さん。

溶けるという言葉に過剰反応し、ミルティシアは、きゃあきゃあ叫びつつ、最後までお鍋から白玉を救出し続けた。

「びっくりしたわぁ。これが、しらたまだんご？」

温めた御汁粉に、小人さんはポンポンと白玉を投げ込む。濃い紫色にも見える黒い汁。そこに映える純白の白玉。もったりとした甘い香りにミルティシアは大きく喉を鳴らした。

「甘い香りね？　かんみ？　かんみなのかしら、これ？」

両手を握りしめて、瞳をキラキラさせる王女様。それに頷き、サーシャは御汁粉をお椀によそう。

「キルファンの特産品です。小豆という赤い豆を濾《こ》した汁ですよ。おあがりくださいませ」

薄い上澄みが透き通り、粉のような汁の中を泳ぐ白玉。

「アタシ的には善哉《ぜんざい》のが好きなんだけど。残りの小豆が足りなかったさぁ」

はふはふ白玉を咥《くわ》えながら愚痴る千尋。

「お嬢様、言葉が乱れておりますよ？　あと、食べながらしゃべらない」

「はふっ、了解っ」

「んもぅ、またっ」

小人さんの口の端から垂れる汁を拭いながら、サーシャは厳しい顔をする。

それを呆然と見つめ、ミルティシアの目は彼女の耳と尻尾に釘付けだった。

「あなた、なぜ、耳が頭にあるの？　おしりのしっぽも」

差別も偏見もない無垢な瞳。

ミルティシアの側仕えと護衛が、困った顔で主人を見下ろす。

「わたくしは獣人と呼ばれる種族ですの。獣の特性を持っている亜人ですわ」

「じゅうじん？　あじん？　初めて聞いたわ」


……でしょうね。


無邪気なお姫様の言葉がサーシャの心を苛立たせた。こういった奇異の眼差しには慣れたが、気にならなくなるわけではない。

だけど小人さんのお客様だ。……と、サーシャは素知らぬふりで御茶を淹れる。だが、そんな彼女の耳に信じられない言葉が聞こえた。

「すてきねっ！　わたくしは初めて見たけど、その耳もしっぽも、つやつやしていてきれいだわっ」

にこーっと破顔する幼い王女様。

思わず呆けた顔で、サーシャはミルティシアに御茶を差し出す。それを受け取って、王女様は美味しそうに飲んだ。

「さほうもしっかりしてるし、しょさもきれいだし、こういうのを……、えっと……、あ、そうそう、しゅくじょというのだわっ」

裏表ない素直な称賛。

ドラゴに引き取られてからこちら、サーシャとナーヤは平民だという主人をフォローするため血の滲むような努力を積み、ジョルジェ家を支えてきた。独学で挑み、学び、平民だからとドラゴが侮られぬよう心血を注いできた。

長々と続けたソレは着実に実を結び、サーシャもナーヤも今では一端《いっぱし》の従者に成長する。

それでも……。侮蔑はなくならない。

ナーヤは元々が奴隷だ。生まれついての奴隷。そんな人間を上流階級は受け入れてくれず、サーシャに至っては獣人である。

生粋の奴隷種族と呼ばれる短命種。これを人として扱う者もまた皆無。亜人という呼称だって、突き詰めれば人ならざる者という意味だ。

そんな、わたくしが綺麗？

「……畏れ入ります」

心は穏やかならざるも、サーシャは儀礼の範囲でしかない返事をする。

こうして度々男爵邸へとやってくるミルティシアは、しだいにその存在感を増していった。


「……いったい、何をしておられますの？」

サーシャから剣呑な眼差しを向けられているのは、ウィルフェ。男爵邸の窓から中を窺っていたところを、ナーヤとサーシャに見つかったのだ。

「いや……、そのな？　ミルティシアが来ていると聞き、大丈夫かな……と」

しどろもどろな王子殿下。

それに呆れた一瞥をくれ、サーシャ達は王宮の方を見る。すると案の定、何かを捜すような様子でこちらに駆けてくる騎士や従者が見えた。

彼等もウィルフェの行動パターンをあらかた把握しているのだろう。どこを捜してもいなければ、王子は大抵ジョルジェ男爵邸にいると。

はあぁ……っと大仰に溜め息をつき、サーシャは顎でウィルフェの背後を示した。

「お迎えのようです。もうこんなことはなさいませんように。貴人にあるまじき振る舞いですよ？」

言われて王子は後ろを振り返る。そこに自分の従者らを確認して彼は絶望的な顔をした。

「私だって……、チィヒーロやミルティシアと遊びたいのに」

情けない顔で呟くウィルフェ。彼は可愛い妹達との一時を。姉妹の交流に交ざることを楽しみにしていたのだ。顔を出せば誘ってくれるかもしれない。そんな淡い期待もあった。

しょんぼりと項垂れるウィルフェを発見し、王子の護衛らが安堵したかのように駆けつける。その騎士の片手にはなぜかテオドールがいた。

「テオ？　いかがいたしたか？」

「兄上のところへ、ごきげん伺いに行ったら……、ご不在でしたので、いっしょにさがしていました」

ほにゃっと笑う可愛らしい弟。

それに胸を鷲摑まれ、ウィルフェは幼い弟をギュッと抱きしめる。

そんな微笑ましい光景を余所に、サーシャは従者らを睨みつつ吐き捨てた。

「ちゃんと殿下達の面倒をみてくださいませ。こうも頻繁に来られるとあらば、こちらも王宮に抗議せざるを得ません」

そう。ウィルフェが男爵邸を覗いていたのは一度や二度ではない。三日と置かずにやってくる。

新年のお披露目からこちら半年。どれだけ来ているのか、もはや分からない。

毎回毎回、撒かれる護衛や侍従らに、サーシャは呆れ返って言葉を失う。その不躾な視線に気づいたのだろう。ウィルフェの護衛騎士が軽く眼を剝いた。

「そのように申されるのは心外だ。ここは王宮内であり、殿下がどこを訪れようと自由である。邸を間借りしているに過ぎない料理人の使用人風情が口を挟むべき問題ではなかろう」

彼の言葉は正しい。

しかし邸を預かる立場としては、従容と受け入れるわけにはいかないサーシャとナーヤ。

「それは、まだ幼い御令嬢のいる邸を外から盗み見ることを正当化出来る理由なのですか？　ジョルジェ男爵は王家から請われて王宮にいます。間借り？　なるほど。そのようにドラゴ様へお伝えしておきましょう」

サーシャの言葉を聞き、ウィルフェの護衛騎士が微かに狼狽える。そこへナーヤがさらにたたみかけた。

「左様ですな。これからお嬢様は成長なさいます。覗き見などという不埒な行動を黙認せよという護衛を連れた王子殿下の手の伸びる場所は、危険極まりございません。間借りなどという、ふざけた物言いを受け入れる義理も。さて……貴族街に良い物件があると良いが……」

暗に男爵家の引っ越しを仄めかされ、あからさまに護衛は動揺する。

ジョルジェ男爵が王族のお気に入りだと知っているからだ。しかも、その娘御は国王陛下の養女である。これが王宮に知られようものなら彼の将来はお先真っ暗だった。

……だが、彼は貴族だ。それも侯爵令息。たかが男爵家の家令に言いたい放題させる理由はない。

貴族なら、ただ命じれば良いのだ。そう思っていた。

この護衛騎士は、悪い意味で貴族らしい貴族だった。

高貴な者に下々が従うのを当たり前だと思っている。だから、サーシャとナーヤの不遜な態度に腹をたてた。少し脅せば黙るだろうと、勝手に思い込んでいた。

「なんたる無礼な。王子殿下に物申すというか」

王子の威光を借りる騎士。

だが、彼は知らない。

ジョルジェ男爵家の二人が、小人さんの待遇改善を求めて王宮に怒鳴り込むような剛の者だということを。そして王家が、小人さん関連に甘々だということも。

ドラゴ親子と王家が天秤にかかれば、平気で王家をぶった斬る二人は辛辣に眼を眇めた。

「物申しますが、何か？」

「もうこの際、キルファンあたりに移住するよう旦那様と相談いたしましょうか」

うふふ、あははと楽しげなサーシャとナーヤ。

「そうすればお嬢様も王宮のお仕事に振り回されずに済みますわね」

「さなり、さなり。旦那様も仕事に忙殺されず、お嬢様と楽しく暮らせます」

勝手にどんどん話を膨らませていくジョルジェ家の二人。それに慌てたのは、件の騎士ではなくウィルフェだった。

「ならぬっ！　チィヒーロが遠くに行くなど許さぬぞっ！」

「チィヒーロがどこかへ行ってしまうのですか？　なぜですか、兄上」

話の成り行きを大体察したテオドールも、不安げにウィルフェを見上げる。

騒然としはじめた王子達に狼狽え、問題の発端を作ってしまった騎士は、大仰に声を荒らげた。

王女とはいえ、たかが平民の娘。養女ではないかと彼は侮る。

「貴様ら不敬だぞっ！　誰かあるっ！　こいつらを捕らえよっ！」

騎士の声を聞きつけ、外郭を警備していた兵士や騎士が駆けつけた。……が、彼等は捕らえよと言われたジョルジェ家の者達を見て逡巡する。

「は……？　王女殿下の家令らを捕らえよと申されますか？　なぜ？」

戸惑う彼等の言葉を聞き、ウィルフェの護衛騎士が大きく瞠目した。

彼は忘れていたのだ。たとえ養女であろうと、小人さんが正しく王女の位を持つことを。実際には忘れていたわけではなく、身分遵守な王宮において、跡取りであるウィルフェより上だとは思っていなかっただけ。

それも致し方ない。ジョルジェ男爵の娘で、巡礼や仕事に奔走する千尋は社交界と無縁な者だ。彼女の存在は、識る者が識る程度。金色の王だと公表もされてはいない。

王宮騎士団でなく近衛師団所属の彼は、幼女の正しい姿を理解していなかった。

「たかが獣人風情だ……っ！　お前らが元奴隷なのは知っているのだぞっ！　高貴な方のお情けで生きている分際で……っ、控えおろうっ!!」

貴族としては当たり前の感情と言葉。

あからさまな侮蔑を食らい、さすがに憤りを隠せないサーシャとナーヤ。小人さんやドラゴを馬鹿にされたのなら全力で応戦するが、自分達のことに反論する気概を二人は持ち合わせていなかった。

事実、その通りなのだから。サーシャとナーヤは元奴隷である。

黙り込んだ二人に何を勘違いしたのか、ふふんと踏ん反り返る護衛騎士。何が起きているのか分からず傍観する王子らと、事態が把握出来ずにオロオロする周りの人々。

そんな重苦しい空気が漂う中、問題の渦中な人物が帰ってきた。姉妹で仲良く買い物を終え、戦利品を携えた小人さんとミルティシアは、ジョルジェ家の前でたむろう大勢の人々に目を丸くする。

「どしたん？」

「御兄様？」

呆然と尋ねる妹二人に、ウィルフェはバツが悪そうな顔を俯け、テオドールは今にも泣きそうな顔を上げた。

「チィヒーロは、どこか遠くに行ってしまうのですか？」

要領を得ないテオドールの言葉に首を傾げ、千尋はサーシャ達から話を聞く。そして呆れ返った。

「なんなん、それ。馬鹿なの？」

死ぬの？　と続けたいところを無意識に呑み込み、小人さんは真正馬鹿野郎様を胡乱げに見る。

そして事態を収束させるべく口を開きかけたが、それより先にミルティシアが甲高い声で叫んだ。

「お姉様の家族になんてことをっ!!」

ずんずん進み出たミルティシアは兄達を見上げ、さらに怒鳴りつける。

「のぞき見とかっ！　紳士にあるまじきはずかしいおこないだわっ！　そばづかえらは、御兄様に教えてはくれなかったのっ？」

　キッと睨みつけられ、小さく縮こまるウィルフェの側仕え達。

「そこのあなたっ！」

　問題の護衛騎士をビシッと指差して、ミルティシアはサーシャの前に立った。

「サーシャはお姉様のお姉さんですっ！　つまり、わたくしのお姉さんであり、御兄様達のお姉さんでもありますっ！　ジョルジェ男爵家の家族ですっ！」

「いや、しかし……、こいつらは奴隷で……、身分というモノを弁《わきま》えさせないと」

　しどろもどろな騎士の言い分をミルティシアは視線で黙らせ、ぴしゃりと言い放つ。

「身分など、どうでもよろしいわっ！　大切なことは、彼らがお姉様を愛するすてきな家族だということですっ！　家族をばかにされて、わたくしだってだまってはおられませんわっ！」

　辿々しく言葉を紡ぎながら、必死に叫ぶミルティシア。ふーふーっと肩を荒らげ、涙目な王女を、サーシャは信じられない面持ちで見つめた。

　一触即発な雰囲気が漂うなか、パチパチと小さな拍手が聞こえ、不穏な空気を霧散させる。

「お見事。言いたいこと全て代弁してくれたね、ミルティシア」

　紅葉のお手を可愛らしく合わせ、小人さんは件の騎士を捕らえさせた。驚き、狼狽えて叫ぶ騎士。

「なぜ私がっ？　私は侯爵令息だぞっ？」

　至極当然とばかりに喚く騎士の前に、大きな影が差す。

「私もだが？　なにか？」

そこにはドルフェン。小人さんらと買い物に出ていた彼は、同じ騎士として有り得ない暴言を撒き散らした男に怒り心頭。

だが、馬鹿なウィルフェの護衛は、まるで助け手が現れたかのようにドルフェンを凝視する。

「ああ、キグリス侯爵令息殿かっ、貴殿からも申してくれ、私は何も悪いことは言っていない」

その不遜な物言いに、珍しくドルフェンがキレた。心密かに想う女性をバカにされた彼とて、目の前の騎士には不倶戴天を突破しているというのに。

「そのように国王陛下へ申し開きすれば良かろう。貴殿が正しくば、悪いようになるまい」

清々しいくらい見事な愛想笑い。社交が苦手なはずのドルフェンに、こんな満面の笑みを浮かべさせるほどのことをしておきながら、ウィルフェの護衛騎士は、ああ、そうか……とばかりに頷いている。

これまた彼は知らない。国王夫妻が千尋に多大な罪悪感を持っていることを。彼女のためなら伝家の宝刀すら平気で振りかざすことも。

小人さんに起きた一連の不遇は一部の者にしか伝えられていないのだ。千尋を侮り、やらかす貴族がたまに現れるのは、そのせいである。

うわぁ……、えげつな。それしたら、どうなるか分かってるくせに勧めるかよ。

え〜〜……？　と、有り得ないモノを見る眼で見つめている千尋に気づかず、ドルフェンは艶めかしいくらい慈愛に満ちた見事な流し目をサーシャに向けた。

……はい。そうね。アンタ、サーシャ命だもんね。

こうして不用意なウィルフェの護衛騎士は、ドルフェンの思惑どおりなことを国王の前で吐露したらしく、近衛騎士から外され、登城禁止を言い渡された。貴族としては致命傷だ。彼の将来は完全に閉ざされる。

そして未だ怒り冷めやらぬミルティシアは、ウィルフェに向かってキャンキャン叫んでいた。

「わたくしの楽しい時間をだいなしにしてっ！　御兄様なんて、だいっきらいっ！」

「そんな……、すまない、ミルティシア。そんなつもりはなかったんだ。そなたらが、どんなことをしているのか見てみたかっただけなのだ」

こちらもまた絶望に顔を青ざめさせ、目玉を溺れさせている涙が今にも決壊しそうである。

オロオロ、わちゃわちゃする子供達を微笑ましく見つめ、サーシャが優しく声をかけた。

「取り敢えず中に入りましょう。お話はそこで」

彼女の柔らかな笑顔に押され、ノコノコと男爵邸に向かう子供ら。ふんっと鼻息を荒らげるミルティシアがサーシャの横を通った時。吐息のような呟きが王女の耳に聞こえた。

「……ありがとう存じます、ミルティシア様」

思わず振り返ったミルティシアの視界に入ったのは、ブンブン振られるサーシャの尻尾。すんっとした彼女の鉄面皮を裏切るモフモフを凝視して、なんとも言えぬ感情が幼い身体に湧き起こる。

そのたとえようもない感動は、幼女の小さな胸を一杯にした。

「サーシャは、わたくしのお姉さんなのよっ！　どうどうとしなさいっ！」

「……はい」

ほんのり香るサーシャの甘い笑顔。思わぬ眼福を受け、ジョルジェ男爵邸で御茶をしている間、ミルティシアはずっとサーシャの尻尾に絡まっていた。

ブンブン振られる尻尾を捕まえようと、楽しそうにはしゃぐ妹を見て、二人の兄らも手をワキワキさせる。

「サーシャ。その……な？　私も触ってみて良いだろうか？」

テオドールも興味津々で、コクコクと頷いている。まだまだ御子様な王家の子供達。

サーシャの尻尾にまとわりつく子供らは、この日、しっかりと話し合いをし、ジョルジェ男爵邸へ訪れる条件を決めた。


「御兄様っ！　お勉強は終わりましたの？」

「もう少しっ！　もう少しだからっ！」

うおぉぉっと机に向かうウィルフェを見つめながら、ミルティシアとテオドールは軽く肩を竦める。

「僕たちだけ先に行きましょうか」

「そうね、そうしましょう」

「うわあぁぁっ、待ってくれ、もう少しだからぁーっ！」

虚しく響くウィルフェの絶叫を背中に、二人は手を繋いでジョルジェ男爵邸へと向かった。

小人さんが出した条件は一つ。勉強や手習いで一定の進捗を終えたら遊びに来ても良いというモノである。

努力は報われるものだ。それをさりげなく日常に取り入れ、王家の子供達は学びを疎かにしなくなった。

努力とは習慣である。それと気づかせずにウィルフェ達を取り込んだ小人さん。

相変わらずちゃっかり者な千尋を、サーシャは瞠目して見つめる。

……ほんとに、貴女という方は。

そんな彼女も子供らの訪れを待ちわびていた。しきりに揺れる尻尾が微笑ましい。

遠目に見える小さな影を見つけ、その動きはさらに大きくなった。


しばし後に、王家の子供達のお姉さんと呼ばれるサーシャ。小人さん消失で落ち込んだ彼らを温かく見守り続けてくれた彼女の地位は、のちに不動のモノとなるのだが、そんな大それた未来が待ち受けているなど、今の彼女は知らない。

感情豊かに揺れる尻尾をドルフェンと楽しげに眺めつつ、今日も小人さんは元気です♪

後に伝説となる少女　～その名は小人さん～

とある世界に一人の王がおりました。

お日様のように煌めく金色の髪と瞳を持つ王様は、魔物と戯れ、大地と人間を繋げ、多くの幸せを世界に広めて渡り歩きます。

森と森を魔力で繋げて大地を潤し、豊穣を約束してくれる王。その光を宿したような光彩から人々は彼を金色の王と呼び、敬い讃えます。

アルカディアという世界にフロンティアという国を作り、世界中の空を翔た王の血族には、極稀に彼と同じ光彩を持つ人間が生まれ、初代である金色の王と同じ力が使えました。

初代に倣い世界を巡る金色の王達。

しかし、それも時代と共に忘れられてゆき、人々は、金色の王が繋いできた森を壊してしまいました。

結果、大地から魔力は失われ魔法は衰退し、文明は後退を余儀なくされ、荒《すさ》ぶ世界に不穏な空気が広まります。

その荒ぶ世界でただひとつ。揺るがぬ歴史を持ち、正しく森を維持してきたフロンティア。世界に残った、最後の魔法継承国。

今になって魔法を取り戻そうと躍起になる国々や、海を隔てて襲ってくる隣国と渡り合いつつ、フロンティアは世界を静観します。

そんな中、新たに生まれた金色の王が人々を巻き込み、神々に喧嘩を売り、時代を作ります。

ひとつの身体にふたつの魂。その片割れは地球からの転生者でした。

傍若無人にお城を駆け抜け、世界を飛び回る彼女についた渾名は小人さん。

様々な困難を乗り越えて勝利をもぎ取った小人さんは、地球からの借り物の魂でした。

世界の歪みを正すために、アルカディアへ投下された活性剤。

世界があるべき形に戻った時、彼女も地球に還さねばなりません。

しかし彼女に多大な恩を感じていた神々は、彼女の思うままの来世を約束します。


そして彼女は選びました。


再び、アルカディアの家族のもとへ帰りたいと。人生の続きを与えてくれと。

神々はそれを聞き入れ、小人さんをアルカディアの養い親の子に転生させます。

前世で、誰にも知られず幕を閉じた小人さんの伝説。誰も知らない伝説は本人の口から語られ、じわじわと人々に知らされる。

ドラゴ家に生まれた双子の誕生日。

日付変更された瞬間、幼女の中で何かが弾けた。ぱんっと風船のように弾けた何かからは、雪崩のように多くの記憶が溢れ出す。

泣いて、笑って、怒りに我を忘れたり。煌めく懐かしい悲喜交々なアレコレが、彼女の深層で眠っていた人格を呼び覚ました。

「……お父ちゃん？」

幼女を抱き込んで高いびきな厨房の熊さん。

「桜……？」

自分と似たような年齢の子供と横たわる懐かしい美女。

「……千早？」

共に生まれた愛おしい兄。

今までと前世が混ざり合わさり、小人さんは嗚咽のような声を上げる。

「うえっ？　うぇえっ？　うわあぁぁあんっ！」

いきなり泣き出した愛娘に驚き、深夜にもかかわらずドラゴは瞬間覚醒。ガバッと布団を撥ね上げ、だばばばっと涙を零す娘を大慌てて抱き上げた。

「どうした、チィヒーロっ！」

「う…ぇっ、ぅ…ぁ……っ」

言葉に詰まり、何も伝えられない小人さんは、必死にドラゴの首へ巻きつく。懐かしいお髭。ほんのり香るのは椿の香油か。桜と同じ匂いが、さらに幼女の胸を締め付けた。

記憶が封印されていただけで、小人さんの人格は幼女の中で夢現を漂う。すると彼女は、わけも分からず泣き喚きたい衝動に度々襲われた。

ここにいるっ！　アタシはここにいるっ！

ときおり、遠い眼差しをする父親を見るたび、魂が慟哭した。ドラゴが何を偲んでいるのか分かるからだ。

新たに生まれた我が子を見て、切なく歪むドラゴの顔。愛娘の中に探す、過去の憧憬。

お父ちゃん、アタシはここだようっ！

夢現でありながら、小人さんは叫び続けていた。それが、今、覚醒し、凄まじい勢いで一つに収束する。


「うえっ、ぅぇぇっ、……おど…う…ちゃぁん」

袖を絞るような嗚咽に交じる、懐かしい呼び名。

信じられない面持ちで固まったドラゴは、瞠目した眼をさらに見開かせ、怖々と呟いた。

「……チィヒーロ？」

万感の想いがこもり、こちらも絞り出すように頼りない声。

「アタシ…だよぅ」

ドラゴの視界の中で小さな両手を使い、とめどなく流れる涙を必死に拭う愛娘。その左手親指に輝く金色の爪を彼は見逃さない。

見つめ合う二人の脳裏に多くの思い出ピースが舞い踊る。それらが物凄い勢いでパチ、パチ、パチ、と隙間を埋め、構築され、長く虚無に満たされていた四年の月日を一瞬で巻き戻した。

小人さんは何度も深呼吸をして炙る心臓を落ち着けると、以前のように快活な笑みを浮かべる。

「……ただいま、お父ちゃん」

驚きを通り越して言葉もないドラゴ。

……神様、感謝します。

濁流のように湧き上がる感情の渦を喉元で抑え込み、ドラゴも泣き笑いのような顔で応えた。

「おかえり、チィヒーロ……ぉ」

あとは二人とも言葉にならず、ひしっと抱き合い号泣する。

深夜に起きた異常事態。おんおん泣き続ける二人を、何が何やら分からない桜と千早が黙って見つめていた。


「……なんともまあ」

只今、午前一時過ぎ。

ドラゴと小人さんの号泣で叩き起こされた伯爵家の家人たちは、未だ二人にされた説明が信じられず眼を見開いている。

二人を信じないのではない。その内容が信じられないのだ。まさに奇跡。

「……お嬢様なのですか？」

「まさか、このようなことが……」

ファティマは後宮で生きている。なのに、ここにも彼女がいる。そのパラドクスが理解出来ないサーシャとナーヤ。

「そういうこともあるんだろう？　おかえり、千尋」

桜は信じたようだ。日本改めキルファンにはあらゆる信仰が根付いている。依代に神をおろすとか、そういった知識が普通に存在する国だ。

だから千尋がファティマに憑依していて、分かたれた魂に新たな肉体をもらったという説明を、彼女はすんなり受け入れた。

なにより、今までの無垢な子供とは全く違う悪巧み顔。そこに煌めく好奇心旺盛な瞳を見れば、サーシャやナーヤも信じざるをえない。疑惑が払拭されるのも早かった。

「また一緒に暮らせるさぁ。創世神様、ありがとうっ！」

流暢に紡がれる言葉。ドラゴ同様、サーシャとナーヤの胸にも湧き上がる懐かしい感慨。桜ですら眼を見開いて真っ黒な瞳を震わせている。

一家揃って号泣を始めるのも御約束だ。

情の深い伯爵家は、夜が明けるころまで尽きぬ話と涙に濡れた。

記憶の封印が解けた小人さんは、人生の続きに狂喜する。

愛娘の帰還を喜ぶ家族や、近しい人々。

だが、それは、新たな秘密の始まりでもあった。


「これは極秘で」

ドラゴの膝にちょこんと座り、人差し指を立てながら真面目な顔で宣う幼女と、神妙に頷く大人五人。

ベージュの緩やかな髪を束ね、薄灰青色の瞳を持つ男性はロメール。彼は優雅な物腰で貴族然とし、微かに口角を上げて薄い笑みをはいた。

「金色の王が再度降臨となれば、ただでは済まないだろうしね。ここにいる五人だけの秘密にした方が良いいね」

得心顔のロメールにドルフェンが窺うよう尋ねる。こちらは灰色の髪に空色の瞳。がっちりとした強靭な体躯は彼が武人であると一目で周囲に知らしめていた。

「陛下にぐらいはお知らせした方が良いのでは？」

「なぜ？」

真顔でドルフェンを見据え、ロメールはどす黒い笑顔を浮かべる。思わず背筋に走る悪寒をドルフェンは気合いで抑え込んだ。

「君は知らないだろうけどね。ファティマ様になった途端、兄上は猫っ可愛がりになってね。ああ、もう、目に入れても痛くないだろうほどファティマ様にデレデレだよ？」

ふつふつと湧き上がる何かを発し、ロメールは、ふっふっふっと嗤いながら呟く。地の底から噴き上がる謎な黒い感情。

ファティマ様とは、以前に千尋が憑依していた王女殿下だ。

複雑怪奇な成り立ちから衰弱死しかかっていたところに千尋が覚醒し、浮浪児となって生き永らえた王女様である。

最終的に、救済の網に引っ掛かっていた彼女の魂は元の身体に戻り、王宮の両親に可愛がられているとか。

良かったねぇ、ファティマ。

思わず感慨に耽《ふけ》る小人さんの耳が、地を這うように低く呟くロメールの声を拾った。

「あんなに満足そうにファティマ様とおられる兄上に、なんでチィヒーロの帰還を知らせなきゃならないのさ。王の子でなくなったチィヒーロに関係ないでしょ？」

何か思うところがあるのだろう。肩を揺らして嗤うロメールの姿は一種異様。対峙しているドルフェンは高速で首肯する他ない。

識る者と識らぬ者の間に横たわる無情な温度差。ロメールの思考は、ほぼ八つ当たりに近い。

いや、分かるよ？　素直に懐いてくれる幼子は可愛いよね？　こちらのチィヒーロだって、ファティマ様の幸せを喜びこそすれ、何も文句なんか言わないさ。兄上達は何も知らないいんだしね？

……でもさ。

ロメールの眼が陰惨な翳りを帯びる。

アレは小人さんじゃない。チィヒーロじゃない。

どれだけロメールは叫びたかったことか。フロンティアを改革し、王宮を温かくまとめ、アルカディアを襲った脅威に立ち向かい、見事退けたのはファティマではない。……と。

王家に内情を話せぬ以上、呑み込むしかない理不尽の数々。

しかし毎日、心の中でだけ咆哮していた日々も終わる。自分の傍に戻ってきた幼女に酷く御満悦な王弟殿下。むしろ陛下達が知らないのが僥倖に彼は思った。

そんなロメールを胡散臭げに一瞥し、ドラゴは胸を張る。

「だが、まあ、金色の王とは言っても、今のチィヒーロは、正真正銘俺の子供だ。今度何かあったら、本気で王宮から出ていきますよ」

すぱっと言い切る熊親父様。

彼は、元千尋が憑依していたファティマの元養い親である。

訳もわからず浮浪児化していた小人さんを拾い、愛情一杯に育ててくれた奇特な王宮料理人。

焦げ茶色な髪に深緑色の瞳。髪と繋がるほどモジャモジャな髭を千尋にすり寄せ、未だ抱き締めたまま離さない。

その姿は、一見して森の熊さんだった。

「だねぇ。別にここでなくても暮らしていけるしね」

桜も千早を膝に抱きつつ同意する。

彼女は海を隔てた隣国、今は無きキルファン帝国の元皇女様。日本人の転移者により建国されたキルファンでも色濃く和の国の血を引く容貌だ。

彼女は色々と複雑怪奇な人生の果てに、ドラゴの嫁として思い切り良く嫁いできたのだとか。

これには小人さんも、ビックリだった。

だが、誰よりも頼りになる二人が両親ならば、心強いことこの上ない。

思わずにっこりと笑う幼女を守るように、キッパリ言い切る二人。

それに頷き、ロメールも同意を示した。

「勿論だとも。むしろ国王が許すなら、即座に逃げてほしいくらいだ。もうチィヒーロに苦労はかけない、断固守りに入ろう」

思わぬロメールの言葉を耳にして、四人は不思議そうに顔を見合わせた。

彼らは知らない。

ロメールがどれだけ後悔したか。煩悶に眠りも浅く、眠れても悪夢に見舞われる毎日。いつも、どこからかチィヒーロの声が聞こえる気がして、泣いてはいないかと無意識に眼が探していたり。

あんな小さな子供に世界の命運を担わせた罪悪感。

子供らしいことなど何もさせてやれなかった。もっと伸び伸びと無邪気に遊ばせてやるべきだった。王宮のアレコレに巻き込み、フロンティアのアレコレを背負わせ、終いには神との正面対決とか。

聞けば、危うく深淵の奈落に突き落とされかかったというではないか。とんでもない話だ。

たった二年の人生で、有り得ないよねっ？

そんな波瀾万丈を送ってきた幼女に、残りの人生くらい、まったりのんびり過ごしてほしい。彼は真剣にそう思う。

「王宮なぞ近寄らなくて良い。年相応に、遊んで学んで食べて眠れ。君は大人に守られて暮らすべき子供なんだ。……私達が本当に悪かった」

千尋の両手を握り、その柔らかく小さい指にあらためて感じる罪悪感。ドスドス穿たれた後悔の残滓《ざんし》が、容赦なくロメールを針ネズミ化する。

それは周囲にも理解出来た。

「そうだな。もうフロンティアは窮地を乗り切った。あとは楽しく暮らそう」

微笑むドラゴと桜。

「ならば、私を再び専属護衛にしてくださいませ。この剣を生涯あなたに捧げましょう」

膝をつき、真摯な眼差しで腰の剣を差し出すドルフェン。

慌てて千尋はブンブンと首を横に振る。

「いや、ドルフェンは侯爵令息でしょ？　伯爵令嬢の護衛なんて役不足じゃない？」

「次男坊です。いずれは分家筋の爵位を譲られるか騎士爵でもとって自立しなくてはならない身。拾ってくださいませ、チヒロ様」

ああ、そっか。

柔らかく微笑むドルフェンに、千尋も納得顔。

嫡男しか爵位は継げないのだ。ならばどのみち、ドルフェンは家を出るか部屋住みで実家を手伝うくらいしか選択肢はない。

あとは家同士を結ぶために政略結婚でもするか。

「お父ちゃん、うちにドルフェン雇える？」

おずおずと見上げる愛娘にドラゴは鷹揚な頷きを見せた。

「王宮の敷地に住んでるから、そういった者を雇う必要がないだけで、本来なら護衛の十や二十はいてもおかしくない身分だしな。キグリス殿ならば間違いはないし、大歓迎だ」

領地はなくとも伯爵となったドラゴには莫大な年給が出ている。貴族街に居を構え、数十の使用人を持つに十分な年給だ。

ただ平民気質なドラゴがそういったことに疎く、無頓着なだけ。

その答えに安堵の息をもらし、千尋がドルフェンの剣を受け取ろうとした瞬間、玄関から凄まじいノックの音が聞こえた。

訝りながらナーヤが出るが、そこで有能な家令は瞬間凍結。

硬直して微動だにしないナーヤを蹴倒して中に入ってきたのは、皆様見慣れた巨大蜜蜂様。

「メルダっ!?」

《我が王よ！》

メルダは手足をわちゃわちゃさせつつ、ドラゴに抱かれる幼女をガン見する。

黒髪に翡翠色の瞳。

しかし、その身に宿す金色の魔力は本物だ。以前のように迸る強大なモノではなく、内に潜む静かな焔のごとき煌めき。

カンテラの灯りみたいに、慎ましやかだが周囲を照らす、温かな光。

《まさかと思いました。……でも、この瞳が貴女様を感じて。ああ、お帰りなさいませ、我が王よ》

メルダの金色の瞳が千尋の金色の親指に共鳴し、仄かに光っている。

その瞳を撫でてやり、千尋は懐かしげに眼を細めた。

「ただいま、メルダ。生き永らえたんだ。良かったねぇ」

《はいっ、はいっ、我が王よ》

フルフルと小刻みに揺れるメルダの陰から、黒と黄色の縞々《しましま》な蛇と掌サイズの蛙が飛び出す。慣れた仕草で小人さんの腕や肩に絡まる二匹。

「ミーちゃん、麦太っ！」

さらにはメルダに遅れて、数匹の蜜蜂がやってきた。

部屋の中でホバリングする蜜蜂の一匹が、千尋の肩に張り付いてゴリゴリ頭を押し付ける。

「ポチ子さんもっ、元気にしてた？」

うきゃーっと舞い踊る幼女とモノノケたち。

久しく見なかったその姿に懐かしさを覚え、思わず何かがぶわっと胸に込み上げてくる大人一同。

ドラゴなど、すでに滝のような滂沱の涙を流しつつ、言葉もなく立ち尽くしていた。

しかしそこで、感慨深げに顔を見合わせる大人達と違い、ただ一人、蚊帳の外だった幼児が雄叫びを上げる。

双子の片割れな長男。ドラゴに良く似た焦げ茶色の髪に桜譲りの真っ黒な瞳。その瞳は恐怖に見開かれ、大きく揺れていた。

「あ――――っ」

いきなり現れた周囲の魔物に怯え、眼を見開いて絶叫する千早。

桜の胸にしがみつき、固まりながら、喉を張り裂けんばかり震わせている。

「ぎゃ――――っっ！」

「あれあれ、まあまあ、大丈夫だよ？」

大泣きし、あやしてもおさまらない千早を抱えて、桜は慌てて二階に上がった。

それを見送り、千尋は少し思案気に親指を咥える。

無意識に指をしゃぶりながら、小首を傾げる幼女様。あざといくらいの可愛らしさだ。知らず口角の緩む男性陣。

「兄ぃにに魔物は無理ぽ？」

残念そうに眼を潤ませる千尋に、ロメールらは難しい顔をした。

「麦太やミーちゃんくらいは大丈夫なのでは？」

多少大きくはあっても、この二匹なら通常のサイズだ。だが……、今の千尋の半分はありそうな蜜蜂様。

「ポチ子さんは無理かもね。いずれ慣れるかもしれないが、今は森にいてもらうか、千早には見えない屋根や庇《ひさし》のあたりに隠れていてもらうしか」

千尋の肩に張り付いていたポチ子さんの顔が、ガーンっと衝撃に凍る。

いかにも絶望的なその表情に、ロメールらは気の毒なんだけどと思いつつも、ほっこり温かい気持ちを禁じ得ない。

本当にモノノケらは表情が豊かだ。表情というか、雰囲気が場の空気を染めている。

どうしよう。

ちゅちゅと指をしゃぶりつつ考え、千尋は、はっと閃いた。

「沢山いたら良いんじゃないかな？」

ぱぁっと顔を上げた小人さんに、周囲は困惑する。

いや、それ、恐怖が倍増するだけなんじゃや？

目線で会話する大人らを尻目に、千尋はメルダに蜜蜂達の派遣を頼んだ。

今の王宮に蜜蜂はいない。

金色の王が居なければ、居る意味がないからだ。居るとすれば、伯爵邸の人目につかないあたりにチラホラ潜む程度。

だから千早も、以前は蜜蜂が王宮をかっ翔んでいたことを知らないし、見たこともない。

ロメールに国王へ説明をしてもらい、千尋の帰還は伏せたまま、ドラゴの子供らにメルダから贈り物として蜜蜂が派遣されるとの話を通してもらう。

元々、千尋が居なくなった後もドラゴ邸には見えないあたりに蜜蜂がたむろしていたため、国王は何の疑問もなく承諾してくれた。

ここから小人さんの魔物は友達大作戦が始まる。

今夜は間違いなく悪夢にうなされるだろう千早君に合掌♪

「人間は、慣れる生き物だよね」


目の前の光景に、ロメールはつくづくといった風情で呟いた。

お尻に捕まる千早を引きずりながら、幼児の足が届く高さをホバリングするポチ子さん。きゃっきゃと楽しげな千早を、のほほんと眺める小人さん。

「荒療治で押し通したのかい？」

苦笑を隠さぬロメールを見上げて、千尋は小さく首を振った。

「ううん、ポチ子さんの努力だよ」

幼女はふっくりと微笑み、何かを思い出すかのように視線を宙に彷徨わせる。

あれからやって来た蜜蜂らを邸に入れようとした千尋を、ポチ子さんが止めたらしい。

扉を内側から押さえ、イヤイヤと首を振りつつ見上げてくるポチ子さん。メルダ以外の蜜蜂は、言葉ではない思念で意思の疎通をはかる。

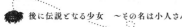

今のポチ子さんから感じるのは、断固とした拒絶。

他の蜜蜂を入れるなってこと？

怪訝そうな顔をしながら、取り敢えず千尋は蜜蜂達に邸の警備を御願いした。蜜蜂らは心得たもので、屋根や庇の上を陣取り、爛々と眼を輝かせる。

やる気満々な蜜蜂らに苦笑し、小人さんはこっそりと邸の中に入った。

そーっと応接室を覗き込んだ千尋の眼には、桜に張り付き床に降りない千早と、その周りをゆっくり歩くポチ子さんが映る。

本当にゆっくりと。つかず離れずな距離で、のたのた歩く巨大蜜蜂。

最初はぎゃん泣きしていた千早も、大人しくて動きの遅い蜜蜂を遠目にならなくなり、三日ほどして、ようよう桜の腕から床に下りた。

それでも逃げ回って剣呑な眼差しでポチ子さんを睨んでいた千早だが、慣れとは怖いもので、しだいにポチ子さんを気にしなくなる。

もちろん自分から近づきはしないが、のた〜のた〜と動くポチ子さんが、気づくと千早の真横に来ていたりとかして、それを眼にした瞬間、千早の絶叫が上がるなど、日がな賑やかなドラゴ邸。

てんやわんやな日々が過ぎ、十日もたった頃。

ある日、小人さんは真剣な面持ちの幼児と蜜蜂を目撃する。

ぽてりと座り、じっとポチ子さんを見る兄ぃに。

それと視線を合わさずに、じっと動かないポチ子さん。

小人さんが固唾を呑んで見守る中、ポチ子さんの足が、そっと千早の手に触れた。じわりじわりと足先を動かし、ちょんっとつつくポチ子さんに、びくっと大きく動く千早の手。

するとポチ子さんは、さっと足を引っ込めて悲しげに丸まる。

しょんぼり俯くポチ子さん。

それを感じ取ったのか、千早の指が恐る恐るポチ子さんの足に触れた。

確かめるように何度かつつき、次には、わしっとポチ子さんのもふもふな体毛を掴む。

驚くポチ子さんを余所に、わんぱくな幼児は、そのもふもふな体毛にしがみついた。

「やーらかいっ」

小さな両手に抱きつかれ、見えない涙がポチ子さんの大きな瞳に浮かぶ。

この時の歓喜に溢れたポチ子さんの顔を、千尋は生涯忘れないだろう。

ポチ子さんの粘り勝ち。

押して駄目なら引いてみろだよねぇ。

さらに押しまくろうとした千尋を止めたポチ子さんの英断に脱帽である。

もし、あのまま小人さんが押していたら、きっと千早のトラウマ案件になっていたに違いない。

今なら、そうと理解出来る小人さんだった。

人は己を基準として動くものだ。自分に出来ることは、当然、他の人にも出来るのだと錯覚する。

自分が平気だからといって、他もそうとは限らないのに、沢山周りにいれば否応もなく慣れるだろうと……漠然と考えていた自分に赤面する千尋だった。

危なかったなぁ。

テヘペロと舌を出して、小人さんはなに食わぬ顔のままポチ子さんと千早に交じった。

きゃっきゃと戯れる子供らとモノノケを、ナーヤとサーシャが温かい眼差しで見つめている。

そんなこんなで日々は過ぎ、丸一年もたったころ。ジョルジェ伯爵邸は人々の噂の的となった。

何しろ魔物がたむろう謎邸。

空には巨大蜜蜂が飛び交い、庭にはいつの間にか大きな泉が出来ていて何匹もの蛙の魔物が棲みついているし、その周辺にある畑や果樹園では、そこかしこに蛇の魔物も絡み付いている。

そして、一見して普通でない邸に住まう可愛い双子。

父親の勤める厨房を駆け回り、蒼と緑の御揃いのポンチョをひるがえす。時には魔物を従え、時には果物や料理の入った籠を抱え、二人は楽しそうに王宮の庭を走っていた。

以前にロメールから叱られた見せパンツの失敗をふまえ、今回の小人さんはオーバーオールを桜に頼んで製作。今で言うサロペットパンツである。

ジーンズ生地は無いから、代わりに厚手の布で。千尋は赤、千早は緑。某配管工兄弟そっくりな姿だった。違いは帽子がフードなことくらい。

たまに木剣でチャンバラごっこをしたり、元気一杯な子供の姿は周囲をほっこりさせる。

そんな子供が蜜蜂らに吊られて空を飛ぶのを見て、王宮では誰とはなしに異口同音が呟かれていた。


「小人さん？」


いつか見た懐かしい光景。

窓から身を乗り出して見つめる文官。

空を見上げて、ぼんやりと佇む騎士ら。

彼等に共通するのは、筆舌に尽くし難い憧憬の眼差し。

王宮の人々が眼を細めて見守る二人の幼子はドラゴの子供。その子らの抱えるバスケットには、きっと美味しい御菓子が一杯詰まっているに違いない。

だって、小人さんだもの。

魔物慣れしている王都や王宮では、この異常事態も微笑ましく好意的に受け止められていた。
主の森は健在で、クイーンやその子供らも存命だ。こんなこともあるだろう。
そう微笑み合う人々に邪気はない。
こうして小人さんの新たな人生が始まる。愉快で幸せな道行の決定された人生が。

ひょこひょこと盆踊りを披露しつつ、今日も小人さんは元気です♪

それぞれの結末　～ラルフレート～

「ようやくだ……。お美しくなられたであろうな」

ここは王宮のサンルーム。以前、小人さんが刺繍の会を開いた場所だった。そこに感慨深げな少年が一人。

彼の名前はラルフレート。由緒ある伯爵家嫡男様である。

今日は王家のお茶会。今秋、洗礼を受けられた王家の子供達と同年代を顔見せする親睦会だった。

フロンティアでは七歳の洗礼で魔力と属性を神々から授かる。そして初めて一人の人間として認められるのだ。中世観の強いアルカディアの国々は衛生観念も栄養状態も非常によろしくないため、多くの子供は七つになる前に儚くなる。

幸い、文化的に最先端なフロンティアには無縁な事柄だが、そういった悪環境を撥ね除けられる年齢の目安が七歳だった。七歳にもなれば身体が出来上がり、突然死のパーセンテージも皆無になる。親達の安堵は如何ばかりなものか。

そんなこんな諸々の事情で、どの国でも七歳の洗礼は盛大に祝われていた。

フロンティアも例外ではない。王家の末っ子ら、それも三人もが洗礼を迎えたのだから、その感動もひとしお。子供ら主催で洗礼者を集めたお茶会が催される。

綺麗に着飾った御令嬢や、ちょいと背伸びしたいお年頃の御令息ら。十数人集まるその中をラルフレートは誰かを捜すように泳いでいった。

集まった子供達の見本となるよう呼ばれた年長の何人か。それに名乗りを上げ、彼はこの場に参加する。


そしてラルフレートは見つけた。未だ褪せぬ思い出の少女を。


「ファティマ様、洗礼、おめでとうございます」

「ありがとうございます」

恭しく礼を執る人々から祝辞を受け、捜していた少女は淡く微笑んでいた。過去の彼が切実に望んでいた可愛らしい衣装を纏って。もう野良着姿ではない。

思わず紅潮するラルフレートの頬。それをパシっと叩いて鎮め、彼は伯爵令息らしく彼女の前に立つ。

「お初にお目もじいたします。メイン伯爵が嫡男、ラルフレートです。以後、お見知りおきを」

過不足ないラルフレートの挨拶。実際は初対面でないのだが、貴族らの噂話によるとファティマ王女は一部の記憶を失っているらしい。

それもピンポイントに、自分のやらかしがあった時期を。

これも神の配剤。忘れてもらえてて、本当に良かったっ!!

あれからも、ずっと彼の心を疼かせるやらかしの数々。さらに年齢を重ねたラルフレートが自覚したのはファティマへの恋心。

寝ても覚めても頭から離れない彼女の笑顔。気づけば溜息とともに考えてしまう彼女の今。

御飯は食べておられるか。まだ野良着のような服を着ておられるのだろうか。そんなこんながぞろ浮かび、王家とも唯一交流を持てる彼女の誕生日には、メッセージを添えたプレゼントを贈るラルフレート。

相手は王族だ。滅多に顔も合わせないし、幼い彼女は後宮から出てこない。手紙や贈り物も理由がないと不自然だしと、彼は年に一度の誕生日を利用して己の気持ちをしたためてきた。

『……あの日以来、心は募り、熾火のような気持ちが私を仄かに照らします。健やかなご成長を御祈り申し上げる』

当たり障りない文章に紛れ込ませた恋心。この吐露に彼女は気づいてくださっただろうか。

バクバク轟く心音を押し隠し、意識して笑顔に努めようとするラルフレートをファティマが見上げた。ふわりと揺らめく微風の微笑み。

ハビルーシュによく似た彼女の、儚いくらい薄い笑みを見て、途端に鎮火していくラルフレートの心臓。

「はじめまして。よろしくおねがいしますね」

流暢だが幼さの残る口調。覇気など欠片もない物静かな仕草。

……違う。

笑顔のまま眼を凍りつかせ、彼は体内の何かが急速に冷えていくのを感じる。汐が引くように、ざあ……っと消えていく何か。

その喪失感に圧され、ラルフレートは早々とファティマの前を辞した。

そんな彼を見据える辛辣な眼差しがあるとも知らずに。

「違った……。いや、違わないが。……変わってしまわれたのですね、ファティマ様」

お茶会会場の広間から抜け出し、ラルフレートはテラスの縁に両手をついて項垂れる。

彼の記憶に残る王女殿下は、はち切れんばかりの覇気に溢れていた。快活な笑顔、人好きする雰囲気、騎士団に囲まれて、ぴょんぴょん飛び回る元気な女の子。

厨房で見た時は妙に理性的で、年長なはずのこちらが狼狽えた。旅先で見送った時も、テキパキと指示を出し、騎士団を自ら指揮している姿に憧れた。当時の彼女には幼さなど微塵もなかった。

十一歳になった今の自分ですら、あれほどの態度はとれないだろう。やけに大人びて理知的だと思えば、口一杯に御飯を含んで、もっもっと御満悦だったりと不思議の塊だった幼女。

チラリと広間を一瞥し、ラルフレートは深々と溜め息を零した。

……私が勝手に彼女を美化していたのだろうか？　いや、それはない。あの時、羞恥に身悶えた経験が今の自分に生きている。

過去の黒歴史を乗り越え、一端の貴族令息として成長したラルフレートには王家から出仕伺いの手紙が来ているほどだ。

二人の王子様方の御学友兼側仕えになってほしいと。その関係から、今日のお茶会にも招かれた。

本来であれば、小さなお茶会とはいえ王族が主催する内輪のお茶会に伯爵令息である自分は参加出来ない。筆頭貴族である公爵や侯爵令息、令嬢あたりが妥当である。

なのに彼が招待されたのは、少しでも王子様方と交流を持ってほしい王家の意向だろう。

実のところラルフレート自身も乗り気だった。

出仕がかなえば、ファティマ様に近づける。あわよくば御兄弟の交流に紛れ込めると、ワクワクした下心満載だったのだ。

なのに蓋を開けてみたら、このていたらく。

記憶と全く違う王女殿下に失望し、丁寧に育んできた恋の若芽は見るも無惨に萎れてしまう。

……勝手なものだな。

勝手に憧れ、勝手に失望し。相手に対して無礼極まりないこと、この上ない。

きっと失われた彼女の記憶の中に、ラルフレートの知る王女殿下がいた。そして追憶の彼方へと消えてしまったのだ。

唯一の救いは、恋文とも取れかねぬメッセージに、ファティマから返事がなかったこと。無視されたか、気づかれもしなかったか。けれど、こうなってしまった以上、ある意味僥倖ともいえる。

細く長い溜め息で肺の中の澱んだ空気を全て吐き出し、ラルフレートは切なげに顔を上げた。

……一時の夢をありがとうございました。

実際問題、この熱病が続いたならラルフレートの人生は茨の道だったはずだ。

居並ぶ高位貴族らを押しのけ、一介の伯爵令息が王女殿下を射止めるなど至難の業もいいところ。並々ならぬ努力と研鑽を求められる。

……彼女が、以前の彼女であれば、それも吝《やぶさ》かでなかったが。

熱量の失せた彼の心は冷徹なまでにクリアだった。あらゆる事象を天秤に載せて、頭の中の算盤《そろばん》を弾く。

彼は不屈の恋心があったからこそ困難に立ち向かうつもりがあったのだ。恋の熾火が鎮火してしまった今のラルフレートには不可能である。

……思い出の中の彼女を愛そう。今のファティマ様は、ファティマ様であって小人さんではない。

「お慕いしておりました。チィヒーロ様」

懐かしい名前を唇に乗せ、ラルフレートは義理を果たすべくお茶会会場に足を向ける。

そんな彼を柱の陰から見つめる二対の双眸に気づきもせず。


「どういうことだ？　アイツはファティマに不埒な文を送ってきていた奴じゃないのか？」

「……なるほど？」

そこには王家のやんちゃ坊主二人。

ファティマに贈られるプレゼントからメッセージカードを抜き取って、妹に向けられた身の程知らずな思いをブチ壊してやろうと企んでいた兄達である。

国王夫妻にメイン伯爵令息を側仕えにせよと言われて、憤慨も顕な二人だったが。どうやら彼が慕情を向けていたのがファティマではなかったと気づき、テオドールは胸を撫で下ろした。

チィヒーロ……ね。

ラルフレートが惚れたのは、かつての小人さん。

こう言っては何だが、今のファティマは前のチィヒーロと似ても似つかない。日々ぼんやりとしている母親のハビルーシュ妃とウマが合うくらい、のんびりぽややんとした少女だ。

それが悪いとも思わないテオドール。年齢を重ねた今だから彼も理解する。

かつての幼女が、有り得ないほど忙しく働いていた事実を。

三歳の幼児がフロンティア辺境を回り、主の森を治め、各地の問題を解決し、土壌改良みたいな国政を指揮していたのだ。

今のテオドールでも、なんだ、それっ？　と思う。

かなり端折った又聞きや略歴にもかかわらず、この有り様。細かく調べたら、とんでもない事実が浮き彫りになるだろう。

だからテオドールは妹の平穏のために、このままを望む。

「どうやら彼は思い出に恋していたようです。現実を見て、正気になったみたいですね」

自分より七つも下な弟の穿った物言いに呆れ、ウィルフェは苦虫を噛み潰す。

「……テオが良いなら、まあ。チィヒーロには降るように縁談が来ているし、最高の相手を選んでやろう」

「……ファティマですよ、兄上」

未だに油断すると呼び間違えるウィルフェ。彼にとっては名前など些細な問題なのだろう。どちらも小人さんなのだと思っているに違いない。

王侯貴族の婚姻は政略が多い。自由な気風のフロンティアでも、その柵《しがらみ》は少なからずあった。そんな中でも良い縁をと望むファティマの兄二人。

テオドールは物言いたげな視線をラルフレートの背中に投げかけ、後日、彼に文をしたためる。

側仕えとして出仕を望むと。

こうして誰にも知られず小さな恋物語は終わりを告げた。

良い男予備軍達の明るい未来を願って……。乾杯♪

それぞれの結末 ～ドラゴ＆桜～

「ここが？」

「そう……」

紆余曲折ありつつも、夫婦となったドラゴと桜。

彼女から前に夫がいたのだと告白されたドラゴは、桜に頼んでヤーマンの街へとやってくる。そこに桜の夫である海斗《かいと》が眠っていると聞いたからだ。

「墓前に挨拶はしておくべきだろう。大切な桜を貰い受けるのだし」

慣れない正装を身にまとい、ドラゴは緊張した面持ちで万魔殿《ばんまでん》を訪れる。途中、多くの出店や屋台に興味津々の眼差しを投げかけながら。

こんなところは、やはり小人さんとそっくりで、桜は人知れず喉の奥を震わせた。

馬車で万魔殿へとやってきた二人だが、桜は、すっかり様変わりしてしまった店の風情に眼を見開く。

淫靡《いんび》な雰囲気を醸していた客引きもおらず、煌々と焚かれていた篝火《かがりび》もなくなっていた。代わりに下がるのは真っ赤な小田原提灯。大きなソレに書かれている文字は秋津國《あきつくに》。店先にあるのも慎ましやかな灯籠と、その提灯だけ。

扉をくぐった玄関からも頭上にあったはずの万魔殿の看板が消えていた。黒々とした墨で書かれた、あの忌々しい看板が跡形もなく。

……どうして？

唖然とする桜のもとへ、番頭らしい誰かが駆け寄って来た。愛想良く笑う男性は、入ってきたのが桜だと気づき、あんぐりと口をあける。

「いらっしゃいま……、え？　桜？　桜姐さんかいっ？　こりゃたまげたっ！　おおーい、皆ぁーっ！　桜姐さんの御帰りだよーっ！」

満面の笑みを浮かべて叫ぶ男性の声につられ、桜とドラゴが奥を見ると、どこからともなく大勢の人々が顔を出した。

「ええっ？　桜かい？　懐かしいねぇ、お城の仕事はお暇したのかい？」

両手を前掛で拭いながら顔を出したのは厨房の板前。

「うそぉ、やだっ、久し振りです、桜さん姐さんっ！」

その板前の後ろから飛び出してきたのは、以前、桜が妹分として後見していた女郎の少女。お披露目の衣装を下げ渡したりと、仲の良かった後輩である。その彼女もシンプルな紬の着物に前掛けをつけていた。

「どういうこったい？　女郎はやめたのかい？」

驚く桜に意味深な笑みを向け、二人は声を揃えて答える。

「『万魔殿はなくなりました』」

耳にした言葉が理解出来ず、素っ頓狂な顔をしたままの桜を、二人は万里《ばんり》のもとへと急かした。

その後をオロオロしながらついてくるドラゴを連れて。

「……じゃあ、廓《くるわ》は廃業したんだね？　良かったこと」

万里から事情を聞き、ふっくりと眼を細める桜。

小人さんがキルファンの古い上層部を潰したことにより、冤罪だった者らの名誉も回復され、正しく権利を取り戻したのだという。新しい上層部はフロンティア北に移動し、監獄廓だった万魔殿を開放したのだ。

しかし、中には一族郎党お取り潰しになった家などもあり、そういった行き場のない者らや、新たに市民権を得た元奴隷達で今のこの店は回っていた。

「せっかくだしね。農場や牧場を広げて秋津農園を始めたんだよ。新生キルファンの首都の名前をもらってね」

広大な農園経営のかたわら、食事処『秋津國』を始めたらしい。舞や御囃子《おはやし》で場を盛り上げるキルファン独特のおもてなしが受けて、なかなかに繁盛しているようだ。

「そうかい……。ほんに良かった」

思わず眼を伏せ、桜は深い感慨が胸を満たしていくのを感じる。それもこれも、全て小人さんのおかげだった。

しんみりと其々《それぞれ》の想いに耽る桜と万里を交互に眺め、ドラゴはおずおず声をかける。

「お初にお目にかかります。私はドラゴ。……こたび、桜を嫁に迎えまして……。御挨拶申し上げたい」

「ふぅん。桜の旦那か。知らせは受けてたよ。幾久しくよろしゅうに」

アセアセと頭を下げるドラゴを見て、万里は御貴族様らしくない彼に好感を持つ。元々が叩き上げの料理人らしいし、桜には似合いだろう。

慌てるドラゴを支える桜。彼女の母親代わりをしてきた万里は、微笑ましい光景を飽きることなく眺め続けた。

来たときは夕闇だった外が、積もる話や食事をしているうちに、とっぷりと暮れてしまう。

「もうこんな時間かい。早いねぇ。泊まっていくだろう？　二人共」

「よろしいのですか？」

「もちろんさ。元廓だしね。部屋は余っているし、防音も完璧だ。しっぽりしても構わないよ？」

煙管《キセル》を燻《くゆ》らせつつ、にぃ〜っと艶めいたことを囁く万里。それに頬を赤らめ、頭から湯気をたてるドラゴ。苦笑いしか浮かばない二人を一瞥し、桜は万里にヒラヒラと掌を振る。

「滅多なことをお言いでないよ。ドラゴは、そういう興を嗜むタイプじゃない」

「おやまあ、野暮天かい。苦労するね、桜」

「およし。それで良いのさ。色めいた駆け引きなんざ、もう、うんざりさね」

二人の交わす会話がドラゴには分からない。

眼をパチクリさせる熊さんに万里と桜は噴き出し、その夜はお開きとなった。

酒を片手に首を傾げるドラゴ。そんな彼に鷹揚な頷きを見せ、万里は下働きを呼び部屋の用意をさせる。

至れり尽くせりな歓待を受け、一晩泊まったドラゴと桜は、件の共同墓地へと向かった。

「ここが?」

「そう……」

小高い丘にそびえる大きな天然石。『愛』の一文字が刻まれた石の前に植えられた色とりどりな花を見つめ、桜は線香の束に火をつける。

フロンティアで洗礼を受けて覚えた生活魔法で。

「ふふ、不思議なもんさな。アタシが魔法を使えるようになるなんてね」

細く立ち上る線香の煙。仄かにまじる白檀の匂いが彼の人を思い出させ、桜は風呂敷に包んでいた一枚の着物を出した。

カストラート事案で彼女が身につけていた江戸小紋の着物。敵の返り血を浴びて赤黒く変色したソレを、ドラゴが不思議そうに見つめる。

「それは？」

「海斗……。前の夫の物さ。死ぬときは、コレと一緒に死のうと。棺に入れてもらうつもりで持ち歩いていたんだけど」

そこまで言って納骨穴に着物を投げ込み、桜はドラゴを振り返る。妖艶に眇められた濡れる瞳。それがこれでもかとドラゴに彼女の心を伝えた。

……これは役目を終えたのだ。もう、いらないだろう？　アタシは最後までアンタと一緒だ。

そうだ、もういらない。桜に何があろうと、俺がついていく。

にやりと共犯めいた笑みを交わし、二人は墓前で手を合わせた。愛だの恋だのという生やさしい関係ではないドラゴと桜。

小人さんを間に挟み、二人には離れられない絆がある。御互いの傷を舐めるような温《ぬる》いモノではない。油断すれば喉笛を噛み千切りかねない激情。

腑抜けたことをするなとドラゴを射貫く桜の眼光に気落ちを梳《くしけず》られ、彼は見事復活を果たした。

フロンティア騎士団の面々をも震撼させた桜だ。その気迫は凄まじい。

そうやって喝を入れられ続け、気づけばドラゴの胸に、とすんっと居座る桜。そして桜の胸にも、放っておけないコックコートの態が居座る。切なげに顔を俯け、ほたほたと声もなく濡れる態が。

理屈ではない、心の奥底が重なる感覚。二人が人生を共にしようと決意するのは早かった。

「桜を幸せにしてみせる。だから、安心して眠ってくれ」

「もう、誰かに生まれ変わっているかもしれないけど。アタシは幸せになるから、アンタも幸せにね」

まるで二人の門出を祝うかのように、重なる雲海の水面から光が射す。それは、ここから桜が旅立った時にも線香の煙を淡く揺らした何かだった。


…………。


物言わぬ何かは、物憂げな沈黙を風に乗せる。風に乗った沈黙は桜の耳元で弾け、ふっと消えた。

「アンタ……?」

誰かの声が聞こえたような気がする桜。

摑めそうで摑めなかった何かに気を取られつつ、彼女はドラゴとともに丘を下りていく。

……我が君。

雲海から零れ落ちた声ならぬ声。それは下界の風に攫われ、誰も知らないどこかへと運ばれていった。

時代に翻弄された切ない恋心を神々だけが知っている。

それぞれの結末 ～キルファン～

「かしこみ、かしこみ申す……」

ここはフロンティア王宮。

カストラート事案から一年と少し。慌ただしく過ぎていた日々も落ち着きを取り戻し、時代の変革が本格化してきた今日このごろ。

なぜかジョルジェ伯爵邸前に、大勢のキルファン人がたむろっている。

「今日は桜様に折り入ってお話があり、参上仕りました。御時間を頂けて恐悦至極」

御大層な口上を述べるキルファンの重鎮らにうんざりとした一瞥をくれ、桜は彼等を邸に招き入れた。

「……で？　話ってのは？」

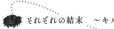

「実は……」

促された彼等の口から語られた内容に、桜は青天の霹靂。予想の範囲内ではあったが、桜と克己を初代の国王夫妻にしたいという内容である。

新生キルファンの建国を始めて一年と少し。ようよう形になってきた国を治めるため、新たな王家をたてることになったらしい。元々一国が丸々移転してきたようなものなのだ。頭をすげないと落ち着かないのも分かる。

ただ、そこで問題が発生した。

心あるとされ移転してきた貴族の中に、皇族がいなかったのだ。特権意識に凝り固まり、平民どころが身分ある者らすら虫けらのように扱ってきた彼等は、消えゆくキルファンから出られなかったのだとか。

「今思い出しても震えを禁じえません。……船で逃げ出せた我々と違い、彼の方達は見えない壁に阻まれ、キルファンの大陸ごと闇に呑み込まれてゆきました」

あの日、キルファンは消失した。

誰もが寝静まる深夜。突如、空に大穴があき、大地が凄まじく揺れ始め、飛び起きた人々は突然の天変地異に顔を凍りつかせる。

何が起きたのかと確認に走った結果、この小さな大陸が徐々に隆起していることが判明した。

浮かびつつある大陸と、呑みこまれそうなほど深く真っ暗な空の穴。この二つがキルファンに何をもたらそうとしているのかは明白だ。

なぜなら、橘翁《たちばなおう》はあらかじめ神々から神託を受けていたから。

《いずれキルファンは消えます。大陸ごと別な場所へと移動させます。空に穿たれた穴を見たなら逃げなさい。キルファンの海域よりも遠くへ》

それが今か……っ！

前もって知らされておらねば、一網打尽である。

『脱出だっ！　急ぎ用意していた船に、皆ここから脱出せよっ！』

異常事態を察して起きていた者らは、蜂の巣を蹴飛ばしたかのような大騒ぎ。結果、殆どの者が無事に船へと逃げ込めた。人口の大半がフロンティア北に移動していたのも幸いして、船の用意は十分に足りたのだ。


なのに……。


『誰かあるっ！　余をここから出せぇぇっ！』

涙目で顔をひきつらせる陸人《りくと》皇帝。

彼の乗る船は、波止場から一ミリも動けなかった。まるで海が凍りつきでもしたかのように、揺れることもなくそこに佇んでいる。

『何が起きて……』

他にも多くの船が微動だにせず残っていた。船が駄目ならと、海に飛び込む人々。しかし、そのうち何人かは波止場あたりから抜け出せたものの、ほとんどが再び見えない何かに阻まれた。

『どうしてっ？』

『た…っ、助けてくれぇっ！』

抜け出せた者を救助しつつ、他の者らも何とか救出しようと試みたが、いつの間にかこちら側にも見えない壁が立ちはだかっていた。

狼狽える人々を余所にキルファンの大地は浮かぶ速度を増し、ぽっかりと大穴を残して上空の暗闇に消えていく。

メキメキと数多な瓦礫の塊を落としながら、上空へ誘われる巨大な陸地。パノラマ全開で展開される大惨事を目の当たりにして、誰もが言葉を失った。

そして、ごお……っと音を立てる真っ暗な穴に呑み込まれ、一陣の風と共にキルファンは消える。

驚愕の眼差しの集中砲火を受けつつ、空一面を覆い尽くすよう空いていた穴は、何事もなかったかのようにシュンっと音をたてて閉じた。

大陸が消失した大海原に残されたのは、多くの船と、波が止まり、巨大な穴の空いたキルファン跡地の残る海域。

だがそこで橘翁は現実に引き戻される。

波が止まっている＝あのへんだけ時が止まっているのではないかと。それに気づいた瞬間、彼の怒号が船の間を駆け巡った。

『全速離脱ーっ！　早くここから離れろーっ!!』

顔面蒼白で叫ぶ彼に慄き、船は全速力でキルファンの海域から脱出していく。そしてしばらくして海が動き出したらしく、凄まじい勢いでキルファン跡地に水が流れ込んでいった。

その流れに、ジリジリと引き寄せられる船団。

『呑み込まれたら終わりだっ！　魔道具の出力最大で疾走《はし》れーっ！』

そう。ぽっかりと空いたキルファン跡地。広大な海域を埋めるほどの海流が動けば、発生した渦に巻き込まれ木造船など木っ端微塵である。

海難事故の被害者の大半は、事故そのものではなく、沈みゆく船の起こす渦に巻き込まれて死亡するのだ。あれほどの大穴を埋める水が、どれくらいの渦を作るのか予想もつかない。

四方を海に囲まれるキルファン人は、それをよく識っていた。ゆえに橘翁の叫びを瞬時に理解し、全力でキルファンの海域から逃げ出したのである。

ほうほうの態で小島群に辿り着いた橘翁らは、小国に、急ぎゲシュペリスタへの報告を頼んだ。

そしてキルファン消失の報がフロンティアにもたらされたのだった。

当時を脳裏に描き、ぶるっと背筋の寒気を抑えられない橘翁。

それらを聞き及んでいた桜は、因果応報の四文字を思い浮かべる。

兄を筆頭に逃げ出せなかった者らは咎人《とがにん》なのだろう。過去に某かの罪を犯し、神々の不興を買ったに違いない。

人口十万人ほどしかいなかったキルファンだ。多くの人々は徐々にフロンティア北の荒野へと移動し、キルファン消失当時には一万人も残っていなかった。

特に脛に傷を持つ者は、身分をかさに着られない新しいキルファンで肩身の狭い思いをするため、未練がましく居残っていた。

そういった輩が野放しのままでは、いずれ新しいキルファンの足枷となる。ゆえに神々が処分してくださったのだろう。桜は、そう思った。

実際は貸与した魂を回収するため、地球の神が悪人らを選んだだけの話なのだが、彼女は知らない。

「……で？　皇族がいなくたって国は成るだろう。正しく政《まつりごと》を行える者を王に据えたら良いじゃないか」

居並ぶキルファンの重鎮らが言いたいことを察し、桜は大きく舌打ちする。

「そのように仰いますな。キルファンは生まれ変わったのです。過去の経緯を水に流してくれとは申せませんが、最後の皇族である桜様を旗頭に頂けたら、この老骨、思い残すことはございません」


老骨などという年齢でもないくせに、情に訴えようとする橘翁の狡猾さに桜は閉口した。

彼は過去に、桜をよく守ってくれたからだ。家族から与えられなかった親愛を惜しみもなくくれ、桜も幼い頃は、じーじと慕ったものである。

そんな彼の願いを無下にはしたくないが。

彼女はそっとお腹をさすり、答えを待つ橘翁を正面から見据えた。

「悪いけど、アタシゃもう所帯持ちなのさ。あと半年もすれば子供も生まれる。諦めておくれね」

満面の笑みで答える桜に、今度はキルファンの御歴々が青天の霹靂である。

「御結婚されたとっ？　聞いておりませせぬぞっ！」

「言ってないし」

しれっと宣う桜。

キルファンに知れたら面倒になることを熟知していた彼女は、フロンティア国王とロメールにだけ報告して質素な式を挙げた。身内だけの穏やかな式を。そこに克己もいたのだが、彼は桜の平穏のために沈黙を守る。

「なんてことだ……」

「いったい、どうすれば……」

「知ったことかい。今のアタシはジョルジェ伯爵夫人。フロンティア貴族の一人になったんだ。キルファンはキルファンで何とかおしっ」

ぴしゃりと言われ、とぼとぼ帰路につく橘翁ら。

悄然と背中を丸める彼等の後ろ姿を見送り、桜は深い溜め息をついた。

これで諦める連中ではない。それでも……。彼女の頬が甘く緩む。

桜の脳裏に飛び出してきたのは、情に篤い厨房の熊さん。お玉とフライ返しを両手に仁王立ちするドラゴがリアルに想像出来てしまい、彼女は喉の奥で笑った。


お父ちゃんが何とでもしてくれるだろうさ。

ほくそ笑みながらお腹を撫でさする桜。


彼女の予想どおり、生まれた子供らにキルファンの王位をと突撃してきた御歴々。

「お一人っ！　お一人で良いのですっ！　キルファンの貴族らとの縁結びをーっ！」

「俺の子供だっ！　一人もやらんっ！」

ガーッと橘翁を蹴倒しまくるドラゴを、微笑ましく見つめる桜。

キルファンとジョルジェ家の仁義なき戦いは、ここから何世代も続くこととなる。

後の子弟の穏やかならざる未来に乾杯♪

それぞれの結末 ～マルチェロ王子～

「マルチェロ王子様？」

「はい。お忘れだと聞き及んでおりますが、それなら、あらためてご挨拶を。フラウワーズ国王が第二子、マルチェロと申します」

終わる恋もあれば始まる恋もある。

にこやかな王子然とした少年に、ファティマは首を傾げた。以前とは全く違う柔らかな風情の王女を見て、マルチェロ王子も眼をしばたたかせる。

これが……あの幼女か？

彼の記憶にある小人さんは、大人顔負けの辛辣な笑みを湛え、皮肉げな眼差しを投げかける子供だった。

美味しい物に目がなく、青臭い正義感を理屈で虚飾して、万事思うがままに進めてしまう風雲児。

その理屈がまた理に適っており、大の大人をタジタジさせる始末。

そんな彼女が幼児退行し、当時の記憶を失ってしまったと聞き、すぐにでも駆けつけたかったマルチェロ王子だが、カストラート事案の後始末や復活した国境の森の保護に彼は追われていた。その上、新たな農耕地の開拓まで重なり、とてもフロンティアに向かえる時間が取れなかったのだ。

フラウワーズからは片道三週間はかかる距離である。滞在期間を加味し単純計算しても往復二ヶ月。当時は泣く泣く諦めたマルチェロ王子だった。

そうして瞬く間に時が流れ、ようよう時間が取れるようになった彼は、思い切り良くフロンティアに留学する。

この数年、国境の森を植樹などで拡張してきたフラウワーズ。彼の国境周辺には少しずつだが魔力が復活していた。まだまだ微々たる兆しに過ぎないものの、これを好機と捉えた彼は、魔法の正しい在り方を学ぶため、落ち着いた国を父王や兄に任せて、フロンティアまでやってきたのである。

高等部に編入し、王都の貴族学院に通うことになった彼は、ただいま入学式の真っ最中。同じく初等部に入学したファティマらと親睦会で当たり障りない挨拶を交わしていた。

そしてマルチェロ王子の胸を過る酷い喪失感。

そうか……、私のことも忘れてしまわれたのだな。

なんとも虚しい風が、穿たれた心の穴を吹き抜けて心悲《うら》しい音を響かせる。もう、あの快活な笑顔の少女はいないのだと。

憐憫を乗せた複雑な視線をファティマに向け、気を取り直しつつ学舎で学ぶようになったマルチェロ王子は、そこここで不穏な噂を耳にする。

「平民に育てられたと聞きますわ。国王と側妃様の養女といってもねぇ？」

「森の主と懇意にしておられるとか。こう言っては何ですけど畏れ多くありませんこと？　仮にも初代様の眷属でしょう？　恥知らずですわよね」

ヒソヒソ囀《さえず》る噂雀ども。

元々、小人さんの正体は王宮でも極秘だった。上層部のみの秘匿案件。記憶はおろか、金色の瞳まで失ってしまった今のファティマを若い世代は金色の王と認めない。

何かにつけ見下され、孤立するファティマ。

仲良くしていたミルティシアや、兄のテオドールが隣にいたので大事にはならなかったが、それがまた周囲の嫉妬を煽った。

マルチェロ王子から見れば、ファティマとテオドールはそっくりだ。双子といっても過言ではない。

王子は知らないが、事実、二人は双子なのだから当たり前なのだが。

しかし王家の醜聞を隠すため、見落とされた遠縁をドラゴがたまたま引き取り、ソレを養女にしたという形式がファティマの立場を悪くする。

遵守されるべき身分と血筋。王女とは地位であり、血脈を明らかにする身分とは別物。古き血脈を第一とする王侯貴族から見れば、ファティマは侮られても仕方がない存在だった。

小人さんに多大な恩を持つ王宮上層部が、彼女を甚く大切にするのも、その憤懣を煽る一因である。

下賤育ちで血も遠く、金色の髪を持つだけな養女。精々、どこかの貴族に下賜されるが関の山だろうと嘲笑う貴族学院の生徒達。

まだ七歳の幼子を取り巻く劣悪な環境。

本来の小人さんを知るマルチェロ王子は、烈火の如き厭悪が全身を逆流していく。自分でも驚くほどの怒りが身のうちを暴れ回っていた。

貴様らに何が分かる？　常に危険に身を置き、長旅を続け、世界をより良くしようと努力を重ねたチィヒーロに、お前らが何を言うかっ!!

ギリっと奥歯を噛み締めたマルチェロ王子の脳裏に浮かぶ、まるで昨日のことのような痛恨の記憶。

「王女殿下っ!?」

いきなり地を穿った稲妻の雨あられ。絶叫する王子の目の前で小人さんは消え失せた。

ついさっきまで森の主や子供らと踊っていた幼女。国境の森に着いてから、ハイタッチするように飛び跳ね、カラカラと楽しそうに笑っていた小人さん。

それが神妙な面持ちで大地に手をつけた瞬間。

空から轟く大音響とともに、宙を劈いた複数の稲光。眩《まばゆ》いそれに視界を奪われた周囲の人々が慌てて眼を開けた時、そこに小人さんの姿はなかったのだ。

「いったい、どこへっ!?」

狼狽えどよめくフロンティア騎士やフラウワーズ軍。その喧騒を余所に、森の主たるモルトが地面に爪を滑らせる。

書かれた文字を見て、周囲はマルチェロ王子を含み、凍りついた。

《大地を穿つ稲妻の雨は神々の審判。姿を消したということは、王が天上界に招かれたことを意味する》

「神々……?」

何かを含んだような様子の小人さん専属護衛騎士。名前をドルフェンといったか。マルチェロ王子は、過去に彼から突きつけられた剣の切っ先を思い出した。

迸る憤怒と据えた眼に浮かぶ鋭利な眼光。今振り返っても、王子は全身が恐怖で粟立つ。

そんな忠実な護衛騎士が、この世の終わりのような顔でモルトに説明を求めていた。

「チヒロ様が神々に召喚を受けたということですか？　戻って来られるのでしょうかっ?!」

必死の形相のドルフェンに頷き、巨大蛙は続けて大地に爪を滑らせる。

《神々の御心は分からぬ。だが全てが終わり、戻るのであれば、きっと始まりの場所だろう》

「始まりの場所……」

はっと顔を閃かせ、脳筋騎士は小人さん部隊に撤収を命じた。

「王宮だっ!!　チヒロ様の全ては王宮から始まったはずだ!!」

その言葉に大きく頷きつつ、フロンティア騎士らはマルチェロ王子に暇乞いをして、あっという間に駆け出していく。

何も手立てがなく、ただ茫然と見送っていた当時の自分。

後日、小人さんの帰還を知らされたものの、その記憶が失われていると知り、マルチェロ王子は長く臍を噛んだものだ。

酷く惨めな気持ちになり、未だに腹の奥底で燻る屈辱の焰。あの時、自分は彼女を救えなかった。拐われるのを阻止出来なかった。また同じ轍を踏むのか？　彼女の窮地に手を拱《こまね》いているだけなのか？

自問自答の果てで彼は決心する。今度こそ小人さんを守ろうと。

「ファティマをフラウワーズの王妃に？」

他の面々に違わず、青天の霹靂な国王夫妻。

「はい。成人した私は正しく王太子となりました。ゆくゆくは王に。その隣には、ぜひともファティマ王女に寄り添うていただきたい」

優美に微笑むマルチェロ王子。

彼は学業の傍ら、頻繁にフラウワーズへ手紙を送り、父王を説得して今回の縁談に持ち込んだ。年齢差で渋る重鎮もいたが、ファティマでなくば妻にしない。生涯独身を貫く。それでも良いな？　と、脅し透かし、無理やり承諾をもぎ取ってきたのだ。

もちろん、それはフロンティア側も同じ。現在、十六歳のマルチェロ王子。ファティマが適齢期になる頃、彼は二十代後半だ。王となる者を周囲は放っておくまい。ファティマが正妃として婚約しても、側妃を捩《ね》じ込み、子を成そうと企むことは想像に難くない。

側妃やその子供達が実権を握るフラウワーズ王宮に嫁いで、はたしてファティマは幸せになれるだろうか。

複雑な国王夫妻の胸中を感じ取ったのか、マルチェロ王子は信じられないことを口にした。

「私の妻は一人と決めております。ファティマ様がお輿入れなさるまで。なさってからも、他の妻を迎え入れないと誓いましょう」

本来、フロンティアは王侯貴族を国外に嫁がせない。金色の王が生まれる関係から、王家の血筋に連なる者を外には出せないのだ。

だから万一嫁がせるなら相手に盟約を求める。未来永劫、フロンティアに敵対はしないと。

フロンティアは魔法の生きる国である。盟約も、破れば倍返しな天罰覿面《てきめん》の代物。魔法を手に入れたい周辺国から求められる縁談は多いが、これを提示すれば大抵が諦めてくれた。

中世の蛮勇真っ盛りなアルカディアである。どこの国もそれなりの野心があり、あわよくばと色々企んでいた。そんな輩には、軛《くびき》をつけられるも同然な盟約など呑み込めない。

今回もそうなるに違いないと思っていた国王夫妻だが、マルチェロ王子はにんまり笑って二つ返事で了承した。

「我が国はフロンティアの食料輸入に頼っている国です。古くから友好的で小さな諍いも珍しい。今さら敵対などと考える理由もありません」

あっけらかんと言い放ち、マルチェロ王子はさっくり盟約を終えると、ファティマに求婚する。

「歳の差はありますが、貴女が追いつくのを待ちます。ゆっくり親交を温めましょう」

妹の前に跪《ひざまず》いても目線がほぼ変わらないマルチェロ王子。その姿に啞然とするテオドールとウィルフェは、これまた烈火の如く怒り狂い父王のもとへ飛び込んでいった。

「何がどうしてっ？　フラウワーズに嫁がせるとか、何考えてるんですかっ？」

国王夫妻がファティマを猫可愛がりしていることを知るテオドールには、今回の縁談が無謀にしか見えない。フラウワーズは片道三週間もかかる遠方だ。トチ狂っているんじゃないかと、幼い炯眼が物語る。

「そうですっ！　ファティマには沢山の縁談が来ているはずです！　何もフラウワーズを選ばなくても……」

激昂し捲し立てる息子らを見据え、国王は物憂げに口を開いた。

「そなたらの言わんとすることも分からなくはない。だが、実際にはどうだ？　ファティマを歓迎してくれる若者がおろうか？」

現状を示唆され、言葉を詰まらせる兄弟。そういったことに疎いウィルフェですら憤慨している、貴族学院の生徒達の態度。まことしかやに陰で囁かれるファティマへの悪意を、彼等とて知っていた。

時が解決するかもしれないし、しないかもしれない。未来は誰にも分からない。

「わしが見たところ、マルチェロ王子は心からファティマを歓迎してくれておる。しかも、ファティマが適齢期になるまで待つとも。神々との盟約にも怯みはしなかった。これ以上の良縁があろうか？」

並べられた事実に反論出来ないウィルフェとテオドール。そこに静かな声で王妃が呟いた。

「殿下はファティマ以外娶らないそうよ。妻はたった一人。唯一無二で良いと仰っていたわ」

王妃の言葉を聞き、さすがに眼を見開く兄弟。

王たる者が一人しか妻を迎えないなど有り得ないからだ。力ある者が複数の妻を娶り養うのは当然。どこの国でも当たり前の図式である。優秀な跡継ぎを得るため、多くの子供を作らなくてはならないのが、王という生き物だ。だが……。

今は比較的平和になった後宮でも、少なからずの軋轢はある。基本的にそれぞれの妃は専用の宮を持ち、そこから出ることは滅多にない。子供らもだ。

母親の血統を家族とし、他の妃らには無関心。子供達も完全別離で育てられ、後宮で擦れ違う際に挨拶する程度。交流や親睦など全くない。正直、兄弟という意識すら希薄である。

今の王妃が大らかなため、季節の挨拶でお茶会を開く程度。

これでもまだマシだろう。その昔はフロンティアの後宮でさえ権謀術数が蔓延り、妃や子供らの虐待や不審死が相次ぐドロドロとした伏魔殿だった。それを思えば、ただ無関心なだけである今は天国だ。

そんな状況なのにテオドールとウィルフェラが親密なのは、小人さんのおかげである。当時の彼女が王宮中を掻き回してくれたせいで、なし崩し的に関わりを持ったのだ。

王妃やハビルーシュ妃はもちろん、気難しげで我が儘な第一側妃すら、小人さんに興味津々である。

小さな妹が繋げてくれた王宮の環。しかし、小人さんの記憶が失われたことで、その環も徐々に壊れつつあった。

だからテオドール達は夢見る。父王のように何人もの妻をおざなりに扱う希薄な家族ではなく、愛する女性との子供に囲まれた温かい家庭を。

唯一無二。そのような伴侶に出逢えたら、どれほど幸福なことか。

息子達の羨望を察したのだろう。王妃は小さな嘆息を扇の裏に隠し、羨ましそうに言葉を続けた。

「誠実な方だと思うわ。唯一無二とか。……素敵ね」

チラリと視線を流された国王が所在なげに目を泳がせる。彼は王妃と結婚する前から六人もの妾妃を持ち、子供もいた。庶子らに王位継承権はないとはいえ、王妃が心安らかでいられたかといえば、答えは否だ。

大人の事情を理解していないウィルフェは首を傾げ、察したテオドールは苦虫を嚙み潰す。あまりにマルチェロ王子は好条件すぎた。これで嫁ぎ先が遠方でさえなければと、テオドールすら思う人物である。

そんなこんなで元々、とても仲の良い友好国同士だ。複雑な心境の兄らを余所にトントン拍子で話は進み、マルチェロ王子の婚約者になったファティマを侮る者もいなくなる。むしろ、下にも置かない待遇となり、腫れ物を扱うような微妙な空気が学院や王宮に漂った。

良いか悪いか微妙なラインだが、少なくとも陰口やあからさまな侮蔑が減ったのは僥倖である。

……ただ、別な問題が持ち上がりもしたのだが。

「なぜ、ファティマ様が嫁ぐのですか？　順当にいくのならば、姉たる、わたくしどもにお話が来るべきでしょう？」

第一側妃の娘御二人とテオドールの姉二人。テオドールの姉らは、まだ九つだ。ファティマとそう変わらない。だが第一側妃の娘は御年十三、十五。マルチェロ王子との年回りも良く、なぜにファティマと縁談が結ばれたのか納得いかないのだろう。

キャンキャン詰め寄る姫君達に閉口する父王を一瞥し、テオドールは窓から庭を眺める。そこには微笑ましい二人が長閑に御茶をしていた。

「それでね、わたくしね」

「はい、ファティマ様」

きゃきゃ、うふふと楽しげなファティマを見つめ、眼福に眼を蕩けさせるマルチェロ王子。婚約してからというもの、三日と空けずやってくる彼を胡乱《うろん》げに見下ろし、テオドールは深々と溜め息

をついた。

マルチェロ王子の瞳に浮かぶ深い慈愛。それが情欲であったならテオドールは全力で反対しただろう。そういった邪《よこしま》な嗜好を幼い者に持つ者もいると聞く。

だが、彼はそうでなかった。ただただファティマを無条件に慈しんでくれていた。


今は恋でも愛でもないマルチェロ王子の想い。

恋でなくとも情は育つ。そしてそれは、いずれ愛となる。そこまでに至る過程など問題ではない。

のちに幸せな結婚をする二人の恋物語は、ここから始まった。

すこぶるつきな彼等の未来を祈りつつ。乾杯♪

それぞれの結末 ～シリル＆アンスバッハ家～

「ヘブライヘル様……。愚王は、滅びました」


カストラート辺境の小さな村で、シリルは清楚な花束を持ち佇んでいる。

彼女の前には無縁墓地端にある墓標。

かつて、アンスバッハ辺境伯と呼ばれた男性が眠る墓標だ。

前のカストラート事案で、フロンティアに敗北を喫したカストラートはその責をアンスバッハ辺境伯に押し付けた。

正体が割れた以上、もはや役にもたたない家門だ。しかも連れている従者はカストラートに否定的な罪人ばかり。

体の良い生け贄だったのだろう。

大きな戦となり、誰かしらに責任を押し付けねばならないカストラートは、その全ての責任をアンスバッハ辺境伯に背負わせたのである。

「全ての責を、私が引き受けます。なので連座だけは御許しください」

ヘブライヘルは監禁された屋敷の部屋の中でカストラート王からの使者に清しく顔を上げて答え、伏し目がちに息子達を見る。

「我等も共にと申し上げたではないですかっ」

「なぜ、いまさら、そのような？」

狼狽える息子達。

「そなたらが失われれば、本当にアンスバッハ家は終わる。さらには、命運を共にしてくれた我が家の者達の命もな」

ハッと顔を強張らせるヘブライヘルの息子達。

先の戦で半数ほど失われたが、辺境伯家の従者や騎士達はこの屋敷の地下に囚われていた。主達の世話をするため、シリルと数人の者だけが傍に控えている。

「そなたらは最後のアンスバッハ家の者だ。我が家に忠誠を誓う者達を見捨ててはならない。私の命一つで購《あがな》えるなら安いものよ」

柔らかな父親の微笑み。

初めて見るアンスバッハ辺境伯の穏やかな様子に、息子達もシリル達も反論を封じられた。

国家間の謀略で流され、奴隷のように長くカストラートに仕えてきていたアンスバッハ辺境伯家。

疲弊し、疲れ切っていた家門に、ようやく安息が訪れたのだ。それも最上級の死に場所まで用意されて。

息子達のために死ねるなら、本望だ。

その安堵が顔に出ていたのだろう。

死にゆく覚悟を決めた父親の横顔に、息子達は言い知れぬ哀しみを覚え胸を詰まらせた。かける言葉が見つからない。

時代に翻弄された一家門。こんなことは、どこの国でもよくある話だった。権力者の尻拭いに抹殺され、連座で晒し首とかが横行する中世。そんな荒ぶ世界のなか、たった一人の首で済ませられるならば確かに僥倖だろう。

ただ、それを本当にカストラート王が受け入れてくれるのであればだが。

「私の最後の願いだ。皆と共にこの国から逃げ延びなさい。仮にもカストラート王家とフロンティア王家の血を引く、そなたらだ。何処かしら受け入れてくれる国もあろう」

事が終われば事実は風化する。忘れられた者達が生き延びることは可能だった。連座で息子達まで失われれば、捕らえられたアンスバッハ家の者達もきっと後を追ってしまうだろう。

カストラート王家に反抗し、罪人とされた彼等だ。家族がこの国にいる者は少ないし、厭悪憎悪の対象たるカストラート王に再び膝を屈することを善しとはするまい。

カストラートの流刑地でもあったアンスバッハ家の者達を守るには、息子らが生きていることが絶対に必要なのだ。

アンスバッハ辺境伯が素直に応じたため、カストラート王は連座を免除すると約束する。

こうしてヘブライヘルは秘密裏に処刑され、その遺体をフロンティア側へ送る手筈となった。

独断専行で争いを起こし、揉め事をカストラートに持ち込んだ痴れ者を処分したと大義名分が保たれる。アンスバッハ辺境伯を首謀者に仕立てあげ、事を有耶無耶《うやむや》にしてしまおうという、姑息な企み。

だがそれが事実となる前に動いた者達により、アンスバッハ辺境伯の遺体は奪取される。

カストラートに反抗し、アンスバッハ家へと送られた者達の仲間だ。彼等はカストラートで地下組織的なモノを作っていて、密かに連絡を取り合っていたのだ。

国外追放された仲間を守ってくれたアンスバッハ辺境伯に、底知れない恩義を感じている者達。

明日は我が身の、小さなレジスタンスの種。

このカストラートという国をよく知る彼等は、カストラート王が約束を守るわけがないと確信していた。

だから電光石火で行動し、アンスバッハ辺境伯の遺体を奪取すると共に、王都外れの屋敷に監禁されていたアンスバッハ家の者らの救出にも走る。

伊達《だて》に長々とフロンティアで諜報活動をしてはいなかったシリル達だ。枷さえ外してもらえれば、その隠密術は健在。

仲間数人の手引きにより牢から出されたアンスバッハ家の従者らは、ヘブライヘルの息子達を守り、カストラート王都から脱出した。


「父上……っ」

ヘブライヘルの遺体と対面して泣き崩れる息子達。

それを痛ましそうに見つめ、同じく苦悶に打ち震える侍従や騎士達。

逃げ出すことは難しくなかった。ヘブライヘルがその気になってさえくれれば、己が命にかえても守り抜くつもりだった。

フロンティアの騎士と比べたら、カストラートの兵士らなど素人も同然。

息子らやシリル達は、ヘブライヘルに再三願った。

逃げ出そうと。人知れぬ何処か遠くで家門を立ち上げようと。だがヘブライヘルは首を縦に振らなかったのだ。

シリル達は知らない。

ヘブライヘルが疲れきっていたことを。自ら人生を終わらせたがっていたことを。たとえ欺瞞《ぎまん》であろうとも、それが息子達のためであるならば、これ以上の死に場所はない。

そうして自ら死地に赴いたヘブライヘル。

そんな彼の葛藤を知らないシリルは、昔を思い出していた。

カストラートから罪人として送られてきた者の子供。それがシリルだ。

他にも多くの者が、流刑地であるアンスバッハ家に仕えながら結婚し、家族を持っていた。その殆どは隠密として訓練を受け、カストラートに忠誠を誓わされる。

だが、如何にカストラートへの忠誠を刷り込もうとも、その根底にはアンスバッハ家への感謝が溢れていた。

周囲から聞かされるカストラートの酷い実情。アンスバッハ家にはカストラートの監視があったため、滅多なことは言えないが、それでも仕える者らは密かに子供達へと伝えていた。

比較的自由な従者や騎士達と違い、アンスバッハ家の一族はカストラートからやってくる監視者に、がんじがらめにされている。

条件反射になるまで叩き込まれるカストラートへの忠誠。敬意、畏怖。それこそ、鞭で殴られ、蠟燭で炙られ、カストラートの絶対的な支配下に置かれる主達。

自尊心を踏みにじられる行為の数々に、疲弊し、反抗心をガリガリ削られていく主達を、傍観するしかないシリルらはどれだけ歯噛みしてきたことだろう。

それが当たり前の家だった。

結果、アンスバッハ家の一族は、カストラートに対して反抗が出来ないのだ。死ねと言われれば喜んで死ぬ。

生まれた時から呪いのように刻み込まれた忠誠。すでに洗脳され済みなヘブライヘルを救うことは不可能だった。

それでも、彼は望んだのだ。息子達の生存を。ほんの少しだけの抵抗を。

本来なら連座を望み、親子ともども死ぬのが確定していたはずなのに、そこでヘブライヘルは抗った。

洗脳とは生ぬるいものではない。本人がそれと意識せぬことでも、相手のいいようにされてしまう。

これが完璧だったならば、ヘブライヘルは自ら連座を望み、カストラート王の思惑どおりに悪役を演じただろう。

しかし規格外の幼女に触れ、己の根底を揺さぶられた彼には幾つかの迷いが生じていた。


……本当に祖国は正しいのか？

その小さな楔《くさび》は深く突き刺さり、いよいよとなった今、彼の心の軛を圧し折り、洗脳で刷り込まれた意識ではなくヘブライヘルの本心を浮き彫りにした。

息子達を死なせたくはないと。

親ならば当たり前の感情である。

それが多くの騎士や従者達を生かすことにも繋がる。まだ若く、洗脳が完璧ではないヘブライヘルの息子達ならこれから矯正もきくだろう。

シリル達がカストラートに忠実だったのはアンスバッハ辺境伯家のためだ。その軛が外された今、恐れるモノは何もない。

地下組織の仲間達に手引きされ、ヘブライヘルの息子らは中央区域へと向かうことになる。

父親の遺体を連れていくのは叶わず、息子らは遺髪のみを携え、遺体そのものはカストラートの無縁墓地に埋葬した。

「墓守はお任せください」

微笑むシリルに頷き、ヘブライヘルの息子達は後ろ髪を引かれながら中央区域へと旅立っていった。

残ったシリルは、一人、妖艶に笑う。

まるで艶やかな毒婦のように深みのある、優美で陰惨な笑み。

さあ。始めましょう。カストラート王よ。あなたに地獄を味わわせてあげてよ？

辺境伯家一同が行方知れずとなり、慌てたカストラート王宮はアンスバッハ辺境伯らが戦に紛れて逃亡したと発表する。そうするしかなかった。

こうしてシリルは変装し、単身でカストラート王宮に潜入。得意の調剤術を使い、長い年月をかけてカストラート国王を洗脳し返し、彼女は見事ヘブライヘルの仇を討った。


今日はその報告にシリルは訪れたのだ。


「終わりましたわ、ヘブライヘル様。あなた様の一族を永きに亘《わた》り苦しめてきた愚王は死にました。……もっと早くこうしていれば良かったですわね」

彼女にはカストラートに残された家族がいた。シリルの一族はカストラートの預言者の一族。女児にのみ不思議な力が顕現する。

神々と交信でき、その知恵を授けられる一族だ。つまり、カストラート王宮地下にいた老婆の孫にあたり、その知識を受け継いでいた。

アンスバッハ家の娘を神々の妙薬で洗脳するために。

ハビルーシュの婚姻に乗じてフロンティアへ潜入することになったシリルは心に誓う。

必ず魔力を持つ赤子を手に入れて、長きに亘り主らを苦しめるカストラートの呪いからアンスバッハ家を解き放ってみせると。

そう心を奮い立たせたシリルだが、それはアンスバッハ家を窮地に陥れただけで幕を閉じた。

最初から間違っていたのだわ。結局、わたくしも洗脳されていたのね。

懊悩し、彼女はくしゃりと顔を歪める。

アンスバッハ家を救うために、シリル達はフロンティア王家の子供を盗み出そうと奔走した。それだけのために作られた家門である辺境伯家。彼等を呪いから解き放つには、カストラートの求めるモノを手に入れるしかない。

盲目的に、そう思ってきた。そう思わされてきた。悪辣なカストラートの監視者達に。監視者達は人の心を操ることに長けていたのだ。飴と鞭を絶妙に使い分け、どのようにしたら人の心を挫けるのか熟知している。

そうして、シリルらをも手玉にとってきた。

アンスバッハ家のために、フロンティアの魔力を持つ赤子をカストラートに送れと。それが唯一の方法であるかのように、シリル達の意識を誘導してきた。アンスバッハ家に対する忠誠心を利用されたのだ。

ヘブライヘルやその息子達を敢えて苦しめ、それに苦痛を覚えるシリルらを猫なで声で操った監視者達。

今思えばである。当時のシリルは、四面楚歌に追い詰められた獲物でしかなかったのだ。

「最初から……、あの愚王を殺しておけば、何の憂いもなかったのに」

そのようなことは思いもつかないよう洗脳されていた。カストラートの監視者達から、拷問のように洗脳される若様らを救うには、カストラート王の願いを叶えるしかないと、愚昧に思い込まされていた。

泣き叫び、許しを乞う幼い子供達。

目の前で繰り広げられる、躾と称する折檻。一切の抵抗を封じ、水に沈め、火で炙り、絶対の服従を強いられる子供を、ただ見つめるしか出来なかったシリルら一同。

それを見せつけることで、シリル達から反抗の芽を摘み取っていたカストラートの悪辣な人でなしども。


早く。早く、フロンティアから魔力を持つ赤子を手に入れなくては。

ひたすら盲目的に一つの目的へと邁進するよう思い込まされていた、あの日々。

「もっと、前に……、本当の元凶に気づいていたら」

ヘブライヘルの墓標の前で力なく頽れ、シリルは声もなく泣いた。

しとどに濡れる彼女を、ただただ何もない無人墓地の静けさが柔らかく包んでくれる。

ようやくシリルは泣けた。

慈悲深く強かったがゆえに、要らぬ後悔と懺悔に身を投じた愚かなヘブライヘル。最後の最後まで、シリルらの身を案じてくれていた最愛の主。

彼の人生は誉められたものではない。むしろ非難の的になるような人生だっただろう。

そんななかでも、優しく、己の内に棲む良心とのせめぎあいに苦悩していたヘブライヘルをシリルは知っていた。

子供達を襲う数々の理不尽に心を痛め、張り裂けんばかりに慟哭していたのを知っていた。

これで良いはずだ。間違ってはいないはずだと、己に言い聞かせるよう、毎晩、満身創痍な息子達を撫でていたのを知っている。

端から見れば異常な光景だろう。しかし、落伍者の印を押された者の末路を知るヘブライヘルには、こうするしかなかったのだ。

地下牢に閉じ込められ、生きた屍《しかばね》のように無惨な未来を送ったヘブライヘルの叔父。

全てが歪み、間違っていることに気づかないまま、アンスバッハ家は続いてきた。

「いずれ、お側に参ります」

そう小さく呟き、シリルは無縁墓地を後にする。

結局、最後には疲れ果て、ぽっきりと折れてしまったヘブライヘル。一人、安息の地へと旅立った彼を、シリルは長く見守った。

さらに時がたち、ヘブライヘルの息子達がカストラートへと帰還する。新たなカストラート王がヘブライヘルの汚名をはらし、名誉を回復してくれたのだ。

数十年後、それを聞き付けた従者によって祖国へと戻ってきた息子達は、いの一番に父親の墓へ向かう。

こんな無縁墓地ではなく、ちゃんとした墓所に埋葬しようと。

しかし訪れた彼らが見たものは、一面を花に囲まれた美しい墓地だった。

そしてその隣にある小さな墓標。

『最愛の方のもとへ』

その一言のみが刻まれた墓標には、シリルの名前が入っている。

「シリル、そなた……」

平和になった祖国に安心したのだろうか。彼女は亡き主に殉じた。

並ぶ二つの墓標からそれを悟り、ヘブライヘルの息子達は固く眼を閉じて祈り続ける。時代に翻弄され、虚しく散らされた命達に神々の慈悲を賜らんことを……と。

跪いて一心不乱に祈る二人は知らない。

その、時代に翻弄されたはずのシリルが愚王を倒し、今のカストラートに平和の礎《いしずえ》を築いたという事実を。

窮鼠《きゅうそ》猫を噛む。秘薬の扱いに長けた彼女の、たった一滴の雫がこの国の命運を決めたのである。

こうして預言者の一族、最後の末裔が消え、神々に繋がる力をカストラートは失った。

神々からの交信を受け取れる預言者一族の力は、御先にも準ずる他に類を見ない稀有なもの。

魔法の派手さの陰に隠れて見えていなかったようだが、カストラートの求めるべき力は、すでに手の内にあったのだ。

未来に起こることを予測し、神々の知識を得るなど、フロンティアにもない力だったのに。

カストラート前王は気づかなかった。そして、今の王も、他の誰も気づかない。どこまでも優雅で高貴だった淑女シリル。悪意の汚濁で艶やかに咲き誇った一輪の黒百合は、自らの意志で散る場所を決めた。

人知れず消えた一族の記録は何処にも記されぬまま、歴史の闇へと呑み込まれていく。
知るは天上の神々のみ。
世は事もなく、穏やかに生きていく人々を、神々はただ見守るだけだった。

それぞれの結末 〜尚典＆蜂兵衛〜

「蜂兵衛《はちべえ》殿？　いかがなさいました？」

不思議そうに首を傾げる検非違使の少年。彼の名前は尚典《たかのり》。キルファン帝国を守る兵士のような職務を担う者だ。

小人さんの奇想天外に巻き込まれ、数奇な運命を辿ることになった彼の肩には一匹の蜜蜂。紆余曲折のあげく、絆を結んだ蜜蜂に尚典は蜂兵衛と名前をつけ、仲睦まじく暮らしていた。

基本、魔物は主の森か大陸の辺境にしか棲めない。魔力がなくば、枯れて死んでしまうからだ。なので魔力皆無なキルファンには棲めない。

しかし例外もあった。

魔法石だ。これを使えば足りなくなる魔力を補える。だが魔法石はフロンティアの魔術師にしか造れない。

そこにひょっこり顔を出したのが小人さんである。

尚典と蜜蜂が愉しそうに遊んでいるのを見た千尋が、大きな魔法石をいくつもこさえてくれたのだ。

「この子もアンタが気に入ったみたいだしね。よろしくぅっ♪」

したっと右手を上げて立ち去る幼女様。

え？　と目を丸くし、それを見送る尚典。

その両手には拳大の魔法石が五つ。一つで二週間はもつという。

「……よろしいのか？」

おずおずと話しかける尚典に、さも嬉しそうな蜜蜂の羽音が聞こえた。

「そうか。よろしゅうお頼申す」

さっくり現状を受け入れる尚典。

こうして似た者同士の一人と一匹は、新たな暮らしを始めたのだ。


しかし……。


「いやぁ……、まさか、下宿を追い出されるとは」

二人の門出は宿無しから始まる悲惨な状況。蜜蜂を連れ帰った尚典は、下宿先のオバちゃんに絶叫で出迎えられた。

「魔物なんて恐ろしいモノ冗談じゃないっ！　出てっておくれっ!!」

元々、下宿はペット禁止である。眼を吊り上げて怒るオバちゃんに尚典は反論の余地もない。

検非違使になりたての彼は、まだ大した荷物もなかったため、そそくさと荷造りをして下宿を出る。

だが、彼には行く宛もない。

とぼとぼと河原を歩きつつ、尚典は橋桁下によっこいせと腰を下ろした。そして襟の合わせから出した懐餅を蜂兵衛に与える。

幸せそうにもちゃもちゃする蜜蜂様。だが、これが最後の甘味だ。けっこう高価なので、この先も手に入るか分からない。

「どうしたものか……」

検非違使に就職したばかりだった尚典は手元不如意。田舎から出てくるのに金子を使ってしまい、それでも皇宮の兵士になれば安定した収入になると、頑張るつもりでいたのに、この有様である。

まだ同僚くらいしか親しい者もおらず、頼れる者もなく、彼は途方に暮れた。

いや、こんな状況、誰も予測出来まいて。……故郷の皆に申し訳がたたぬな。

村一番の手練だった尚典。それに目をかけてくれた和尚様の紹介で、彼は検非違使の試験を受けられた。首都に向かうにも金子がない尚典のため、村中が総出で掻き集め、彼に持たせてくれたのだ。

兵士になれと。御国のためなら、こんな金子は惜しくないと。

満面の笑みで見送ってくれた村人達。

尚典の村は、以前、大嵐の土砂崩れで半壊した過去がある。その時、いの一番に飛んできて復興に尽力してくれたのが桜姫だった。


『炊き出しだっ！　とりあえず食べな、話はそれからだよっ！』


大きな馬車を幾つも連ねてやってきた桜姫。その背後に並ぶ兵士達は、ざっと見、三十人ほど。

不眠不休で被災者らを捜索し、村の復興をしていたボロボロな人々を見て、彼等は心から労ってくれた。水すら満足に口に出来なかった村人達の臓腑に、炊き出しの温かい粥が染み渡る。

そして采配を振るっているのが皇族の姫君と聞き、腰を抜かす村の年寄り達。

畏れ多いと平伏する人々の肩を叩き、桜姫はしばらく休憩するよう村人達に言った。

『こんな時のために兵士はいる。さ、みんなっ！　やっつけちまいなっ！』

溌剌《はつらつ》とした桜姫の号令に従い、応っ！　と応えた強靭な兵士らが村の復興を手伝ってくれる。

瓦礫を取り払い、土砂を掻き分け、少しでも使えそうな物は避けて。彼等の通ったあとには綺麗な地面が見えていた。

休憩するにも落ち着かず、後ろで補助をしていた村人らが、思わずあんぐりと口をあけるなか、気づけば半壊していた村が更地になっている。

人海戦術という言葉を、尚典はここで初めて知った。

一度綺麗に片付けられれば、あとは慣れたもの。一から村を作ってきた村人達だ。水を得た魚のように瞳を煌めかせて木々を伐採し、取り敢えずの仮設住宅を作る。

生木でこさえた屋根と床だけの小屋だ。いずれ隙間や歪みが出るだろう。長くは使えない。だが、今は寝られる場所があれば良いと、精力的に働く村人達。

それを手伝う兵士らが俄然張り切ったため、作業は恐ろしいくらい速く進み、宵闇が辺りを暗くするころには、村人全員分の仮設住宅が完成した。

『……これで当座は凌げるね。非常食も置いていくから。また来ます、頑張りなさい』

疾風のようにやってきた桜姫は、来たとき同様、疾風のように帰っていった。

桜姫らの後ろ姿を呆然と見送りつつ、村人達は嗚咽を上げる。

「ふぐぅ……ぅぅ」

「う…っ、ぅぅ…っ」

うぇ、ううっ、と絶え間なく聞こえる啜《すす》り泣き。女子供らはともかく、大の男の泣く姿など、尚典は初めて見た。念仏を唱えながら一心不乱に拝む年寄り達も。

怖かった。恐ろしかった。どうなってしまうのか、このまま死んでしまうのではないかと、手足が震えた。

急ぎ、太守様に報せたものの、誰かが助けてくれるとは思わなかった。それがまさか皇族のお姫様とは。

あんなに沢山の物資や兵士を連れて救援に来てくださるなど、夢にも思わなかった。なんと、ありがたい。

心から感動する大人達を余所に、尚典は別なことを考えていた。


……かぁっこいー……。


凄まじい憧憬に煌めく少年の瞳。

桜姫へ感謝の念を向ける大人らなど全く眼中になく、彼の羨望の眼差しは筋骨逞《たくま》しい兵士らに向けられている。

たった数人で大岩を動かしたり、潰れた家の屋根をガバっと持ち上げたり。はては、村人の切り出した大木を、ひょいひょいと運ぶ、その雄姿。

それでいて絶えずニコニコしていて、余裕すら窺える貫禄。

俺も、いつかあんな逞しい男になりてぇぇ！

ここに生まれた、夢見る虚仮《こけ》の一念な少年。

少年の夢を聞いた和尚様は元近衛だったらしく、尚典に剣術を指南してくれた。チャンバラごっこの延長のように剣術を学び、尚典はメキメキと成長する。

元々寺子屋を営んでいた和尚様は、暴れん坊なだけの男に兵士は務まらぬと、少年に読み書きや算術も教えてくれた。

憧れの兵士に近づくため、日々努力を惜しまぬ尚典の姿勢を見て、これなら務まるだろうと、成人した少年に和尚様は紹介状を書く。

『わしの弟分で十《つなし》という者が近衛におるのだ。其奴《そやつ》に渡せ。便宜をはかってくれるだろう』

ありがたく紹介状を頂いた尚典だが、首都へ向かうにも如何せん先立つ物がない。それに実家も気にかかる。尚典は長男で働き頭だ。父親と弟らだけで畑が回るだろうか。

尚典の成長に合わせて広げられた実家の畑。自分がいなくなったら、困るのは目に見えていた。

オロオロと逡巡する彼だが、そこは和尚様が何枚も上手だった。


両親へ、首都に行きたいと尚典が言い出せないまま何ヶ月かが過ぎたある日。

夕餉《ゆうげ》のあと父親に呼ばれた彼は、小さな居間に座った。居間といっても囲炉裏を囲んで家族が食事をするだけの場所。

右の土間から炊事場が見え、左の壁には二つの扉。片方が両親の部屋で、片方は尚典と弟達の部屋。板間で雑魚寝するだけの部屋である。

そんな小さな家だ。どこにいても誰かの声が聞こえ、尚典が呼ばれたのを聞きつけた弟達も集まってきた。

『ほれ、受け取れ』

とすっと重たげな音をたてて置かれたのは掌サイズの袋。ソレを持ち上げた瞬間、尚典は目を見張る。微かに響く硬質な音。慌てて彼が中身を確認すると、袋には沢山の金子が入っていた。鉄貨、銅貨、銀貨。なかには大粒の砂金も交じり、混合色のソレを見て尚典は絶句した。

唖然とする息子を微笑ましげに見つめ、父親は淡々と説明する。

『兵士になりたいんだってなぁ。和尚様から聞いたわ。他の者も知っているぞ。お前の路銀をなんとかしようと、毎日、和尚様が沢を浚《さら》っててらしたでの』

山の沢では僅かだが金属が採れる。しかしかなりの運任せだ。一月浚っても玉鋼《たまはがね》一つ分になるかどうか。採算が合わないので誰もやらない。ましてやこんな大粒の砂金など、一年浚っても滅多に出ない。

『御仏のお導きがあれば出ると。きっと出ると仰ってなぁ。ほんとに出しよったわ、あの和尚様』

尚典の視界が涙で歪む。

『でなぁ？　皆で話し合っただよ。足りない分を出し合おうってなぁ。この村は桜姫様に救われた。御恩返しの機会だって。お前がお城でよく働けば、村の恩返しになる。重いモン背負わしちまうが、頑張ってくれねぇかな？』

兵士になりたいのは尚典の我が儘だ。なのに、村の皆が大義名分を作ってくれた。村のために恩返しをしてきてくれと。

ほたほた流れる涙で視界がぼやけまくり、尚典は何も見えない。そんな息子の肩を抱き寄せ、頼んだぞ？　と父親は囁いた。

その声も震えているような気がしたが、尚典は気づかない振りをする。

『父ちゃん、泣いてるーっ』

『え？　兄さ、どっか行くべか？　すぐ帰んだよな？　なあ？』

……台無しだよ、お前ら。

屈託ない弟達の頭を思い切り掻き回しながら、尚典は兵士になることを決めた。

村人達の期待を一身に背負い、首都へとやってきた尚典は、和尚様に言われたとおり十中将のもとを訪れる。そして検非違使の試験を受けて見事合格。

晴れて一兵士になったばかりなのに、件の大騒ぎだ。

何とも運がないと、己を呪う尚典。

「でも……、桜姫が幸せになられたなら、大義名分は果たせたかな」

検非違使になって彼が知った情報。

なんと尚典の村がある地域の太守は、大災害の報を受け、即座に首都へ連絡をした。が、あろうことか、その災害支援に送られた金子を己の懐に入れようとしたのだ。

本来、領地の官庁口座へ入れねばならない金子が、太守個人の口座へ流されたことに気づいた桜姫。皇宮にも心ある者はいる。内々に処理された不正を見咎め、桜姫に伝えた者がいた。結果、姫は激昂。太守の口座から金子を取り戻し、その金子で、しこたま支援物資を携え、怒濤の勢いで尚典の村にやってきたのである。

そして、さらに分かった情報。

桜姫が現皇帝に命を狙われ、キルファンから逃げ出し、フロンティアの監獄廓に収監されていたという事実。もう十年も前の話だ。時期的に、尚典の村を訪れてすぐになる。

辺鄙な田舎の尚典の村に、その情報は届いていなかった。いや、ひょっとしたら村長あたりは知っていたかもしれない。

けど、村で敬われている桜姫の不遇を、村人に教えたくはなかったのだろう。きっと、和尚様も知っていたに違いない。なぜに自分に教えてくれなかったのか。

あらゆる疑問が尚典の脳内で渦を巻く。

そんな思考の海に沈む彼の横で、蜜蜂が警戒気味に羽音を鳴らした。ぶぶぶふっと激しく空を切る音と同時に、尚典の頭上が暗くなる。

「捜したぞ、こんなところで一体何を？」

はっと顔を上げた尚典の上には大柄な老人。和尚様に紹介され、尚典の保証人となってくれた十中将がいた。

「下宿を訪うたのだが、そこでお前は出ていったと聞き、肝を冷やしたわ。何があったか知らぬが、こんな時だ。わしの家に来よ」

思いもよらぬお誘いを受けた尚典は一も二もなく頷き、手荷物を抱えて十中将の家に向かう。

そして、とつとつと、己の中で渦巻く疑問を口にした。

「……聞いておるよ。桜姫様との経緯はな。だが、それが全てではなかろう？」

ふくりと薄い笑みを浮かべ、十は尚典の頭を撫でる。大きな掌が心地好い。

「そなたが兵士になりたかったのは、桜姫様のためではあるまい？　人々を守れる強い男に憧れたからだ。そのように手紙には書いてあったぞ？」

微笑む十に言われ、はっと尚典も思い出した。

そうだ、俺は多くを救える兵士になりたくて。逞しい男に憧れ、検非違使の試験を受けたのだ。

ずっと和尚様に語っていた話。

災害当時の兵士らが、如何に格好良かったか。あんな頼れる男になりたいと、興奮気味に捲し立てていた当時の幼い少年。

村人らが作ってくれた大義名分を背負った尚典に、桜姫の現状を知らせても単なる足枷にしかならない。むしろせっかく芽吹いた将来への期待を萎ませてしまうかもしれない。

きっと和尚様らは、そう考えたのだろう。桜姫様の事情は都にいたらいずれ分かる。その上で尚典が判断すれば良い。まずは試験に合格するのが最優先。十もそのように考えたらしい。

「それにな。久方ぶりにお会いした桜姫は幸せそうだったぞ？　……フロンティア騎士団を顎で使われ、皇宮を闊歩《かっぽ》しておられたわ」

堂々と皇宮各所を巡る桜姫。

あの潑剌とした笑顔は過去と遜色なく、むしろ成長された分、その美貌に凄みが増していた。あちこちで精彩さを撒き散らす彼の方に不遇の翳りは見えない。

「辛いこともおありだっただろう。頽れるようなことも。だが、その全てを呑み込み、乗り越え、今の桜様があらっしゃる。我々が勝手にあの御方の不遇を語ってはいかんのだ」

過去は取り戻せない。変えられない。ならば前を見据えるしかない。桜姫はそのように生きてこられたに違いないのだ。……強い方だと尚典は思った。

「それで、おまえは？」

「へ？」

にまっと口角を上げ、老人は悪戯げに瞳を輝かせる。

「軍の再編成に、そなたの名前がなかった。申請しておらぬな？　強い兵士になるのは諦めたのか？」

「……あ」

尚典は顔を俯けた。

正直、今の彼は迷っている。夢に見るまで憧れた兵士と現実の甚だしい乖離《かいり》に。

軍の大半は貴族で、汚職と怠惰に塗《まみ》れ腐っていたのだ。弱き者を守るどころか、踏みにじり弄んでいた。

もちろん全てではない。十のように志し高い者もいる。しかし、そんな者はごく少数。尚典の憧れた格好良い男達には遠く及ばない者らばかりだった。

幼くから抱いていた憧憬を木っ端微塵にされ、今回の件もあり、彼は酷く惑う。

「故郷に……。帰ろうかと愚考してございます」

そう。現実に打ちひしがれた尚典は、首都の腐れ具合に見切りをつけ、生まれた村へ戻ろうと考えていた。

桜姫様はフロンティアで暮らしている。彼の方のお役に立つという名目もなくなり、軍の有り様に失望した尚典。だが、人々を守れる強い男になりたいという夢までは破れていない。

「日々、鍛錬を重ね、故郷の村を守れるような強者になりたいと存じます」

遠方の土地はゴロツキが多く、盗人や強盗が後を絶たない。太守も当てにならず、それぞれ村や町ごとに自警団的なモノを作り、対処していた。

それの手練れ筆頭だった尚典。彼が抜けて、今の村は大丈夫だろうか。

今回のことで首都の人々の多くがフロンティアへと移住した。特権階級どものやらかしが、どれほど酷かったか証明されたようなモノだが、その足りなくなった分の民を遠方から呼び寄せ補充しようという、とんでもない話を彼は耳にする。

身分ない者の首都での暮らしは悲惨極まりない。平民なぞ、使い捨てのゴミのように扱われるだけだ。

そういった心ない輩から故郷の村を守りたい尚典。

真摯な眼差しで呟く若者を、十は眩しそうに見つめる。

「……それも良いかもしれんな。この国の行く末は明るくない。とにかく時間はあるのだし、ゆっくり考えよ。幸い我が家は部屋数がある。居候の十や二十、なんてことはない」

開幕宿無しになった尚典は、十の厚意を有り難く受け取った。

けれど、ここは小人さんワールド。事態が斜め上半捻りするのは御約束である。


「おお、帰ったか、尚典っ！」

尚典の目の前には見慣れた御坊様。故郷の村の和尚だった。

「え？　えええぇぇーっ？」

ここは十の屋敷。その広間でガヤガヤと座り、笑い合う懐かしい村の人々。

何が起きているのか分からず唖然とする少年に眼を細め、出迎えてくれた和尚様が説明する。

聞けば、今回の事態で捕縛された者達の中に、尚典の村がある地域の太守もいたらしい。太守を失った地域は無法地帯となり、ただでさえ疎かだった警備が意味をなさなくなった。

「太守様の奥方や御子息らは、いの一番に首都ば逃げよったしな。えらいこったよ」

内容の悲惨さに反比例して、かっかっかと朗らかに笑う村人達を、信じられない眼差しで尚典は凝視する。

　いや、笑いごっつなかろうも……。

　奪い、奪われ、普通の農民すら盗賊に落ちる異常事態。遠方は貴族が少ないため、こうむる実害もしれていた。だから、例の神々の声を聞いても生まれ故郷を離れたいと思う者は僅かだったのだ。収益に影響するため、悪どい太守らも、首都のように民を損なうことはしない。その微妙な平穏が仇となる。

「なしてフロンティアば移住せんかっ！　ここん首都も安全じゃなかぞっ！」

　声を荒らげる尚典の頭に、父親が大きな掌をかぶせた。わしわしと掻き混ぜるように撫でられ、その温かさに不覚にも少年は胸が一杯になる。

「和尚様にも言われただ。こんなんしとったら尚典が心配《しんぺ》ぇすって。でな？　皆で相談して俺らもフロンティアに行こうってなったんだ」

　神々が拡散した皇宮の一幕。

　村人達には分からなくとも、元近衛だったという和尚様に理解出来ないわけはない。即座に十へ連絡を入れ、後続の移住が行われるのか確認したらしい。

　もちろんそれはフロンティア主導で行われている。その返事を読んだ和尚様は村人らを説得し、ありったけの物を掻き集めて首都までやってきたのだ。

　どこまでも尚典の想定外をいく和尚様である。

化け物を見るがごとき少年の眼差しに気づいたのだろう。和尚様は両手を合わせてかしこんだ。

「全ては御仏のお導きなのですよ？　尚典」

あの村に災害が起きたのも、やってきた兵士に尚典が憧れたのも。そして、そこに元近衛の和尚様がいて、彼の夢を後押ししてくれたのも、桜姫がキルファンから逃げ出していたのも。全ては天の配剤。

それらの禍福が糾《あざな》われ、今がある。

「わしもそろそろいい歳だしな。現場は引退して、皆の世話役に回ろうかと思う」

快活な笑みで村人達を見渡す十中将。

「こいがモノノケ様か？　めんこいなぁ、漬け物食うけ？」

村人らに撫でくり回され、もらった漬け物に微妙な顔をし、ソレを尚典へと渡してくる蜜蜂様。

《**はいっ**》と声が聞こえた気がして、少年は苦笑い。

「蜂兵衛殿は漬け物が苦手であるか？」

貰った漬け物をポリポリと齧《かじ》りつつ、故郷の安否という最大の不安が解消された尚典は、安堵のあまり荷物から蹴鞠《けまり》を出して庭に飛び出した。それに眼を煌めかせて彼の後を追う蜜蜂様。

「ほうう～、蹴鞠を嗜まれるとは。モノノケ様は風雅な御方じゃのう」

感心する和尚様を余所に、十は苦虫を噛み潰す。

「また、これか……」

彼にとって蜜蜂は大波乱の象徴だった。さらに、過去にも経験した、この脱力感。

そんな十の心情も知らず、目の前で展開される御伽噺の続きに村人らは大はしゃぎ。

こうして宿無しとなり途方に暮れていた尚典は、生まれ故郷の皆と共にフロンティアの大地を踏みしめた。

モノノケ様と呼ばれる蜜蜂を連れた彼は、建国中のキルファンで甚く敬われる。他にモノノケを連れる者が小人さんと克己しかいないから、なおさらだ。

その後も尚典は修練を欠かさず、その修練に和尚様や十が乱入してきてバトルロワイヤルな大混戦を起こすのも御約束。

悩み、打ちひしがれ、頽れたりもしつつ、彼は自身の夢見た強者へと成長していく。

キルファンの皆に親しまれ、後に『蜜蜂の君』と呼ばる尚典。

果てしなく暗かった彼の前途は、射しそむる蜂兵衛という蜜蜂によって明るく照らされた。相変わらず襟の合わせからのぞく懐餅とともに。


「……嫌いじゃないよ、そのネーミングセンス。うん」

克己ですら口にしなかった御託を宣う小人さんが、物陰にいたのは御愛嬌である♪

それぞれの結末 ～モノノケ達～

「ああ、こんにちは」
「やあ、元気？」
「今日も楽しそうだね」

　ここはフロンティア王都。

　孤児院の警備をする蜜蜂らに、人々は気軽に声をかけていた。小人さんの一件で市民権を獲得したモノノケらは街に常駐し、騎士団や冒険者とともに治安を守っている。

「おう、久しぶり。これさ、どこかにないかな？」
　王都の森を散策していた冒険者の一人が、通りかかった蜜蜂に尋ねると、蜜蜂はしばし思案し、ついて来いとばかりにゆっくり森の中を翔んだ。

時間にして十分ほど。ひらけた場所に案内された冒険者達は、目的の薬草を見つけ瞳を歓喜に彩らせる。

「ありがとうな。コレ、お礼だ」

満面の笑みで差し出されたのは、フロンティア王都が誇る菓子本舗、孤児院のスイーツ。薄い紙で包まれたそれを剥いてやり、冒険者は蜜蜂に手渡した。

中から出てきたマドレーヌに眼を蕩けさせ、受け取った蜜蜂はどこぞへと消えていく。

ふよふよと空に溶けた蜜蜂を見送り、冒険者達は依頼を果たすべく薬草採取を始めた。

「案内に蜜蜂を雇えると楽なのに」

小さな嘆息をもらすのは魔術師の少女。今年、ようよう魔術師としての資格を得て雑用係から抜け出せた彼女は、今まで時々出会った蜜蜂らの手助けに欲を出す。

まあ、分からなくはない。共にあり、最初から一緒でいてくれれば心強い案内人だ。しかし森は優しくない。

蜜蜂らは、些細なことなら手伝ってくれる。だが、戦闘や素材採取などの苦労すべき部分には一切かかわらないのだ。

「そういう生き物なんだよ。モノノケの気まぐれに過度な色気を出すな。こうして手伝ってくれたのは、単なるラッキーだ」

釈然としない少女を軽く一瞥し、冒険者達は採取を続けた。

《あら。良い物を持っていますね》

マドレーヌを仲間の蜜蜂らと分け合っていた件の蜜蜂は、思念でクイーンに冒険者達のことを伝える。

《そう。……ほどほどにね？》

薄く笑い、クイーンは天を仰ぐ。

懐かしい暮らしが戻ってきた。人間らと共にあり、喜怒哀楽を分かち合う生活が。過去の失敗を鑑み、彼女は付かず離れずの程よい関係を子供らに指示している。

依存するほど手を貸してはならない。嫌悪されるほど無関心でいてもならない。何事も程々にと言い含めていた。

だから蜜蜂達は、人間のお手伝いくらいはするが、加勢はしないのだ。

死闘を繰り広げる冒険者を目にしても、その決着がつくまでは手を出さない。それにより人間が死にそうになった場合のみ救出する。加勢ではなく救助。勝負そのものにはかかわらないのだ。

救助した瀕死の冒険者を王都のギルドに運ぶのみ。あとは人間らの成り行きに任せる。

冒険者の中には、手助けしない蜜蜂らを罵る者もいた。見ていながら、なぜ倒すのを手伝ってくれないのかと。それに対して冒険者ギルドにはクイーンから説明があった。

《我々も人間も獣や魔物も、ただ大地に生きる生き物にすぎない。隣人を見殺しにしたくないゆえ救出はするが、その生き様にかかわる真似はしない。獣や魔物にだって生き残る権利はある。お互いに倒すか倒されるか。それを左右する気はない。世界は強い方が生きる弱肉強食。……救出するのも、本来、やってはならないのですよ？》

弱肉強食。弱きが糧となり食われる法則。

庇護を求めるなと暗に示され、ギルドマスターは顔から火を噴きそうだった。なんと恥ずかしいことを口にしてしまったのか。九死に一生を得ただけでも僥倖なのに。

自ら冒険者になった者が。自分の意志で荒事に身を投じたはずの者が、助けて、助けてとクイーンに強請《ねだ》っている。それを諫めるべきギルドマスターすら、なぜに蜜蜂は加勢してくれないのだろうかと疑問に思っていたくらいだ。

クイーンの説明で、ようよう人間側の理不尽な要求に彼は気がついた。あまりの羞恥に、穴があったら埋まりたい気分のギルドマスターである。

目の前の男性の恥じ入る姿を見て、クイーンは時代が変わったのだと実感した。

その昔、森の主らを恐れて離れていった人間達。

どんなに説明しても理解してもらえなかった。当時の人々には敵か味方かの極論しかなく、クイーンの語る御高説が分からなかったのだ。文明的にも愚昧な頃で、理屈という概念すらなかった原始の時代。

神々の力や知識を持つ森の主らと、文明が始まったばかりの人類は、完全に次元が噛み合わなかった。

……だが、今は違う。

あれから数千年。人間は学びを経て文化を築き、神々の理に躙《にじ》り寄りつつある。こうして話すことで理解を得られるまでになった。

二度と過去のような齟齬《そご》は起こるまい。……いや、起こさすまい。

剣呑に眼を輝かせて、クイーンは新たな決意を胸に刻みつけた。


そんなクイーンの思考を感じ、国境の森でほくそ笑むモルト。

《……いつまでも頑なだの。もっと気楽におれば良いモノを》

そんな彼の視界には多くの子供達がいる。蛙ではなく、人間の。

「今日こそあの小島まで泳ぐぞっ！」

「俺だって！」

子蛙達の引率でやってくる子供らは、毎日のように湖で泳ぎの練習をしていた。近くの農村の子供らだ。

モルトの子蛙達が農耕地に作った溜め池。それが大きくなり、遠慮がちにだが、農村の者らも夏の暑い日などは水浴びをするようになる。

そこで泳ぐ子蛙を見た子供らが水泳に興味をもったようで、見様見真似で泳ぐ小さな人間を気に入っていた子蛙達は、彼等に泳ぎを指南しようと森の湖へ連れてきたのだ。

まだ六人ほどだが、ばしゃばしゃと水面を爆ぜる可愛い子供達がモルトの目に優しく映る。これもそのうち増えていくような気がして、思わぬ眼福に目を細める巨大蛙様。

人々はもはや、モノノケと呼ばれる主の一族を敬いはすれ恐れはしなかった。合言葉は小人さん。

善き哉《かな》、善き哉。

時が移ろい、時代が変わる。


そんな感慨を彼が深めていたころ。

ゲシュペリスタの海の森で異変が起きていた。


「チヒロ様!?　その格好はなんですかっ!?」

驚愕に声を震わせるのはドルフェン。そばにいたサーシャも、困惑げな顔で眼を閉じ、首を横に振る。

「いつの間にそのような服を……。なりませんよっ、お嬢様っ!!」

二人の視界に映る双子は、千早がタンクトップと短パン。これは良いらしい。そして千尋がタンクトップとぴったりレギンス。これはダメなようだ。

ホントは小人さんも短パンを穿きたかったのだが、婦女子がみだりに脚を見せることをはしたないとする周りの風潮を鑑み、せっかく脚をおおうレギンスにしたのだが、意味はなかった。

どうやら脚のラインが顕になるだけでアウトらしい。

……面倒臭ぁぁ。

ここはアーダルシア海岸。目と鼻の先にツェットの海の森がある。

ようよう三歳になった双子だが、まだ洗礼前のため王宮から出られない。……が、夏の陽射しにうんざりした千尋が森の視察をしたいとロメールに願い出て、お忍びの外出を許可されたのだ。

ゲシュペリスタ辺境伯家の客人として、リュミエールの街の辺境伯家私有地のみを見学出来る。

このプライベートビーチ的な人気のない海岸もその一つ。

アルカディアに避暑という概念はないが、抜ける海風や、寄せては返して泡立つ白波。それに連れられ漂着した貝殻などなど、どれもこれもが新鮮だった。

何もかも初めてで珍しい兄《にい》ーにと、懐かしい海域に眼を眇める幼女様。そんな二人は用意しておいた軽装に着替えたものの、開幕お小言を食らうはめとなる。

「海水浴っていって、アタシの世界なら、こんな袖もズボンもないピッタリな水着で泳いでるんだよ？　素肌は見えてないんだから、良いじゃんっ！」

わちゃわちゃ暴れる幼女様を剣呑な眼差しで見下ろし、大人二人は異口同音を口にした。

「「なりませんっ!!」」

「うにゅうぅぅ………」

小人さんの負け。

致し方なしにいつものワンピースを着て海に突撃する幼女様。サーシャに促され普段着に着替えた千早も、恐る恐る波打ち際に足をつけた。

波に洗われる砂が蠢き、彼の足を指の間まで埋めていく。不可思議な感触に感動する兄ーにの前で、千尋はざぶんっと水に潜った。

「ヒーロっ？」

驚く千早を余所に、ドルフェンらはしたり顔。無謀にも慌てて同じように水に潜った千早は、目の前の光景に絶句する。

そこには小人さんに絡むよう何匹もの蛇がいた。黒白や黒黄色の縞模様な蛇の群れ。顔の辺りにだけ蛙の守護膜を張ってもらい、千尋は海水の冷たさを堪能している。

「ふあぁ～……、気持ち良いね、兄ーに」

カポコポと浮き上がるアブク。言われて千早も気づいた。全身濡れているのに顔だけ濡れた感じがしない。そして呼吸も出来ていることに。

「なんで……？」

「麦太達の守護だにょ。水はアタシ達の妨げにならないの」

のこのこ手足を動かし、深みへと向かう小人さん。それにつられ、千早も必死に手足を動かした。

無意識な遊泳をしながら海の中をたゆとう二人。そんな二人の真下に大きな影が見える。

「ツェット？　久しぶりだね」

《お久しゅう、王よ》

ゆったりと海底の砂を巻き上げ、ツェットは小人さんに頬ずりをした。大きな魔物と仲睦まじそうな妹。

まるで夢物語のような光景に、千早は言葉を失う。

《兄上かの？　お初だ。ツェットと申します。以後、よろしゅうに》

うっそりと狭まる縦長な瞳孔。眼に弧を描く巨大海蛇に見つめられ思わず悍《おぞ》ける千早だが、千尋の通訳を経て、この生き物が無害であることを知ると、今度は旺盛な好奇心が疼きだす。

ツェットの後ろには、徐々に大きく広がる珊瑚礁。カラフルで幻想的な風景に眼を煌めかせ、二人は深海を泳いでいった。

そんな双子を少し離れた位置から見守るサーシャとドルフェン。彼等にも蛙の守護膜がかかっている。子供らとは別で全身に。

「素晴らしい景色ですね。アレが海の森ですか？」

呆気にとられて瞠目するサーシャに大きく頷き、ドルフェンも初めて目にする絶景に息を呑む。

「そのようだな。なんと見事な……」

二人の視界の中ではしゃぐ双子達。沢山の魚や海の生き物に囲まれつつ、十数メートルもある珊瑚の間を泳ぎ回り、その根本に生えた宝珊瑚などを採ったり、ぱかっと口を開けたアコヤ貝から真珠を貰ったり。

楽しい時間は瞬く間に過ぎ、子供らは戦利品を両手一杯に抱えて浜辺へと戻ってきた。

「ふあーっ、楽しかったねぇっ！」

「水は冷たくてしょっぱいし、海の中はキレイだったし、すっごく面白かったぁっ！」

また明日も来ようと言う千早に、小人さんはシニカルな笑みを浮かべる。皆様お馴染みの悪巧み顔。

「明日は麦太の守護なしでね。泳ぎを覚えるにょ、兄ーに」

「へ？」

ぽかんとする千早を余所に、翌日から小人さんのスパルタ遊泳教室が始まった。

着衣水泳は千尋も初めてだ。前世では《カッパで賞》を総なめにしていた彼女でも、やはり勝手が違う。

基本はあれど初の試みに兄を巻き込み、守護膜《浮き輪》なしの泳ぎをマスターすべく、二人の夏は水泳三昧で終わった。

しかし、これでやまないのが小人さんクオリティー。

双子が毎年避暑へと向かうため、それを知った王家の面々も動き出す。ジョルジェ家と仲の良い子供らはもちろん、たまに同行する国王夫妻。当然、ロメールや騎士団も双子を観察して真似をする。

「水浴びはすれど、泳ぐなどと考えたこともありませんでしたな」
「いや、だが、これは気持ち良い。夏の暑さが嘘のようだ」
「……こうして泳げれば、水難に遭っても生き延びられるのでは？」
「確かに……、訓練に取り入れても良いかもしれません。泳げれば、緊急時の渡河なども楽になりましょう」

実際、船に乗ることの多いゲシュペリスタ辺境伯騎士団では、訓練として泳ぐことを義務付けていた。

水泳の有用性に思い至り、真剣な顔の王宮騎士団の面々。

避暑とは別に、学ぶ水泳という概念をフロンティアに植え込み、この夏季集中講習がフロンティアを席巻する近い未来を今の小人さんは知らない。

避暑を知った各地の貴族らが、アーダルシア海岸に押し寄せる愉快な未来が来ることも、今の辺境伯は知らなかった。

そんなアレコレを思念伝てに感じ、西の森のジョーカーもほくそ笑む。

《……**変わらないねぇ**》

彼女は奈落入口に張られた蜘蛛の網を、せっせと縮小していた。世界の滅びは終わったのだ。もはや、この網も必要ない。

広大な網の管理は大変だ。張ったらそれでお仕舞いではなく、ほつれや歪み、撓《たわ》みがないか確認せねばならないし、精神体とはいえ見回るのも一苦労。

再びアルカディアに破滅の時が訪うまで、彼女の網は張られない。二度と張らずに済むことを心の底から願うジョーカーである。

それでも一抹の不安が拭えず、彼女は管理しやすい大きさの網を残しておいた。これくらいなら日常的に維持できるだろう広さを。

《**もう、何もなきゃ良いがね**》

克己や小人さんが聞いたら、『フラグ立てんなぁーっ』と叫びそうな台詞を呟きつつ、ジョーカーは銀の褥に身を預ける。
そんな長閑なアルカディアを、天上界で見守るカオスとアビス。
《良いようだな》
《このままであればな》
ふっくりと微笑む双神の世界で小人さんは生きてゆく。波瀾万丈、奇想天外、どんと来い。
歌って、踊って、時々緑茶を啜りつつ、ちょこんっと座る幼女様。そんな千尋の道行きが安寧なわけはないが、それすら楽しみ、人生の謳歌を忘れない小人さん。
ファティマの時間を間借りしながら、新たな生を受けた彼女の未来に幸多からんことを♪

二千二十三年　五月　十五日　脱稿。　美袋和仁。

あとがき

はいっ、ここまで読了ありがとう存じます。のたのたとネットの海をたゆとうワニでございます。

これにてファティマに憑依した小人さんの物語は終了です。

全ての歪みは正され、アルカディアの人々にも新たな時代が到来。忙しい日々が続いていくことでしょう。

そこで、ちょろ助する幼女に引きつれられながら。それはきっと幸せな風景に違いありません。

各章の展開ごとに変わった小人さんの行く末。このまま暮らしていくような、この先、消えてしまうような、あやふやな結末の示唆。

その理由が、この巻に詰め込まれております。

ファティマとしての小人さんの物語は終わり、新たな生を受けた千尋の物語が始まる。そしてドラゴと本物の親子になって末永く暮らしていく。

金色の王の伝説は閉幕。これからは、未来の《御先》が奇想天外な伝説を紡ぎます。

この結末ゆえの曖昧さでした。

ここだけの話、この物語には続編があるのです。むしろそちらが本編。この～御飯下さいっ～は、単なるプロローグに過ぎなかったりします。

元々、名前から始まり、名前で終わる物語を思いつき、何の気なしに書いていました。……が、書籍化の話が舞い込んで、書いていくうちに少々汗が。どう考えても十巻以上の話になる。これを書籍化するのは無謀では？　と……。

その思考の結果、ファティマに憑依していてドラゴの子供に生まれ変わるまでの部分をプロローグとし、物語を分けたのです。

一巻の王宮編しかり、常に五千字前後の読み切り式で書いていたワニの物語は、そこここで〆れる形式になっていました。正直、王宮編だけで終わるのかなとも思っていたくらいです。

それが、プロローグ部分全てを書籍化してくださるという大盤振舞い。さらには加筆修正や新エピソードが増えすぎて、三巻の予定が四巻に。

臨機応変にワニの我がままを通して下さったＳＱＥＸノベル様には感謝の言葉しかありません。巻を経るごとに増加する加筆修正。四巻にいたっては、完全に二倍の新エピソードが追加されております。いや、書いてて楽しかった。

コミカライズも進行していて楽しみも倍増し、忙しくも愉快な日々を送らせて頂きました。

毎回、イメージ通りの美麗なイラストを描いて下さったπ猫R様。何気～に表紙に野望を抱いていたワニの思考を読み取ったかのようにドンピシャなイラストの数々。
実は四巻になるなぁと思った時から、ワニは表紙に季節の雰囲気を入れたかったのです。春夏秋冬の。それを知らせず、ちょいと要望で誘導して四巻を冬で〆た瞬間、脳内でガッツポーズをとったワニがいます。

ありがとうございましたっ！　π猫様っ!!

そんなこんなで悲喜交々《こもごも》がありつつも、まだ回収されていない伏線や若干の謎を残しながら無事に完結。それらは新たな千尋の人生に関係してございます。
あとがきの初めに書いたように、この物語はプロローグ。二年も前に完結済みの続編や番外編がWEBにありますので、よろしければ皆様お越しくださいませ。《小説家になろう》の世界へ。
常連の方々も新規の方も楽しめる、物書きと読み手の遊び場です。その世界からここまでノコノコやってきたワニです。

なろうは誰でも歓迎いたします♪

所詮はネットの中。好意的な人々ばかりではありません。クレーマーや手厳しい人もいるし、打ちのめされたりもあるかもしれない。それでもワニは人の善意を信じます。その根拠はこの本です。多くの応援や厚意に支えられ、ワニは小人さんの書籍化を受けました。この本を沢山の人にお求め頂けたことを誇りに思っています。

そして夢の閉幕。あなたのお城の小人さん～御飯下さい、働きますっ～これにて終了です。

SQEXノベル編集部の皆様、ワニの我がままに振り回されて下さった担当様やπ猫様、この本を手に取って下さった多くの読者様。なにより長々と応援してくれた《なろう》の仲間達に心からの感謝を。

本当にありがとうございました。

全ての方々の御健勝を御祈りしつつ。さらばです。また、どこかで♪

二千二十四年　新春。　美袋和仁。

小人さん④巻です。最終巻…!! この間①巻だワーイ!!と
なっていた気がするのですが 時が経つのは早いですね
正直 これで最後かと思うとめちゃくちゃさみしいので この場で
好きな登場人物とかの話します(どうして)
まずドラゴのようなお父ちゃん私もほしい、すごくすごくいいクマ…!いや人
一番描くのも楽しかったです。小人さんをとりまく大人はたくさん居ますが
ロメールやドルフェンも"立場の違う保護者"という感じが読み取れて
すごく親しみ深いんですよね。アドリスは親戚のお兄ちゃんみたい笑
ザックもきっと良い男になるだろうし克己は苦労するんだろうなァ
サーシャとドルフェンどうなるのかな～とか アレ、話がそれた
結局みんな好きで落ちつきますけど あっ神様はおかえりください
なんだか本当に楽しかったな～としみじみ思ってしまいました。
ワニさん、ステキなお話に出会わせてくださってありがとうございました。
私の絵でどれだけこの物語を表現できていたか分かりませんが
少しくらいは色がついたかな～だといいな
登場人物が多くて、挿絵では描ききれなかった人たちもいるし、
なんだかコレで最後の実感がない…私の仕事は終わった
かもしれないが小人さんたちの物語はこの先も続くのだ
また会える日まで!!!

2023.12.XX n猫R

THANKS!!

字がきったねーのは
ねむいせいだよ!
本当だよ!
あとペンをにぎる力が もうない

あなたのお城の小人さん♪
ありがとう
ございました!!

STORY

乙女ゲームの悪役令嬢に転生したルチアーナ。「生まれ変わったら、モテモテの人生がいいなぁ」なんて妄想していたけれど…。

決めた！　断罪イベントを避けるため、恋愛攻略対象は全員回避で、今世もおとなしく過ごします！　なのに、待って。どうしてみんな寄ってくるの？

おまけに私が世界で一人だけの『世界樹《ユグドラシル》の魔法使い』!?

いえいえ、私は絶対にそんな貴重な存在ではありませんから！

もちろん溺愛ルートなんてのも、ありませんからね――!?

SQEXノベル

あなたのお城の小人さん
～御飯下さい、働きますっ～　4

著者
美袋和仁

イラストレーター
п猫R

2024年 1 月 6 日　初版発行
2024年10月29日　2刷発行

発行人
松浦克義

発行所
株式会社スクウェア・エニックス
〒160−8430
東京都新宿区新宿６−27−30　新宿イーストサイドスクエア
（お問い合わせ）スクウェア・エニックス　サポートセンター
https://sqex.to/PUB

印刷所
中央精版印刷株式会社

担当編集
大友摩希子

装幀
おおの蛍（ムシカゴグラフィクス）

この作品はフィクションです。
実在の人物・団体・事件などには、いっさい関係ありません。

ISBN978-4-7575-8998-8 C0093　　Printed in Japan